Hanne Holms
Italienische Intrigen

PIPER

Zu diesem Buch

Ein neuer Auftrag führt die freiberufliche Reisejournalistin Lisa Langer in die Gegend um Siena. Dort soll sie für einen Artikel zur frühsommerlichen Toskana recherchieren. Auf einem renovierten Bauernhof zwischen Siena, Volterra und San Gimignano findet sie eine schöne Unterkunft in bester Lage. Als sie eines Nachts von der Terrasse in die Ferne blickt, wird sie jedoch ungewollt Zeugin, wie sich eine Gruppe verdächtiger Männer mit Taschenlampen in leer stehenden Ferienhäusern herumtreibt. Dass sich die deutsche Touristin für die nächtlichen Machenschaften interessiert, bleibt allerdings auch einigen lokalen Ganoven nicht verborgen. Und so stolpert Lisa in dem sympathisch verschlafenen Casole d'Elsa nicht nur in einen neuen Kriminalfall, sondern gerät inmitten sich kreuzender Ermittlungen in Lebensgefahr.

Hanne Holms, geboren in Stuttgart, betreibt das Journalismus-Gewerbe mit Herzblut. Viele Jahre machte sie Zeitschriftenredaktionen und Radiostationen unsicher, nun bereist sie als Reisejournalistin die schönsten Orte der Welt. Dort arbeiten, wo andere Urlaub machen, ist seitdem ihre Devise. Doch Hanne Holms schreibt auch leidenschaftlich gern Kriminalromane, und so sind Mord und Totschlag ihre liebsten Reisebegleiter. Mehr zur Autorin unter *http://www.hanneholms.de.*

Hanne Holms

ITALIENISCHE INTRIGEN

Ein Toskana-Krimi

Mehr über unsere Autoren und Bücher:
www.piper.de

Von Hanne Holms liegen im Piper Verlag vor:
Balearenblut
Italienische Intrigen

MIX
Papier aus verantwortungsvollen Quellen
FSC® C083411

Originalausgabe
ISBN 978-3-492-31037-6
1. Auflage Mai 2018
2. Auflage Juli 2018
© Piper Verlag GmbH, München 2018
Umschlaggestaltung: Eisele Grafik-Design, München
Umschlagabbildung: Dennis Fischer Photography/Getty Images
und Panda Vector/Bigstock
Satz: Kösel Media GmbH, Krugzell
Gesetzt aus der Officina
Druck und Bindung: CPI books GmbH, Leck
Printed in the EU

Für R.
In Erinnerung an eine wunderbare Zeit in der Toskana

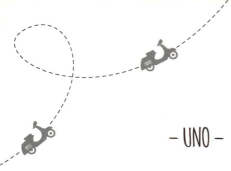

– UNO –

Was für eine Aussicht!

Lisa Langer streckte die Beine aus und bewegte ihre nackten Zehen behaglich im milden Frühsommerwind, der sie sanft umwehte. Sie ließ den Blick über die sanften Hügel schweifen, auf denen sich die Silhouetten der Zypressen und hier und da die Umrisse eines Bauernhofs vor dem dämmrigen Abendhimmel abzeichneten. Nach rechts ging ihr Blick bis zu den Häusern von Casole d'Elsa, einem kleinen, etwas verschlafenen Städtchen gut dreißig Kilometer westlich von Siena. Den linken Rand ihres Panoramas markierte dichter Wald, der jenseits eines kleinen Tals bis an einige modern wirkende Gebäude heranreichte, die sich an den gegenüberliegenden Hang schmiegten. Ihr Vermieter hatte erzählt, dass es sich dabei um Ferienhäuser handelte, die allerdings seit ihrer Erbauung fast immer leer standen.

Was für eine Stille!

Allmählich wich die Dämmerung der Dunkelheit. Nirgendwoher drangen störende Geräusche an Lisas Ohren. Gelegentlich strich der Lichtkegel von Autoscheinwerfern durch den Wald, aber keines der Fahrzeuge war bis hierher zu hören. Zwar wusste sie noch nicht, ob es drüben in Casole abends lebhaft oder eher gemütlich war, doch sie würde wohl nicht den geringsten Laut davon mitbekommen, selbst wenn dort jede Nacht gefeiert würde. Hier auf dem alten Bauernhof, der liebevoll zu einem idyllischen Feriendomizil mit drei Wohnungen umgebaut worden war, herrschte schon tagsüber eine angenehme Entspanntheit. Anders als zu Hause in Hamburg wurde hier die Ruhe weder durch S-Bahnen noch durch den Feierabendverkehr oder durch Flugzeuge gestört. Und jetzt, da der Tag vollends zur Neige ging, fiel die Abwesenheit von allem städtischen Trubel noch stärker auf. Die Grillen zirpten, ab und zu raschelte etwas in den Büschen. Eine Katze vielleicht, oder doch eher eines der mageren Wildschweine, von denen ihr der Vermieter gleich zur Begrüßung erzählt hatte. Offenbar wagten die Tiere sich nachts bis ans Haus.

Seit einigen Jahren schrieb Lisa Langer nun schon Reisereportagen. Dabei suchte sie nach Zielen und Routen abseits der ausgetretenen Touristenpfade. Vor allem durch die regelmäßigen Aufträge des Reisemagazins *myJourney* konnte sie inzwischen vom Schreiben leben. Dazu kamen Texte und Konzepte für Broschüren, die sie im Auftrag von Hotels, kleineren Reiseanbietern oder auch Fremdenverkehrsverbänden erstellte – und weil ihre Kunden damit einverstanden sein mussten, dass ihnen das nicht zugleich auch eine Geschichte in *myJourney* bescherte, ging Lisa diesem Nebenjob ohne schlechtes Gewissen nach. Dennoch wollte sie ihren Namen in diesen Broschüren nicht abgedruckt sehen. Sie hielt diese Texte streng getrennt von ihren Reisereportagen – ähnlich streng wie ihre zweite Nebentätigkeit: Vor einem Jahr war ihr erster Kriminalroman unter Pseudonym erschienen, inzwischen waren mehrere Nachauflagen gedruckt, und noch immer achtete Lisa sehr darauf, dass niemand sie mit der geheimnisvollen Autorin des Urlaubskrimis in Verbindung brachte.

Inzwischen lag das Manuskript des zweiten Krimis im Verlag. Das Lektorat war begeistert, vor allem die Schilderungen der Schauplätze im Norden und Osten von Mallorca, die handelnden Figuren und der eher unblutig erzählte Mordfall wurden gelobt. Lisa musste schmunzeln, wenn sie an die Erlebnisse auf der Urlaubsinsel zurückdachte, die sie inspiriert hatten.

Und nun saß sie in der frühsommerlichen Toskana, genoss die mildwürzige Luft, die Ruhe, die angenehme Temperatur und den Hauswein ihres Vermieters, der in ihrem Glas dunkel wirkte wie geronnenes Blut und nach allem schmeckte, was man sich von einem Urlaub in der Toskana erhoffte.

Was für ein Wein!

»Aua!«, rief der schmächtigere der beiden Männer, und sofort wandte sich der andere zu ihm um und schimpfte los wie schon mehrmals an diesem Abend.

»Mensch, Luca«, polterte er und baute sich bedrohlich vor dem Schmächtigen auf. »Was musst du mir denn ständig am Rockzipfel hängen? Ich fall noch der Länge nach hin, weil ich über dich stolpere! Bei der Arbeit stehst du direkt hinter mir und schleichst dich an wie eine Katze.«

Luca schluckte. Er hielt sich gern in Ennos Nähe auf, weil sein muskulöser Freund Schutz gegen alles Mögliche versprach – aber im Moment hatte er eher Angst, sich von seinem Beschützer eine Ohrfeige einzufangen.

»Äh ... Enno, scusi, ich ...«

»Jetzt stammel hier nicht rum, sondern pack mit an.«

Enno patschte ihm gutmütig seine schwielige Hand auf die Schulter. »Du solltest mich das nicht allein schleppen lassen, verstanden?«

»Geht klar, Enno!«

Luca war stärker, als er wirkte, und vor allem zäh, nur gegen Handgreiflichkeiten fühlte er sich machtlos. Und so lud er sich die nächste Kiste auf die Schulter und sah zu, dass er schnell ins Haus kam.

Eine gute halbe Stunde hatten sie zu tun, bevor der Kleinlaster leer und alles in dem fensterlosen Raum verstaut war. Danach lehnte Enno draußen an der Wand und zündete sich eine Zigarette an. Als Luca zu ihm trat, nestelte er noch eine Kippe aus seiner Hemdtasche, entzündete sie an der Glut seiner eigenen und reichte sie seinem Kompagnon. Luca nahm einen tiefen Zug und deutete dann mit seiner Zigarette über das Tal hinweg zum Hang gegenüber. Der Himmel war klar, die Sterne funkelten, und so ließen sich mit guten Augen und etwas Ortskenntnis die Umrisse der umliegenden Gehöfte durchaus erkennen.

»Hast du das Licht vorher auch gesehen?«, fragte er, und Enno nickte nur. »Scheint wieder jemand drüben zu wohnen, was?«

»Sieht so aus.«

»Und meinst du, die haben uns bemerkt?«

»Schwer zu sagen. Ich bin das letzte Stück mit abgeblendeten Scheinwerfern gefahren, die Fensterläden sind alle dicht, und die Funzel im Haus ist hier draußen kaum zu sehen.«

»Aber trotzdem ...«

»Jetzt mach dir nicht ins Hemd, Luca. Ich ruf gleich nachher, wenn wir wieder weg sind, den Dottore an. Der soll entscheiden, was zu tun ist. Ich vermute mal, er wird uns beauftragen, dass wir uns drüben auf dem Bauernhof mal ein bisschen umschauen. Du bist der Beste im Anschleichen, und ich halte mich bereit, falls jemand Ärger machen sollte.«

Er grinste grimmig und öffnete und schloss dazu seine imposante rechte Faust ein paarmal. Luca lachte leise und glühte insgeheim vor Stolz. Sein Freund Enno lobte ihn für sein Talent, sich anzuschleichen – und er würde ihn raushauen, wenn ihn trotzdem jemand erwischte. Am liebsten hätte er Enno dafür in den Arm genommen und so fest gedrückt, wie er konnte, aber das traute er sich dann doch nicht. Stattdessen zog er noch einmal kräftig an seiner Zigarette und blies den Rauch in die laue Frühsommernacht.

Lisa hatte das Weinglas noch einmal zur Hälfte gefüllt und war dann entspannt und wohlig müde in ihre Ferienwohnung im Parterre gegangen. Ihre Unterkunft war eher funktional als modern ausgestattet, dennoch war sie mehr als zufrieden. Die Küche war groß genug, das Wohnzimmer geradezu geräumig, das Bad so geschickt möbliert, dass die Enge nicht wirklich störte – und das Schlafzimmer war beinahe gemütlich eingerichtet: mit Bildern an der Wand, einem Stuhl und einer kleinen Kommode, einer zweiflügligen Glastür zum Garten hinaus und einem großen, wunderbar weichen Bett.

Sie las ein wenig, ging dann ins Bad und trat schließlich noch einmal vor das alte Bauernhaus. Mit geschlossenen Augen lauschte sie dem, was die Natur um sie herum an leisen Geräuschen von sich gab. Die Wildschweine hatten sich offenbar wieder getrollt, aber einen Moment lang war es ihr, als habe sie von jenseits des Tales den Motor eines Lastwagens gehört. Doch dann war es wieder so still wie vorher, und nur ganz behutsam strich der Wind durch die Blätter der Büsche und Bäume.

Vorsichtig ging sie noch einmal die wenigen Schritte zum Pool hinunter. Ein Schild beschränkte die Badezeit auf neun Uhr morgens bis neun Uhr abends, aber da sie hier im Moment ganz allein war, würde ihr kaum jemand verbieten wollen, auch nachts ein paar Bahnen zu schwimmen. Heute war sie zu müde dazu, aber allein der Gedanke, nach einem ausgefüllten Tag in der Toskana in das kühle Wasser des Beckens zu gleiten und von anderen ungestört hin und her zu schwimmen, jagte ihr einen wohligen Schauer über den Rücken. Sie umrundete den Pool und blickte auf die Landschaft hinaus. Das Städtchen lag weitgehend im Dunkeln, und auch von den Gehöften, die in einiger Entfernung manche der Hügel krönten, drang kein Licht zu ihr herüber. Sie ließ ihren Blick den Hang hinaufschweifen, am Waldrand entlang und dann noch einmal über die leer stehenden Ferienhäuser. Dort brannte kein Licht, und nirgendwo stand ein Fahrzeug.

Wobei ...

Sie blinzelte und schaute angestrengter als bisher in die Nacht. Neben einem der Häuser bemerkte sie etwas Kastenartiges, vielleicht ein kleines Nebengebäude, das sie bisher übersehen hatte – oder der Aufbau des Lastwagens, dessen Motor sie vorhin zu hören geglaubt hatte. Auf einmal fiel ein schwacher Lichtschein auf den Kasten, und tatsächlich schien dort ein kleiner Lastwagen zu stehen. Und waren da nicht zwei Gestalten, die irgendetwas ausluden und ins Haus trugen? Aber dann verlosch das Licht auch schon wieder, niemand war zu sehen, und der Lastwagen hätte genauso gut auch etwas ganz anderes sein können.

Vielleicht würde sie morgen einen Spaziergang zu den leer stehenden Ferienhäusern machen, dann konnte sie sich ja mal umschauen. Ihr Interesse als Buchautorin war geweckt. Ein Toskana-Krimi – das klang vielversprechend, und als sie mit seligem Lächeln ins Haus zurückkehrte, malte sie sich schon aus, welche erfundenen Verbrechen sie in einer so traumhaften Landschaft ansiedeln könnte.

Der altmodische Klingelton des Handys schrillte wie ein Alarm, hallte von den kunstvoll getünchten Wänden wider und pflanzte sich, allmählich leiser werdend, durch die Flure der Stadtvilla fort. Es läutete ein zweites, ein drittes, ein viertes Mal, bevor sich mit einem dünnen Piepsen die Mailbox einschaltete. Eine kurze Pause entstand, dann war die tiefe, raue Stimme eines Mannes zu hören, der artig seine Nachricht aufsprach.

»Dottore, entschuldigen Sie bitte die späte Störung, aber beim Ausladen des Lasters vorhin ist uns etwas aufgefallen, und ich glaube, das sollten Sie wissen. Wären Sie bitte so freundlich und würden mich zurückrufen, sobald Sie Zeit dafür finden?«

Darauf musste der Anrufer eine gute halbe Stunde warten. Der Dottore hatte zwar keine festen Bürozeiten, und für ein lohnendes Geschäft oder für die Lösung eines drängenden Problems war ihm der Tag ebenso recht wie die Nacht – doch auch im Leben des alleinstehenden Dottore gab es Momente, in denen er sich nur um das kümmern konnte, was er direkt vor sich hatte. Und so blieb er noch einige Minuten liegen, als Loredana schon wieder aus dem Bett geschlüpft und in ihr eigenes Zimmer am Ende des Flurs zurückgekehrt war. Er schnupperte ihrem Duft nach,

13

der leicht und etwas süßlich in der Luft hing. Er strich mit den Fingerspitzen über den warmen Abdruck ihres jungen Körpers neben sich auf dem Laken, wedelte ein langes schwarzes Haar vom Kissen, das sie im Getümmel verloren hatte, und tappte schließlich lächelnd ins Badezimmer hinüber. Die heiße Dusche tat ihm gut, und wie er so unter dem dampfenden Strahl stand, erwog er, den Regler am Ende auf kalt zu stellen und anschließend Loredana in ihrem Zimmer zu besuchen – doch dann hielt er die Augen noch ein wenig länger geschlossen und entschied sich dagegen.

Als er sich auf den Weg in die Küche machte, um noch eine Kleinigkeit zu essen, bemerkte er, dass das Display seines Handys blinkte. Wer ihm da eben eine Nachricht hinterlassen hatte, wusste er schon nach den ersten Worten, obwohl sich sein Anrufer nicht mit Namen gemeldet hatte. Sofort rief er zurück.

»Was ist denn so wichtig, Enno, dass es nicht bis morgen früh warten kann?«

»Ich wollte nicht stören, Dottore, und ich hoffe ...«

»Keine Sorge, ich lasse mich nicht stören, wenn ich nicht will. Also, was ist?«

Enno erzählte von seiner Beobachtung draußen bei den Ferienhäusern und davon, dass mindestens eine der Ferienwohnungen im Bauernhof jenseits des Tals seit Kurzem bewohnt war. Aber zugleich versicherte er seinem Chef, dass diese Feriengäste ganz sicher nichts von ihm und Luca mitbekommen hatten. Doch der Dottore hörte nur noch mit einem Ohr zu und dachte bereits über den nächsten Schritt nach.

»Ist gut, Enno, ist gut«, unterbrach er seinen Helfer

schließlich ungnädig, als der nicht aufhören wollte mit seinen Einschätzungen und Beschwichtigungen. »Wir werden herausfinden, ob jemand etwas bemerkt hat, da helfen uns deine Mutmaßungen jetzt nicht weiter. Deiner Beschreibung nach müsste es sich um den Bauernhof von Giuseppe Calma handeln, richtig?«

»Richtig.«

»Gut. Du wirst dich morgen mit Luca ein bisschen dort umsehen. Es sollte euch nicht schwerfallen, herauszufinden, wer gerade in Calmas Haus seinen Urlaub verbringt.«

»Natürlich, Dottore, das ist ein Klacks für uns. Luca ist im Anschleichen der ...«

»Ich weiß, ich weiß«, unterbrach der Dottore ihn erneut. »Dann soll er sein Talent mal schön zur Geltung bringen, nicht wahr? Und ihr achtet bitte darauf, dass euch keiner sieht. Und falls doch ...«

»Niemals, Dottore, der Luca –«

»Jetzt hör schon auf, Enno, und lass mich ausreden! Ihr legt euch vorher auf jeden Fall eine Geschichte zurecht – selbst ein Weltmeister im Anschleichen hat mal das Pech, dass jemand im falschen Moment um die Ecke kommt.«

»Eine Ausrede? Ja, geht klar, Dottore, nur ... äh ...«

Der Dottore verdrehte genervt die Augen. Natürlich hatte Enno keine Ahnung, was man in solchen Situationen sagen konnte, und die Ausreden, auf die Luca meistens verfiel, waren so plump, dass noch niemand jemals darauf hereingefallen war. Warum musste man sich für seine Geschäfte nur auf solche Einfaltspinsel einlassen? Er seufzte.

»Alles in Ordnung, Dottore?«, kam es vom anderen Ende der Leitung.

»Sì, sì, alles in Ordnung, Enno. Also ... sollte euch jemand erwischen, wie ihr um diesen Bauernhof herumschleicht – und ich weiß ja, dass das praktisch unmöglich ist, so gut wie ihr das machen werdet –, dann erzählt ihr denen, dass ihr nach den Wildschweinen seht, die in der Gegend frei herumlaufen. Erzählt den Leuten meinetwegen auch, dass das mit Giuseppe Calma so abgesprochen ist.«

»Aber das stimmt doch gar nicht, Dottore!«

»Na, und? Wie ich Calma kenne, spricht der mit seinen Gästen nur das Allernötigste. Und ich vermute mal, das Thema Wildschweine wird da nicht unbedingt zur Sprache kommen.«

»Aber ...«

Der Dottore seufzte laut, was Enno verstummen ließ.

»Außerdem wird die Ausrede ja schließlich nicht nötig sein«, fügte er in versöhnlicherem Tonfall hinzu, »weil doch dein Luca so ein Ass ist im Anschleichen, nicht wahr?«

»Da haben Sie recht, Dottore. Natürlich, so wird es sein. Und ich melde mich, sobald wir etwas in Erfahrung gebracht haben. Dottore, Sie wissen ja, dass Sie sich auf mich ...«

»Ja, Enno, ich kann mich auf dich verlassen. Und jetzt geh schlafen, damit ihr morgen bestens für eure heikle Mission vorbereitet seid.«

»Jawoll, Dottore!«

Nachdem der Dottore aufgelegt hatte, blieb er eine Zeit lang starr im Flur stehen, ballte die Fäuste und öffnete sie wieder, versuchte sich einzureden, dass es der trottelige Enno und sein noch trotteligerer Kumpan schon nicht vermasseln würden, dann gab er den Versuch auf und klatschte die flache Hand gegen die Wand, dass es nur so patschte.

»Porca miseria!«

Am Ende des Flurs öffnete sich eine Tür. Loredana trat ins

Licht, rekelte sich in einem luftigen Nichts von Nachthemd am Türrahmen und winkte ihn grinsend mit dem Zeigefinger zu sich. Kurz zögerte der Dottore, dann wurde ihm klar, dass der Abend nur noch auf diese Weise gerettet werden konnte.

Erst war Lisa überrascht gewesen, dass an einem Montagmorgen so viel Betrieb war in Casole d'Elsa, doch als sie ihren Wagen auf dem Parkplatz am südlichen Stadtrand abgestellt und die Stufen zur Altstadt erklommen hatte, sah sie den Grund für den Trubel bald vor sich: Auf der Piazza della Libertà drängten sich die Marktstände, und überall dazwischen standen Menschen beieinander. Sie begrüßten einander überschwänglich, plauderten und scherzten, ließen sich von den Marktbeschickern Obst, Gemüse und vieles andere reichen und traten dann zur nächsten Gruppe, mit der sie einen Schwatz halten konnten.

Es brummte und summte so intensiv auf der Piazza, dass Lisa irgendwann einfach stehen blieb, die Augen schloss und die Atmosphäre regelrecht einsog. Keiner der Besucher schien sich daran zu stören, dass diese schlanke junge Frau einfach mit geschlossenen Augen mitten auf der sonnigen Piazza stand. Nur ein etwas hölzern wirkender Mittdreißiger in der Uniform der Gemeindepolizei musterte sie argwöhnisch und stakste dann auf sie zu.

»Signora?«, sagte er.

Lisa blinzelte und beschattete ihre Augen mit der rechten Hand. Der Polizist sah, dass sie keinen Ring trug und korrigierte sich sofort.

»Signorina, ist alles in Ordnung mit Ihnen?«

»Selbstverständlich.« Sie lugte schnell auf seine Schulterklappen, um ihn mit seinem Dienstgrad anzusprechen, denn er sah so aus, als wäre ihm das wichtig. Aber sie konnte sich im Moment nicht erinnern, wofür zwei rote Winkel standen, also setzte sie nur ein freundliches Lächeln auf und sah ihm fragend in die Augen. Prompt überzog eine leichte Röte das kantige Gesicht des Polizisten, er räusperte sich, schlug leise die Hacken zusammen und stellte sich vor.

»Mario Comes ist mein Name, ich bin Assistente der hiesigen Gemeindepolizei, und wenn ich Ihnen irgendwie behilflich sein kann, Signorina, ich meine ... äh ... suchen Sie eine bestimmte Adresse oder vielleicht ...?«

»Nein«, antwortete sie ihm und war ein bisschen stolz auf ihr fließendes Italienisch. »Ich schaue mich nur um, und als ich Ihren schönen Wochenmarkt entdeckt habe, wollte ich ihn einfach nur genießen.«

»Ah, verstehe, Sie sind Touristin«, sagte er. »Aus Deutschland, wenn ich richtig vermute?«

»Oh, hört man mir das so deutlich an?«

Lisa war etwas enttäuscht, aber Assistente Comes winkte freundlich ab.

»Ihr Italienisch ist perfekt, Signorina«, beruhigte er sie. »Zu perfekt, sozusagen. Ein Cousin unserer geschätzten Bürgermeisterin lebt in Hamburg und ist dort mit einer Deutschen verheiratet. Wenn die beiden zu Besuch nach Casole kommen, spricht sie ebenso fehlerfrei und klar wie Sie. Also, habe ich richtig geraten?«

»Goldrichtig. Sogar Hamburg stimmt, obwohl ich ursprünglich aus Stuttgart stamme.«

»Ah, Stoccarda ...« In Comes' Stimme mischte sich ein schwärmerischer Unterton. »Porsche! Mercedes! Was für

Autos, was für eine Stadt!« Dann deutete er bedauernd hinter sich. »Ich bin leider nicht so gut ausgestattet.«

Lisa sah den Motorroller und musste sich ein Lachen verkneifen. Sie war nicht sicher, ob Comes ihre Erheiterung bemerkt hatte, deshalb schob sie schnell nach: »Um ehrlich zu sein: Mir gefällt Casole besser, viel besser.«

»Das ist zu freundlich von Ihnen, Signorina – aber ich bin ein großer Freund deutscher Autos, ach, was sage ich: Stuttgarter Autos!«

»Die sich aber auch in Stuttgart beileibe nicht jeder leisten kann, Assistente. Und falls doch, dann steht man damit meistens im Stau – das ist kein Spaß, glauben Sie mir.«

Assistente Comes verzog sein Gesicht zu einer bedauernden Grimasse.

»Mit Stau können wir in Casole nicht dienen, Signorina.«

»Umso besser«, antwortete Lisa und lachte. »Der fehlt mir nicht. Aber jetzt will ich mal schauen, wo ich das beste Obst und Gemüse kaufen kann.«

Comes sah einen Moment verlegen zu Boden, dann nahm er seinen ganzen Mut zusammen.

»Darf ich Ihnen ein paar Tipps geben? Ich muss ohnehin hier auf dem Markt nach dem Rechten sehen, und im Moment ist alles ruhig ... Wenn Sie also nichts dagegen haben, bringe ich Sie zu den besten Ständen. Was möchten Sie denn kaufen?«

Lisa nannte ihm ein paar Zutaten für Gerichte, die sie in den nächsten Tagen kochen wollte, und dazu frisches Obst. Assistente Comes nahm Haltung an, reckte den rechten Zeigefinger in die Höhe und hob dazu seine Augenbrauen.

»Da habe ich genau das Richtige für Sie, Signorina!«

Er verbeugte sich leicht, gab ihr mit einer galanten Geste

des linken Arms die Richtung vor und begleitete sie zu einem Stand, der auf den ersten Blick nicht besonders einladend wirkte. Zwar quollen die aufgebauten Kisten fast über vor Obst und Gemüse, aber nicht alles wirkte so frisch, wie es Lisa sich auf einem italienischen Wochenmarkt vorgestellt hatte. Trotzdem standen die Kunden in einem dichten Pulk davor, klaubten sich ihre Waren selbst zusammen oder ließen sich von dem Paar hinter der Auslage – einer kleinen, dünnen Frau und einem stämmigen Mann mit ergrautem Dreitagebart – braune Papiertüten mit Waren füllen.

Als Assistente Comes an den Wartenden vorbei zum rechten Ende des Standes ging, huschte kurz ein Schatten über das Gesicht des Verkäufers. Er beugte sich zu der Frau neben ihm, sagte halblaut ein paar Worte, entschuldigte sich bei einigen Kunden direkt vor ihm und wandte sich dann an den Polizisten.

»Assistente Comes, was für eine Freude!«

Der brummige Tonfall und der finstere Blick des Händlers straften seine Worte Lügen, aber Comes kümmerte sich nicht weiter drum, sondern deutete auf Lisa.

»Spar dir deine Schmeicheleien, Antonio. Diese Signorina ist neu in unserer Stadt, ein Gast aus Deutschland, und du wirst ihr beweisen, dass man nirgendwo besseres und frischeres Obst und Gemüse kaufen kann als bei uns in Casole.«

Lisa blickte noch einmal zweifelnd auf die Waren, die in den vorderen Kisten lagen.

»Oh, Signorina«, rief Antonio aus, »lassen Sie sich bitte nicht vom Aussehen täuschen: Meine Waren sind alle frisch und aromatisch, Sie werden nirgendwo etwas Schmackhafteres finden! Das Obst in den vorderen Kisten verkaufe ich ohnehin zum niedrigen Sonderpreis. Meine Stammkunden wissen es zu schätzen, wenn sie bei mir etwas überreife Kirschen, Birnen oder Zitronen finden, aus denen sie viel intensiver schmeckende Konfitüren oder Säfte herstellen können!«

Comes hatte unterdessen einige Beeren von einer Traube abgezupft, die direkt neben ihm in einer Kiste lag, und reichte sie nun Lisa. Die Weinbeere sah etwas mitgenommen aus, die Haut war nicht mehr völlig glatt, aber der Polizist ermunterte sie, trotzdem davon zu kosten. Vorsichtig nahm sie sie in den Mund, zerdrückte die überreifen Beeren mit der Zunge und staunte nicht schlecht darüber, wie deren intensiver süßer Geschmack auf ihrem Gaumen förmlich explodierte.

»Sehen Sie, Signorina«, schwärmte der Händler, als er Lisas überraschte Miene bemerkte, »auf manche Genüsse muss man nur warten können!«

»Ist gut, Antonio«, fuhr ihm Assistente Comes erneut in die Parade. »Die Signorina hat es verstanden, aber jetzt bietest du ihr von allem, was sie haben will, nur das Allerfrischeste an, verstanden?«

»Certo, Assistente!«

Lisa sagte ihre Bestellung auf, und Antonio wollte schon nach einigen recht hübsch aussehenden Kirschen, Orangen und Pflaumen greifen, da räusperte sich Comes. Antonio sah auf, der Polizist schüttelte nur langsam den Kopf, und mit einem abgrundtiefen Seufzen tauchte Antonio daraufhin hinter seinem Markttresen ab. Er füllte nacheinander mehrere Papiertüten aus Kisten und Kartons, die er zu seinen Füßen etwas versteckt gelagert hatte, und wenig später führte Assistente Comes seine deutsche Begleiterin zum nächsten Stand, während ihm Antonio mit einer Mischung aus Wut und Erleichterung hinterherschaute.

21

Die Frau, auf die sie nun zusteuerten, war eine dicke Mamma wie aus dem Bilderbuch. Ihr gegenüber verhielt sich Comes deutlich höflicher. Auf dem Weg hierher hatte er Lisa so eindringlich ans Herz gelegt, einen toskanischen Bohneneintopf zu kochen, dass sie sich nun gern von der Marktfrau die nötigen Zutaten zusammenstellen ließ. Gerade wollte der Assistente den nächsten Stand empfehlen, da bemerkte er vor der Tür der wuchtigen Kirche, die den Platz überragte, zwei sich streitende Männer.

»Scusi, Signorina, die Pflicht ruft!«, raunte er Lisa noch kurz zu, dann eilte er auch schon in seltsamen, ungelenken Bocksprüngen auf die beiden Streithähne zu.

Die Marktfrau, die inzwischen alles Gewünschte in Tüten gesteckt hatte, sah dem Polizisten lächelnd nach.

»Ach, unser Mario«, sagte sie mit einem Seufzen. »Er nimmt seinen Beruf als Polizist schon sehr ernst. Etwas zu sehr, wenn Sie mich fragen, Signorina. Manchmal stolziert er noch abends hier durch die Gassen und macht ein wichtiges Gesicht. Ich hab Ihnen von allem genug für zwei ordentliche Portionen eingepackt. Nur für den Fall, dass Sie den guten Mario zum Eintopf einladen möchten – er frisst wie ein Scheunendrescher.«

Lisa sah sie erstaunt an, da lachte die Frau nur und winkte ab.

»Ich mein ja nur«, fügte sie hinzu, »damit Sie gewarnt sind.«

»Er hat mir nur geholfen, frisches Obst und Gemüse einzukaufen.«

»Das hat er gut gemacht. Und nebenbei hat er Sie dermaßen angehimmelt …«

Lisa wirkte überrascht.

»Das haben Sie nicht bemerkt?«

»Ich hab nicht drauf geachtet. Nein, ich hab's nicht bemerkt.«

»Na, mir können Sie das schon glauben. Ich werde ja meinen einzigen Neffen gut genug kennen, um ihm an der Nasenspitze anzusehen, wenn ihm eine Signorina gefällt.«

Sie lachte schallend, und ihr mächtiger Bauch wippte dabei auf und ab. Sie streckte Lisa ihre kräftige Hand hin.

»Ilaria Comes, Marios Tante«, stellte sie sich vor und zwinkerte ihrer Kundin zu. Dann wurde sie wieder ernst, musterte Lisa einen Moment lang und fuhr fort: »Aber dann kann es ja noch immer so sein wie leider viel zu oft: Mario gefällt, was er sieht – aber er stößt nicht auf Gegenliebe ... Es ist ein Jammer. Dabei ist Mario wirklich ein guter Kerl und ... wenn er Sie an so einem schönen Tag mal auf seinem flotten Roller mitnehmen dürfte ...«

Lisa war von dem Geplapper der Marktfrau etwas unangenehm berührt und sah sich nach einer Möglichkeit um, sich davonzumachen. Der Streit vor der Kirche war schon wieder beigelegt. Assistente Comes redete auf die beiden Männer ein, dann schubste er sie in Richtung einer Bar davon, in der die beiden daraufhin miteinander verschwanden. Antonio und seine Frau verkauften Obst und Gemüse im Akkord, einer der anderen Händler versuchte sich als Marktschreier, bis ihn das Gelächter der Umstehenden wieder zum Verstummen brachte, und eine Gruppe älterer Herrschaften mit beigefarbenen Hosen, karierten oder gestreiften Kurzarmhemden und Fotoapparaten schlenderte aus einer engen Seitengasse auf die Piazza.

Etwas weniger gemächlich war eine vollschlanke Frau mit langen schwarzen Haaren unterwegs. Neben ihr ging ein

23

dünner Mann mit randloser Brille entlang, auf den sie in einem fort einredete. Dabei sah sich die Frau ständig nach allen Seiten um, grüßte hierhin und dorthin und wirkte, als ihr Blick auf Lisa fiel, für einen Augenblick irritiert. Dann nickte sie Lisa kurz zu, lächelte sie an und strebte weiter über den Platz. Lisa murmelte eine leise Verabschiedung und verließ den Stand von Assistente Comes' Tante. So gut es im allgemeinen Trubel ging, folgte sie der Frau, doch die pflügte viel geschickter als Lisa durch die Menge und war bald schon aus ihrem Blickfeld verschwunden.

Einmal sah Lisa sie noch, da huschte sie gerade um die nächste Hausecke, an der sie ein großer, muskulöser Mann erwartet hatte. Lisa blieb wie vom Donner gerührt stehen, als sie ihn erblickte. Sie rieb sich die Augen, doch schon nach diesem einen Moment waren die Frau, der Dünne und der Muskelbepackte wie vom Erdboden verschluckt.

Lisa blieb stehen, dachte kurz nach und machte sich schließlich auf den Rückweg zu ihrem Wagen. Der Trubel um sie herum erreichte sie nur noch gedämpft, so angestrengt dachte sie darüber nach, ob sie gerade wirklich einen alten Bekannten gesehen hatte – oder ob es in Casole d'Elsa einen Doppelgänger von ihm gab.

»Signorina!«, rief ihr Ilaria Comes von ihrem Marktstand aus zu, aber Lisa eilte weiter und tat, als hätte sie nichts gehört.

Die Marktfrau sah ihr kopfschüttelnd nach.

»Na, die hat ihren Kopf auch überall, nur nicht auf den Schultern! Immerhin: Sie ist zwar neu in der Stadt, scheint aber unsere Dottoressa zu kennen …«

Luca war wirklich gut im Anschleichen, auch wenn es ein wenig albern wirkte, wie er sich zwischen den Büschen den Hang hinaufschlängelte, wo doch schon aus großer Entfernung zu erkennen war, dass der Bauernhof verlassen in der Vormittagssonne lag. Geschickt und zügig kroch der schmächtige Luca voran, den Bauch dicht über dem grasbewachsenen Boden, während Enno ihm in einigem Abstand gemächlich folgte, aufrecht und ohne besondere Vorsicht, beide Hände in den Hosentaschen vergraben. Luca fiel das erst auf, als er die Hecke erreicht hatte, die Vorplatz, Pool und Terrasse des Bauernhofs umgrenzte. Hier sah er sich zum ersten Mal nach seinem Begleiter um, bevor er durch die dichten Büsche schlüpfen wollte – und erstarrte, als er seinen Kumpan so sorglos daherstapfen sah.

»He, Enno! Spinnst du?«, presste er hektisch hervor. »Die sehen dich doch schon von Weitem!«

Dazu wedelte er mit beiden Händen, um dem anderen zu signalisieren, dass er doch schnell in Deckung gehen solle. Doch Enno schlenderte einfach weiter, ließ die Hände in den Hosentaschen und deutete mit dem Kopf zum Bauernhof hinüber.

»Hast du keine Augen im Kopf, Luca? Dort ist niemand, der uns sehen könnte.«

Luca stutzte, dann schob er sich halb durch die Hecke und lugte zu dem Gebäude hinüber. Kurz darauf kam er wieder aus dem Gebüsch hervor und sah Enno fragend an.

»Bist du dir sicher?«

»Ganz sicher. Da ist keine Menschenseele. Das konnte man übrigens schon von dort drüben sehen.«

Er hob den Ledergurt an, an dem ein kleines Fernglas um seinen Hals hing. Lucas Gesichtsausdruck wurde finster.

»Und warum hast du mir nichts davon gesagt?«

Enno zuckte mit den Schultern.

»Du hast mich die ganze Strecke hier heraufschleichen lassen, und dabei hätte ich genauso gut einfach aufrecht über die Wiese trampeln können wie du?«

»Ja. Aber du wolltest dich doch unbedingt anschleichen. Da wollte ich dir die Freude nicht verderben.«

»Also, das ist doch ...!«

»Halt die Klappe, du halbes Hemd. Und jetzt hörst du auf, hier den Indianer zu spielen. Hoch mit dir, wir gehen rüber zum Haus.«

Damit bog Enno einige Zweige auseinander und drückte sich durch die Büsche. Luca folgte ihm, und als er auf der anderen Seite der Hecke noch einmal mit seinen Beschwerden anfangen wollte, zischte Enno nur ein kurzes »Pscht!« und legte den Zeigefinger an die Lippen. Von da an sprach keiner der beiden mehr ein Wort. Stumm und aufmerksam streiften sie um das Wohngebäude des Bauernhofs. Gerade hatte sich Enno für eine Glastür entschieden, durch die er ins Innere der Erdgeschosswohnung eindringen wollte, da hielt er inne und lauschte.

»Hörst du das auch?«, fragte er Luca, der neben ihm stand und noch immer schmollte. »Kommt da ein Auto?«

Nun spitzte auch Luca die Ohren, und nur einen Augenblick später verließen die beiden das Gelände und gingen fürs Erste hinter der Hecke in Deckung.

Lisa lugte anfangs angestrengt durch die Windschutzscheibe, um möglichst viele der tiefen Schlaglöcher zu entdecken und ihnen ausweichen zu können. Aber weil das viel zu selten klappte, gab sie nach einer Weile auf, lehnte sich zurück und rumpelte durch die Löcher. Kräftig durchgeschüttelt erreichte sie den Bauernhof und ließ den Wagen auf dem geschotterten Parkplatz neben dem Hauptgebäude ausrollen.

Sie holte die Einkäufe von der Rückbank und trug alles nach drinnen. Die Mühe, den Wagen abzuschließen, sparte sie sich: Das Auto, das ihr Vermieter ihr für die Zeit ihres Aufenthalts überlassen hatte, würde nicht einmal in der Stadt jemand stehlen wollen, und schon gar nicht hier draußen. Der Fiat-Kombi war den Fahrzeugpapieren zufolge 1991 erstmals zugelassen worden, und mindestens so alt sah er auch aus. Die Reifen waren fast abgefahren, überall an der altmodisch kantigen Karosserie fanden sich Rostflecken und Dellen – und einige Spinnweben, die sie unter der Heckklappe entdeckt hatte, legten den Verdacht nahe, dass der Wagen nicht oft benutzt wurde. Als sie sich aus Höflichkeit dafür bedankt hatte, dass ihr Vermieter ihr das Auto kostenlos lieh, hatte Giuseppe Calma nur abgewinkt und ihr verraten, dass »die alte Karre eh nur ungenutzt auf dem Hof rumsteht«. Egal, ihr reichte der Wagen. Statt einer funktionierenden Klimaanlage mussten offene Seitenfenster für Kühlung sorgen, die Sitze waren durchgesessen – aber immerhin sprang der Motor nach kurzem Leiern jedes Mal verlässlich an.

Als Lisa die Einkäufe in der Küche verstaut und die Bohnen für den Eintopf eingeweicht hatte, setzte sie einen Kaffee auf und ging ins Schlafzimmer. Aus Gewohnheit hatte sie nach dem Vorhang gegriffen, um ihn vor die Glastür zu ziehen, doch dann fiel ihr ein, dass hier draußen ja niemand war. Also ließ sie den Vorhang, wo er war. Wenig später saß sie mit einem starken Espresso draußen auf der Terrasse, streckte die Beine aus und ließ den Blick über die Landschaft schweifen.

Es war still auf dem Hof, ähnlich still wie in der vorangegangenen Nacht, nur dass diesmal die Sonne alles um sie herum in Grün- und Brauntönen leuchten ließ. Ein Knacken irgendwo draußen auf dem Hang ließ sie aufschauen, aber natürlich war nichts zu sehen. Zum einen versperrte ihr die Hecke die Sicht. Zum anderen wussten sich die Tiere, die offenbar auch tagsüber durch die Gegend streiften, sicher gut genug zu verstecken, um für eine deutsche Touristin unsichtbar zu bleiben.

»Mensch, Enno!«

Luca war mitten in der Bewegung erstarrt und sah seinen Begleiter entsetzt an. Enno machte eine betrübte Miene und hob ganz langsam das Knie wieder, mit dem er soeben einen trockenen Ast zerbrochen hatte.

»Ich bin halt kein so guter Schleicher wie du«, raunte er, und Luca war auch prompt ein wenig besänftigt. »Aber sie kann uns ja nicht sehen, die Hecke verbirgt uns, keine Sorge.«

Luca wandte sich wieder dem Tal zu, und als sie eine Gruppe von dicht beieinanderstehenden Büschen erreicht hatten, schaute er noch einmal angestrengt zu dem Bauernhof auf dem Hügel zurück, bevor er sich vorsichtig erhob. Enno stand längst aufrecht neben ihm und kratzte sich nachdenklich den Kopf.

»Was macht dir zu schaffen?«, fragte Luca.

»Ich kann diese Frau nicht richtig einschätzen. Einerseits sieht sie aus wie eine Touristin und wohnt in einer Ferienwohnung – andererseits hat sie offenbar auf dem Markt eingekauft und fährt eine Karre, die sich kein Autoverleih der Welt zu vermieten trauen würde.«

»Und das heißt?«

»Keine Ahnung. Ich ruf den Dottore an, soll der sich doch darüber den Kopf zerbrechen.«

Zur zweiten Tasse Kaffee ging Lisa die Nachrichten durch, die den Vormittag über auf ihrem Handy eingegangen waren. Das meiste war Kleinkram oder Werbung, aber zwei Mails waren sehr interessant.

Ihre Agentin schrieb ihr, dass der Verlag, in dem ihr erster Kriminalroman erschienen war, wegen ihres Mallorca-Krimis ganz aus dem Häuschen sei und nun unbedingt für zwei weitere Bücher der Serie Verträge abschließen wolle – zu deutlich besseren Konditionen und mit ordentlichen Aussichten auf eine Verfilmung: Eine große Produktionsgesellschaft hatte ernsthaftes Interesse angemeldet. Die Summen, die ihre Agentin nannte, ließen Lisa kurz nach Luft schnappen – aber wirklich freuen würde sie sich darüber lieber erst, wenn die Verträge auch wirklich unterschrieben waren.

Die zweite Nachricht stammte von Alex Burgmann, dem Redakteur des Reisemagazins *myJourney*, der sie mit der Toskana-Reportage beauftragt hatte. Er fragte, höflich wie immer, ob sie gut angekommen und die Unterkunft nach ihrem Geschmack sei. Alex war nett, und Lisa hätte sich durchaus mehr mit ihm vorstellen können – aber im Moment steckte ihr noch die schlechte Erfahrung in den Knochen, die sie das letzte Mal gemacht hatte, als sie Beruf und Privatleben nicht strikt genug trennte. Und so lange freute sie sich über Alex' Freundlichkeit, genoss die Mittagessen,

29

während derer sie die nächsten Reportagen für *myJourney* besprachen – lehnte Einladungen zum Abendessen jedoch ab. Alex wirkte nicht beleidigt, sondern eher wie ein Mann, der auch etwas länger zu warten bereit war. Keine schlechte Basis, wie Lisa fand. Diesmal aber hatte Alex mehr zu schreiben als die üblichen Fragen und Höflichkeiten.

»Kennst du meinen Verleger?«, stand in seiner Nachricht. »Heribert von Stoltz hat sich gestern nach dir erkundigt, und heute schon wieder. Seltsam, sonst interessiert er sich nicht besonders für unsere freien Mitarbeiter. Er hat mich um deine Handynummer gebeten – wäre es okay für dich, wenn ich sie ihm gebe? Stoltz fliegt wohl heute oder morgen selbst nach Italien, macht eine Woche Urlaub in der Toskana, und er hat sich offenbar eine Unterkunft in Casole genommen. Vielleicht will er sich mit dir treffen – das kannst du ruhig riskieren, bei Stoltz sogar am Abend. ;-) Du bist nicht sein Typ: zu schlank, zu jung. Kannst mich ja auf dem Laufenden halten, was er von dir will. Vielleicht bietet er dir ja einen Job an, ich drück dir die Daumen. Gibst du mir Bescheid wegen der Handynummer?«

Sie hatte nichts dagegen, und schon wenig später ploppte eine Nachricht auf dem Display auf: Alex Burgmann hatte dem Verleger die Nummer durchgegeben und sie ins CC gesetzt. Aus purer Neugier suchte sich Lisa ein paar Infos zu Heribert von Stoltz zusammen: Der Verleger war achtundfünfzig Jahre alt, ledig, wohlhabend, und einigen Aufsätzen und Artikeln aus den vergangenen Jahren nach zu schließen vor allem dem italienischen Dolce Vita zugetan. Fotos zeigten ihn als distinguierten Herrn in feinem Zwirn, aber auch ein paar Schnappschüsse auf dem Golfplatz und am Steuer eines Oldtimers stöberte sie auf.

»Dann bin ich mal gespannt, was er von mir will«, murmelte Lisa und steckte das Handy weg.

Irritiert legte Dottore Pasquale Cambio den Hörer weg. Enno war nicht schlau geworden aus dem, was er beobachtet hatte. Und auch wenn er es seinem Mitarbeiter gegenüber niemals zugeben würde: Dem Dottore erging es im Moment nicht anders. Er lehnte sich in seinem Sessel zurück und massierte sich die Nasenwurzel. Dann schenkte er sich etwas Eiswasser aus der Karaffe nach und trank das Glas in einem Zug leer. Er erhob sich und trat ans Fenster. Auf dem Piazza del Campo, der sich zu seinen Füßen ausbreitete, schlenderten die Touristen in der Sonne umher. Die Stühle unter den Markisen der Cafés und Ristorantes waren wie immer gut besetzt. Dottore Cambio ließ seinen Blick schweifen: vom Rathaus mit seinem stolz aufragenden Turm über den montags stets geschlossenen Trüffelladen, der sich zwischen Ristorante, Enoteca und Souvenirladen verbarg, bis hin zur Caffè Bar Nannini. Seufzend wandte er sich wieder vom Fenster ab und kehrte an seinen Schreibtisch zurück.

Er musste nachdenken.

Dass Giuseppe Calma so früh in der Saison eine seiner Ferienwohnungen vermietet hatte, war eher ungewöhnlich. Calma war ein fauler Hund, und für Werbung war er zu geizig. Beides führte normalerweise dazu, dass seine drei Wohnungen auf dem alten Bauernhof erst gebucht wurden, wenn alle anderen Anbieter schon nichts mehr frei hatten. So früh im Jahr war das bisher nie der Fall gewesen.

Dass eine allein reisende Frau sich auf Calmas Hof einquartierte, war das nächste seltsame Detail. Die Wohnungen waren groß und eigentlich für Familien ausgelegt. Alle waren sie mit einer vernünftigen Küche ausgestattet, was üblicherweise vor allem Touristen mit kleinen Kindern ansprach. Der Pool und die ruhige Lage etwas abseits der Hauptstraße passten auch nicht zu einer jungen Frau, die doch vermutlich abends gern mal einen Vino in der Altstadt trank.

Es fielen ihm noch ein paar weitere Fragen ein, zu denen er Antworten brauchte, und im selben Moment auch die Person, die sie ihm beschaffen konnte. Dottore Cambio lächelte flüchtig, dann griff er zum Hörer. Es war Zeit, alte Schulden einzufordern.

Zwei Stunden lang streifte Lisa durch die Umgebung der kleinen Stadt und fotografierte in einem fort. Sie entdeckte Bauernhöfe, deren alte Scheunen halb verfallen waren, während man das Haupthaus liebevoll hergerichtet hatte und als Feriendomizil anbot. Sie durchstöberte die umliegenden Dörfer und richtete ihr Objektiv immer wieder auf die Landschaft, die noch nicht von der Sommerhitze verbrannt war, aber doch schläfrig im gleißenden Sonnenlicht lag. Sie machte Bilder von Pinien, kleinen Ristorantes und windschiefen Steinmauern, von landwirtschaftlichem Gerät, das offenbar schon lange niemand mehr benutzt hatte, und von einem teuren Sportwagen, dessen auf Hochglanz poliertes Heck aus der Einfahrt eines schäbig wirkenden Wohnhauses ragte.

Schließlich scrollte sie sich noch einmal durch ihre Bildergalerie, war mit der Ausbeute zufrieden und stieg ins Auto. Am Morgen hatte sie auf dem Weg zurück zum Parkplatz am Rand der Altstadt eine kleine Eisdiele entdeckt, und dort wollte sie sich nun eine leckere Abkühlung gönnen. Die Innenstadt von Casole war inzwischen wieder für den Verkehr freigegeben, aber Lisa bereute es wenig später fast, nicht auch diesmal außerhalb der Altstadt geparkt zu haben und den Rest des Weges zu Fuß gegangen zu sein: Auf den engen Gassen ging es turbulenter zu, als es ihr lieb war.

Vor der Gelateria La Torre war es am ärgsten. Hier standen auf beiden Seiten der Straße Kleinwagen, Transporter und Limousinen wild durcheinander. Mit drängendem Hupen forderte der Mann vor ihr, dass ihm endlich die Durchfahrt frei gemacht werde – was allerdings niemanden zu interessieren schien. Nach links ging es auf einen kleinen Platz mit einigen Bänken, die im Schatten vier kräftiger Bäume standen. »Zona traffico limitate« behauptete zwar ein Schild, trotzdem waren überall Autos geparkt, und dazwischen fand Lisa auch eine Lücke, in die ihr kleines Gefährt gerade so passte.

In der Eisdiele herrschte viel Betrieb, und den Sprachfetzen nach zu urteilen, die sie aufschnappte, standen außer ihr vor allem Einheimische an. Als sie an der Reihe war, ließ sie sich von der jungen Frau hinter der Theke je eine Kugel Pistazie und Zitrone in eine Waffel türmen – und mit verklärtem Gesicht stellte sie fest, dass sie lange kein so gutes Eis mehr gegessen hatte. Kein Wunder, dass der Strom der Kunden nicht abriss. Insgeheim bewunderte Lisa die hübsche Verkäuferin, die trotz des Ansturms für jeden ein Lächeln und ein nettes Wort hatte.

Lisa schlenderte zu dem Platz hinüber und setzte sich auf die Steinmauer, die den Platz zur Straße hin begrenzte. Vor ihr spielten Kinder, während ältere Frauen schwatzend beisammenstanden. Da sah sie die vollschlanke Frau mit lan-

33

gen schwarzen Haaren, die ihr heute früh auf dem Wochenmarkt aufgefallen war. Sie trat aus dem Torbogen des wuchtigen Palazzo, der den Platz nach Süden hin abschloss, grüßte alle freundlich, die ihr begegneten, hielt dabei aber so zügig auf ein Seitensträßchen zu, dass niemand auf die Idee kam, sie für ein Gespräch aufzuhalten. Ein sportlicher Mann Mitte dreißig tauchte auf, begrüßte sie mit Küsschen links und Küsschen rechts und begleitete sie danach in die Seitenstraße. Offenbar hatte die Frau ein Date, ihr perlendes Lachen war quer über den ganzen Platz zu hören, und auch ihr Hüftschwung fiel jetzt noch etwas ausladender aus. Lisa sah den beiden nach, bis sie aus ihrem Blickfeld verschwunden waren, dann fiel ihr auf, dass einige der Menschen auf dem Platz die Köpfe zusammengesteckt hatten und dabei breit grinsend in die Richtung schauten, in die die Frau mit ihrem Begleiter verschwunden war.

Nur zwei Männer verschwendeten keinen Blick auf das Pärchen: ein muskulöser Typ mit Glatze hielt sich in einem Laden auf und ließ die Deutsche mit ihrem Eis nicht aus den Augen, und ein hagerer Mittzwanziger strich sich immer wieder nervös eine lockige Strähne aus der Stirn und sah dabei unverwandt zu Lisa hin. Als sie den letzten Krümel der Eiswaffel gegessen hatte, schaute sie sich nach einem Mülleimer für ihre verschmierte Serviette um – dabei fiel ihr der hagere Lockenkopf auf, der aber sofort sehr interessiert auf seine Schuhspitzen starrte und zusah, dass er den kleinen Platz schnell hinter sich ließ.

– DUE –

Auf der Fahrt zurück zur Ferienwohnung war es Lisa, als wäre kurz nach ihr ein weiterer Wagen auf die staubige Holperstrecke abgebogen, die als Zufahrt zu dem Bauernhof diente. Aber als sie eine Weile über den Weg gerumpelt war und sich zwischendurch immer wieder umgesehen hatte, kam sie zu dem Schluss, dass sie sich geirrt hatte. Der Hof lag verlassen da, und sie ruhte sich ein wenig in der Kühle ihrer Wohnung aus. Dann zog sie sich um und schwamm ein paar Bahnen im Pool. Auf der Liege am Beckenrand rekelte sie sich in der Sonne, bis ihr Bikini trocken war, dann schlüpfte sie in Shirt und Jogginghose und machte sich daran, den Bohneneintopf zu kochen. Sie befragte das Internet nach dem genauen Rezept, das ihr bestätigte, an was sie sich aus dem Geplapper der Marktfrau noch erinnerte: Zunächst mussten die eingeweichten Bohnen abgegossen und danach gut eine Stunde in einer Mischung aus Einweichwasser und Brühe gekocht werden. Zeit genug, um die übrigen Zutaten zu putzen und zu schneiden, was sie wegen des schönen Wetters auf der Terrasse erledigte.

Anschließend trug sie die Schüsseln mit den zerkleinerten Zutaten in die Küche. Die Bohnen brauchten noch ein bisschen, also schenkte sie sich ein Glas Wein ein, um es auf der Terrasse zu trinken, bevor sie weiterkochte. Sie trat ins Freie – und stellte zu ihrer Überraschung fest, dass sie lieber doch erst noch ein zweites Glas und die Weinflasche holen sollte, bevor sie sich nach draußen setzte.

Am großen Holztisch saß gemütlich zurückgelehnt ein muskulöser Glatzkopf in bequemer Kleidung, den sie vor knapp einem Jahr auf Mallorca kennengelernt hatte. Fred bewegte sich keinen Millimeter, während Lisa sich zu ihm setzte und ihm ein Glas Rotwein einschenkte. Lächelnd beobachtete er sie dabei, prostete ihr dann zu und nahm einen ersten kleinen Schluck.

»Sehr gut«, brummte er schließlich zufrieden, stellte sein Glas ab und schien es sehr zu genießen, dass es Lisa offensichtlich kaum erwarten konnte, zu erfahren, was ihn zu ihr führte.

»Dann habe ich mich heute früh also doch nicht geirrt«, sagte Lisa. »Ich habe Sie auf dem Markt in Casole gesehen, konnte aber nicht recht glauben, dass Sie ausgerechnet und zufällig am selben Tag in dieselbe Stadt in der Toskana reisen wie ich.«

»Na ja ...« Fred grinste. »Es ist auch kein Zufall, um ehrlich zu sein.«

Nun gingen ihre Augenbrauen etwas weiter nach oben.

»Und auch Sie sind nicht zufällig hier«, fügte er hinzu, was sie noch verblüffter dreinschauen ließ. Natürlich war sie nicht zufällig hier, sondern wegen eines Auftrags – aber was mochte Fred darüber wissen?

Er stand auf und winkte sie zu sich. Kurz darauf standen sie neben dem Pool, und der Hüne deutete über das Tal zu ihren Füßen.

»Sehen Sie die Ferienhäuser dort drüben?«, fragte er.

Lisa nickte.

»Dort drüben gehen eigenartige Dinge vor«, sagte Fred.

»Und ich habe vorgeschlagen, dass wir Sie zu Hilfe holen, um herauszufinden, wer und was dahintersteckt.«

»Mich?«

»Ja, schließlich hatten Sie im vergangenen Jahr durchaus Ihren Anteil daran, dass auf Mallorca einigen Gaunern das Handwerk gelegt wurde.«

»Nun übertreiben Sie mal nicht. Da hatten Sie viel deutlicher Ihre Finger im Spiel, und ohne den pensionierten Polizeichef Jorge Bennàssar ...«

»Ihre Bescheidenheit ehrt Sie, Lisa, aber Sie müssen Ihr Licht nicht unter den Scheffel stellen. Sie haben eine recht gute Spürnase, und Ihre Fantasie ist ja ohnehin ziemlich ausgeprägt. Gibt es denn schon einen Roman zu Ihren Erlebnissen aus dem vergangenen Jahr?«

Lisa stutzte erneut, aber Fred winkte nur ab.

»Es gehört zu meinem Job, solche Dinge zu wissen. Ihren ersten Krimi hab ich gelesen – sehr unterhaltsam, so weit kann ich Sie loben, nur den Fall selbst fand ich ein bisschen hanebüchen. Aber das kenn ich aus Kriminalromanen, und deshalb lese ich eigentlich auch keine, doch Ihrer hat mich natürlich interessiert.«

Sie räusperte sich, und er quittierte ihre überspielte Verlegenheit mit einem noch breiteren Grinsen.

»Und? Gibt es den Mallorca-Krimi schon?«

»Ja«, gab sie seufzend zu. »Er heißt Balearenblut, fällt aber nicht so blutig aus, wie der Titel vermuten lässt.«

»Ich hoffe sehr für Sie, dass ich darin gut wegkomme.«

Er schaute sehr streng auf sie hinunter, und Lisa schluckte.

»Na, und wenn nicht, ist es auch egal«, sagte er und lachte.

Dann schwieg er und sah nachdenklich über das Tal hinweg zu den Ferienhäusern und machte keine Anstalten zu erklären, was dort drüben los sein könnte – und was er mit alldem zu tun hatte. Lisa entschied sich, sich nicht direkt danach zu erkundigen.

»Haben Sie eine Security-Firma gegründet, wie Sie es geplant hatten?«, fragte sie stattdessen.

Fred nickte.

»Das ist gut«, sagte Lisa und schaute nun ebenfalls auf den gegenüberliegenden Hang.

»Versprochen ist versprochen«, brummte Fred. »Und von Auftraggebern, die mit meiner Hilfe ihre krummen Dinger drehen wollen, habe ich auch wirklich genug.«

»Und läuft das Geschäft?«

»Ja, es läuft gut und wird immer besser. Ich habe mich gleich nach meiner Abreise von Mallorca nach einer Gegend umgeschaut, in der es sich gut leben und zugleich lukrativ arbeiten lässt. Und da hat sich die Toskana angeboten: schönes Wetter, tolle Landschaft, wunderbares Essen, feiner Wein – und seit ich mein kleines Büro in Florenz aufgemacht habe, kann ich mich über mangelnde Nachfrage nicht beklagen. Meine Aufträge bekomme ich von Firmen, die abgelegene Ferienanlagen betreiben, und von Gemeinden, die auf diskrete Weise die Sicherheit ihrer Besucher erhöhen wollen.«

Lisa nickte und deutete auf die Ferienhäuser jenseits des Tals.

»Und wie kommen diese Gebäude dort ins Spiel?«

»Das sollte nicht ich allein Ihnen erzählen.«

Lisa sah verdutzt zu ihm auf, und Fred wandte sich zum Gehen.

»Kommen Sie?«, fragte er über seine Schulter hinweg,

und kurz darauf kletterte sie zu ihm in einen ziemlich nobel wirkenden SUV. Davor hatte sie noch schnell den Herd ausgeschaltet, auf dem der Bohneneintopf vor sich hin köchelte.

Lisa strich anerkennend über die fabrikneu glänzende Abdeckung des Handschuhfachs.

»Ihrem Wagen nach zu urteilen, laufen die Geschäfte wirklich gut.«

Fred nickte zu der Rostbeule hinüber, die ein paar Meter entfernt stand.

»Besser als Ihre, was?«

Lachend trat er das Gaspedal durch. Der SUV machte einen Satz und schoss über den holprigen Weg davon.

Keine zehn Minuten später ließ er den Wagen in der Garageneinfahrt eines Einfamilienhauses etwas außerhalb von Casole d'Elsa ausrollen. Sie waren gerade ausgestiegen, als die Haustür aufschwang und die vollschlanke Frau mit den langen, schwarzen Haaren auf sie zukam, die Lisa heute schon zweimal in der Stadt gesehen hatte.

»So, Lisa«, begann Fred und deutete der anderen Frau gegenüber eine leichte Verbeugung an. »Darf ich vorstellen? Das ist Dottoressa Giulia Casolani, die Bürgermeisterin von Casole d'Elsa.«

»Und Sie sind Lisa Langer, nehme ich an«, fiel ihm die Dottoressa ins Wort. Sie lächelte Lisa freundlich an, gab ihr die Hand und drückte überraschend fest zu. »Kommen Sie doch herein, ich habe eine Kleinigkeit zu essen vorbereitet. Sie haben doch noch nicht zu Abend gegessen?«

»Nein, Fred hat mich zu Ihnen gebracht, bevor ich fertig kochen konnte.«

39

»Sie kocht Bohneneintopf«, merkte Fred an, »auf toskanische Art, wenn mich meine Nase nicht getrügt hat.«

Dottoressa Casolani nickte Lisa anerkennend zu.

»Na, so etwas Feines habe ich heute leider nicht zu bieten. Bitte, kommen Sie!«

Lisa und Fred folgten der Bürgermeisterin in das geschmackvoll, aber nicht protzig eingerichtete Haus und setzten sich im Wohnzimmer an einen ausladenden Holztisch, auf dem mehrere Schüsseln mit Obst und Gemüse, Servierbretter mit luftgetrocknetem Schinken, Salami und Käse, ein Korb mit Weißbrot sowie zwei Schälchen mit einem grünen und einem bräunlichen Dip standen. Ein kleiner Blumenstrauß, eine Karaffe mit Wasser und zwei Flaschen Rotwein ohne Etikett vervollständigten das Stillleben. Dahinter ging der Blick weit über die Landschaft, und am linken Rand des großen Fensters waren einige Dächer von Casole zu sehen.

Vom Flur her erklang eine Männerstimme. Die Dottoressa entschuldigte sich kurz, war aber schon wenige Augenblicke später wieder zurück im Wohnzimmer und setzte sich zu ihren Gästen.

»Ach, er wird ein wenig auf mich warten müssen«, sagte sie, als sie Lisas fragenden Blick bemerkte. »Aber das macht nichts, er weiß, dass es sich für ihn lohnen wird.«

Lisa wurde nicht recht schlau aus der Bemerkung, aber ein kurzer Seitenblick auf Fred, der breit grinsend nach etwas Käse griff, gab ihr eine Ahnung davon, was ihre Gastgeberin gemeint haben könnte. Sie fühlte ihre Wangen heiß werden und schnappte sich ebenfalls schnell einen Happen, um sich abzulenken.

»Hat Fred Ihnen denn schon ein bisschen von dem er

zählt, was uns umtreibt?«, fragte die Dottoressa unterdessen.

»Nein, er hat nur angedeutet, dass in den Ferienhäusern, die am Hang gegenüber von meiner Unterkunft stehen, eigenartige Dinge passieren. Was das mit ihm und vor allem mit mir zu tun hat, wollte er mir nicht sagen. Ich nehme an, Sie können mir da weiterhelfen?«

»Eigentlich hoffe ich auf Ihre Hilfe. Aber der Reihe nach.«

Giulia Casolani schenkte allen Wein und Wasser ein, nahm eine Scheibe Weißbrot, tunkte sie in die grüne Paste und biss ein ordentliches Stück ab. Dann prostete sie ihren Gästen zu.

»Ich bin seit acht Jahren Bürgermeisterin«, begann sie schließlich. »Es hat ziemlich Aufsehen erregt, dass damals eine Frau Ende dreißig ins Amt gewählt wurde – und ich hatte anfangs den Verdacht, dass das mehr mit meinem Familiennamen als mit mir als Person zu tun hat.«

Lisa sah sie fragend an.

»Die Casolanis leben seit Jahrhunderten in Casole, unsere Wurzeln reichen weit zurück, und besonders stolz sind wir auf Alessandro Casolani, einen Maler, nach dem die Straße benannt ist, die von der Piazza della Libertà zum Rand der Altstadt führt. Er gehörte um 1600 zu den toskanischen Berühmtheiten, wobei mir die Fresken in Siena, die nach seinen Entwürfen entstanden, besser gefallen als seine Ölgemälde. Wir Einwohner von Casole nennen uns Casolesi oder eben Casolani – worauf sich vermutlich mein Familienname zurückführen lässt. Aber warum auch immer die Leute hier mich wirklich gewählt haben: Sie sind nicht schlecht gefahren mit mir als Bürgermeisterin, wenn ich das sagen darf. Der Ort floriert, unsere Gästezahlen steigen, und dabei schaffen wir es, dass der pittoreske Charme unseres kleinen Städtchens erhalten bleibt. Wir haben inzwischen viel mehr Besucher als noch vor Jahren – und trotzdem finden Sie bei uns keinen Touristenauftrieb wie in Volterra oder San Gimignano.«

Sie unterbrach sich und lachte.

»Entschuldigen Sie bitte, cara Lisa, dass ich so schnell in den Werbemodus schalte, aber ich bin halt Bürgermeisterin mit Haut und Haaren.«

Giulia Casolani nippte an ihrem Wein und nahm ein Stück Schinken, bevor sie fortfuhr.

»Jedenfalls haben wir es schön hier, und immer mehr Gäste aus anderen italienischen Regionen, aus Deutschland, Österreich und der Schweiz merken das. In der Umgebung werden zahlreiche Bauernhöfe zu Ferienunterkünften umgebaut, auch die Dörfer in der Nachbarschaft richten sich auf zusätzliche Gäste ein, die Lokale und Ladengeschäfte passen ihr Angebot an – und alle, Einheimische und Touristen, haben etwas davon. Und so soll das natürlich noch eine Weile weitergehen.«

»Da kann ich Ihnen vermutlich wirklich helfen: Die Reisezeitschrift *myJourney* hat mich hierhergeschickt, damit ich eine schöne Reportage über lohnende Ziele in der Toskana schreibe, die weniger bekannt sind als Siena, Florenz oder San Gimignano – und da habe ich natürlich auch Ihr schönes Casole d'Elsa im Blick.«

»Das freut mich«, sagte die Dottoressa und zwinkerte Lisa zu. »Und es ist für mich auch keine Neuigkeit, denn … nun … wie soll ich sagen?«

Sie zögerte.

»Ich will es so ausdrücken: Ich bin nicht ganz unschuldig daran, dass Sie hier sind, Lisa.«

»Inwiefern?«

»Ich kenne den Verleger von *myJourney* recht gut, und ich habe ihn gefragt, ob er nicht dafür sorgen könnte, dass Sie mit einem Reportageauftrag hierhergeschickt werden.«

»Und warum das Ganze? Damit ich Werbung für Ihre kleine Stadt mache? Das hatte ich ohnehin vor, aber wenn das eine bestellte Reportage werden soll, weiß ich nicht recht, ob ich nicht lieber die Finger davonlassen sollte. So etwas kann einem ganz schnell den Ruf als Reisejournalistin verderben.«

»Nein, so war das nicht gemeint. Wir hatten auch weniger an Ihren Ruf als Reisejournalistin gedacht, sondern ...«

Sie warf Fred einen kurzen Blick zu, der ihr zunickte. Daraufhin zuckte sie mit den Schultern und seufzte.

»Lehnen Sie sich einfach mal zurück, Lisa, und hören Sie sich meine Geschichte an. Ich muss nämlich ein wenig ausholen, damit Sie alles verstehen. Und da Sie Krimis lieben, wie mir unser gemeinsamer Freund, Signore Fred, versichert hat, dürfte Ihnen die Geschichte gefallen.«

Giulia Casolani schenkte ihr nach und schob das Brett mit dem getrockneten Schinken ein wenig näher zu ihr hin. Mit einem freundlichen Nicken ermunterte sie ihren Gast, sich noch etwas zu nehmen, und als Lisa vom Wein genippt und etwas Schinken genommen hatte, lächelte sie zufrieden und begann.

»Vor gut zwei Jahren waren die Ferienhäuser, die Sie von Ihrer Unterkunft aus am gegenüberliegenden Hang sehen können, weitgehend fertiggestellt. Bauherr war Dottore Aldo Fanfarone, ein Geschäftsmann aus einer sehr wichtigen und mächtigen Familie hier im Ort. Leider hatte er als Unternehmer nicht immer ein glückliches Händchen, und während der Bauzeit der Ferienhäuser spitzte sich seine finanzielle Notlage immer mehr zu. Zum ersten April vor zwei Jahren stellte ihm deshalb die Bank seine Kredite fällig, es kam zum Baustopp der Ferienhäuser, aber Dottore Fanfarone schaffte es irgendwie, seine kleine Firma trotzdem noch mehrere Wochen lang über Wasser zu halten. Am zehnten Juli aber hatte es damit ein Ende: An diesem Tag fand wie an jedem zweiten Julisonntag der Palio von Casole statt – kleiner natürlich als die großen Pferderennen auf der Piazza del Campo von Siena, aber auch wir haben ordentlich Zulauf, und entsprechend eng und turbulent geht es zu. Dottore Fanfarone hatte sich einen Platz ganz vorn an der Absperrung der Strecke gesichert, und irgendwie ist er wohl gestolpert oder aus einem anderen Grund auf die Rennbahn geraten. Jedenfalls war der Zeitpunkt so unglücklich, dass er von den Pferden, die genau in diesem Moment vorbeigaloppierten, totgetrampelt wurde.«

»War das Zufall?«

»Wissen Sie, in dem Durcheinander am Rand der Strecke achtet natürlich niemand darauf, ob jemand im dicht gedrängten Publikum auf die Rennbahn gestoßen wird. Womöglich hat sich der Dottore selbst vor die Pferde geworfen – seine finanzielle Situation war ja, wie gesagt, nicht besonders rosig. Außerdem stellte sich wenig später heraus, dass auch seine Ehe nicht die allerbeste war.«

»Und was glauben Sie, Dottoressa?«

»Lassen wir das für den Moment mal beiseite. Ich erzähle Ihnen zunächst, was danach geschah. Nur vier Tage später wurden Fanfarones Ferienhäuser an eine Firma verkauft, ein Unternehmen namens Sopra S.p.A., über das man leider so gut wie nichts weiß, außer dass es in Florenz gemeldet ist. Übrigens unter einer Adresse, die ein gutes Dutzend weiterer Firmen ebenfalls als Anschrift angibt – Firmen aus ganz unterschiedlichen Branchen, die nicht mehr miteinander zu tun haben als diese Adresse.«

»Eine Briefkastenfirma also?«

»Nicht ganz. Das Büro, um das es sich dreht, ist eine kleine Klitsche, die eine Art Niederlassungsservice anbietet, mit zwei Sekretärinnen, die mehrere Telefone bedienen und sich mit dem Namen der jeweiligen Firma melden, je nachdem, über welche Durchwahlnummer der Anruf reinkommt. Die haben einen größeren Raum, dazu eine Teeküche und eine Toilette – fertig.«

»Und wer steckt hinter dieser Sopra S.p.A.?«

»Das wüsste ich gern. Die Rechtsform der Firma entspricht in etwa einer deutschen Aktiengesellschaft, und natürlich kann man die Namen der Vorstände und des Aufsichtsratsvorsitzenden in Erfahrung bringen – aber das scheinen Leute zu sein, die für zahlreiche solcher Firmen ihren Namen hergeben und vermutlich nur als eine Art Strohmänner fungieren. Und die wahrscheinlich nicht selbst entscheiden, was diese Sopra tut und was sie erreichen will. Die Aktien scheinen nicht gestreut zu sein, und wenn wir auch nicht wissen, wem die Anteile der Firma gehören, so sind wir doch sicher, dass der Besitzer der Aktien die Firma in Wirklichkeit steuert.«

»Wen meinen Sie mit ›wir‹?«

»Auch das erkläre ich Ihnen gleich, aber noch einmal zurück zu dieser ominösen Firma: Wer auch immer hinter dem Unternehmen steckt, er scheint nicht besonders zimperlich zu sein, wenn es darum geht, seine Ziele zu erreichen.«

»Wegen des Todes von Dottore Fanfarone?«

»Nicht nur. Die Grundstücke mit den Ferienhäusern drauf wurden zwar von der Sopra S.p.A. gekauft, aber die Häuser wurden zunächst nicht fertig gebaut. Das hat mich stutzig gemacht, und ich wollte den neuen Eigentümern gegenüber klarstellen, dass ich nicht begeistert davon sei, wenn die Häuser lange ungenutzt in der Landschaft herumstünden. Schließlich wollen wir ja unseren Fremdenverkehr ausbauen, da machen leere Gebäude keinen besonders guten Eindruck. Doch wie gesagt: Von der Firma Sopra habe ich niemanden ans Telefon bekommen – von den Mietsekretärinnen in Florenz mal abgesehen, aber die konnten mir ja nicht weiterhelfen. Also habe ich mich offiziell an den Vorstand gewandt, doch auch von dort kam keine Antwort. Dafür steckte eines Morgens ein zerknitterter Umschlag in meinem Postkasten, darin unter anderem ein Brief, mit ziemlich krakeliger Schrift und voller Rechtschreibfehler. Und darin ...«

Giulia Casolani unterbrach sich, nahm einen Schluck Wein und räusperte sich.

»Und darin wurde mir geraten, meine Finger von den fraglichen Ferienhäusern zu lassen, sonst würde ich es bereuen. In dem Umschlag steckte außerdem noch eine kleine Puppe, die wohl unseren Ortsheiligen San Donato darstellen sollte. Allerdings hatte man ihr den Kopf abgeschnitten.«

»Oh!«

»Ja, das dachte ich mir auch. Den Umschlag fand ich am siebten August im Briefkasten – dem Todestag unseres Ortspatrons, der an diesem Tag im Jahr 362 in Arezzo enthauptet worden war.«

»Eine Morddrohung? Haben Sie sie ernst genommen?«

»Erst war ich einfach nur wütend, aber dann hat mir ein Freund geraten, die Polizei einzuschalten. Das habe ich dann auch gemacht.«

»Und?«

»Assistente Comes hat meine Anzeige aufgenommen, aber natürlich hat er nicht herausgefunden, wer mir den Umschlag zugespielt hat. Signore Comes ist ein netter Kerl, aber leider nicht der Allerhellste. Er hatte nicht die geringste Idee, wo er mit seinen Ermittlungen überhaupt ansetzen sollte. Ich habe dann am nächsten Tag dafür gesorgt, dass er es den Carabinieri meldet – aber auch dort ist nicht viel passiert. Als ich telefonisch nachgehakt habe, hieß es, ich solle mir keine Sorgen machen und das sei sicher nur ein schlechter Scherz.«

»Was glauben Sie?«

»Zunächst ließ ich die Sache auf sich beruhen. Doch in Assistente Comes war ein bis dahin nicht gekannter Ehrgeiz erwacht – leider mit der fatalen Folge, dass er so unglücklich herumfragte, dass auch die hiesige Tageszeitung Wind von dem Drohbrief bekam und mich dazu befragte. Ich tat die Geschichte dem Journalisten gegenüber als schlechten Scherz ab, spielte alles so weit herunter, wie ich nur konnte, und am Ende bat ich ihn, am besten gar nicht über den Brief zu schreiben. Dummerweise war ich ihm gegenüber aus ... nun ja ... persönlichen Gründen nicht in der Position, ihn um etwas bitten zu können.«

Lisa sah sie fragend an.

»Der Journalist und ich waren mal für kurze Zeit zusammen, und das Ende unserer leidenschaftlichen Affäre war wohl nicht nach seinem Geschmack. Wissen Sie, wir hatten ein paar schöne Nächte, dann wurde er anstrengend, und ich habe ihn abserviert. Ich bin in Beziehungsdingen gern etwas flexibler – damit ist der gute Alessandro offenbar nicht so gut klargekommen. Und seither sucht er von seiner Redaktionsstube aus immer wieder nach Geschichten, mit denen er mir das Leben schwer machen kann. Da kam ihm die Morddrohung natürlich gerade recht. Er hat die Sache groß rausgebracht oder zumindest so groß, wie es mit seinem kleinen Lokalblatt geht. Jedenfalls sorgte sein Artikel im Sommer vor zwei Jahren für einige Aufregung. Es war Saure-Gurken-Zeit, und auch die anderen Blätter in der Toskana sind ein-, zweimal bei dieser Sache mit eingestiegen.«

Sie zuckte mit den Schultern.

»Das war zwei, drei Wochen lang recht ärgerlich, aber irgendwann werden in den Zeitungsseiten Fisch und Salat eingepackt, und nach einer Weile hatte sich die Angelegenheit wieder beruhigt, und andere Themen rückten in die Schlagzeilen. Keiner der Journalisten hatte mehr über die Sopra S.p.A. herausgefunden, als ich ohnehin schon wusste, und die Firma selbst reagierte nicht auf die Berichte. Also verlief die Sache im Sand. Meine größte Sorge war damals, dass die Geschichte uns Touristen kosten könnte – das war aber zum Glück nicht der Fall. Nur in der Frage der leer stehenden Ferienhäuser war ich am Ende keinen Schritt weitergekommen.«

Giulia Casolani seufzte.

»In den nächsten Monaten hatte ich als Bürgermeisterin so viel um die Ohren, dass ich mich nicht weiter um diese Firma kümmern konnte, aber auf sich beruhen lassen wollte ich das Ganze auch nicht. Im vergangenen Spätherbst hörte ich von einem Freund, dass es in Florenz eine neue Security-Firma gebe, die schon in ihren ersten Wochen diskret einige Probleme von Kommunen in den Provinzen Florenz und Siena beseitigt habe.« Sie deutete auf Fred. »Und so ist er ins Spiel gekommen.«

»Und Sie beide versuchen seither herauszufinden, wer hinter dieser ominösen Firma steckt?«, hakte Lisa nach.

»Ja. Und manchmal hilft uns auch einer meiner ältesten Freunde, Leonardo di Tabile. Er hat mir den Tipp mit Freds Firma gegeben.«

»Übrigens ist er der Polizeichef von Siena«, fügte Fred hinzu.

»Aber dann haben Sie doch den denkbar besten Kontakt zur Polizei«, versetzte Lisa. »Kann denn nicht Ihr Freund ein paar seiner Leute darauf ansetzen, die Hintergründe dieser Sopra auszuforschen?«

»Das hat er mir natürlich sofort angeboten, aber ich habe abgelehnt.«

»Warum das denn?«

»Nun ... sagen wir: Leonardo hatte seit seiner Ernennung zum Questore der Provinz Siena vor einigen Jahren nicht immer eine glückliche Hand bei seinen beruflichen Entscheidungen. Deshalb hat ihn das Ministerium genau im Blick, und unter seinen Untergebenen gibt es hinreichend ehrgeizige Mitarbeiter, die selbst gern seinen Posten hätten. Vor allem sein Stellvertreter wartet nur darauf, dass der Questore einen Fehler macht oder dass er sich nicht genau genug an die Vorschriften hält. Leonardo macht sich da zwar weniger Sorgen als ich, aber so angespannt, wie die Personalsituation in der Questura zurzeit ist, kann ihm sein

49

Stellvertreter vermutlich schon einen Strick daraus drehen, wenn er einige Mitarbeiter auf die Sache mit den Ferienhäusern ansetzen würde. Und stellen Sie sich nur vor, hinter der Sopra stehen Leute mit Macht und Einfluss, und denen tritt Leonardo mir zuliebe auf die Füße und ...« Sie schnippte mit den Fingern. »Und schon ist er seinen Posten los. Nein, nein, ich möchte seinen Arbeitsplatz lieber nicht gefährden.«

»Hm.«

»Aber er ist auch schon als Ratgeber eine große Hilfe. Wie gesagt, er hat mir die Firma von Signore Fred empfohlen, die inzwischen einiges in Erfahrung bringen konnte.«

»Na ja, Dottoressa«, meldete sich Fred wieder zu Wort, und er klang etwas zerknirscht dabei, »leider haben unsere Recherchen auch dazu geführt, dass Sie weitere Male bedroht wurden.«

»Ach«, sagte die Bürgermeisterin leichthin und winkte lächelnd ab. »Alles Kleinkram, da muss ich wohl durch.«

»Sie wurden noch einmal bedroht und nennen das Kleinkram?«, staunte Lisa.

»Wissen Sie, Freds Leute haben diese leer stehenden Ferienhäuser einige Nächte lang observiert, und es hat nicht lange gedauert, bis einige lichtscheue Gestalten dabei beobachtet werden konnten, wie sie lastwagenweise irgendwelche Kartons in der einen Nacht aus- und in der anderen wieder einluden.«

»Kartons? Mit welchem Inhalt?«

»Das wissen wir leider nicht«, gab Fred zu. »Dottoressa Casolani hatte uns zunächst untersagt, in die Gebäude hineinzugehen und nachzusehen.«

»Erstens wäre das illegal – und zweitens würden diese

50

Unbekannten doch sicher merken, dass jemand in ihre Gebäude eingebrochen ist«, erklärte die Dottoressa. »Stattdessen wollte ich, dass man die Unbekannten verfolgt, damit sie uns möglicherweise zu ihrem Auftraggeber führen.«

»Und, hat das geklappt?«

»Leider nein«, knurrte Fred. »Einmal hatte mein Mitarbeiter eine Autopanne, dann wieder wurde ein anderer meiner Leute abgehängt. Die Männer, die diese Lastwagen steuern, müssen sich sehr gut in der Gegend auskennen. Die fahren bis zur Hauptstraße mit ausgeschaltetem Licht, da kann es bei Neumond ganz schön finster sein. Jedenfalls hatte mein Mitarbeiter einige Mühe, dem Laster zu folgen. In einer Kurve ist er fast in einem besonders großen Schlagloch hängen geblieben – und als er die Hauptstraße endlich erreicht hatte, war der Lastwagen schon über alle Berge. Er ist auf gut Glück in die eine Richtung gefahren, nur um nach einer Weile zu merken, dass er sich wohl falsch entschieden hatte.«

»Hätten Sie nicht zwei Autos einsetzen können?«

»Wir sind gut versorgt mit Aufträgen, und leider können wir nicht immer genügend Fahrzeuge und Mitarbeiter aufbringen – und für diese leer stehenden Ferienhäuser hätte ein Auto eigentlich reichen müssen. Ehrlich gesagt waren wir auch ziemlich überrascht davon, wie flott dieser Lkw-Fahrer unterwegs war.«

»Und dann haben Freds Leute eines Abends das fragliche Gebäude betreten«, sagte die Dottoressa. »Gegen meine Anweisungen im Übrigen – doch sie haben nur leere Räume vorgefunden.«

»Offenbar hatten die Unbekannten ausgerechnet in dieser Nacht alles in ihren Laster geladen, was zuvor dort gelagert war. Pech gehabt«, bemerkte Fred ein wenig geknickt.

»Ja, Pech gehabt – und offenbar haben Ihre Leute obendrein noch Spuren hinterlassen!«

Giulia Casolani klang nun nicht mehr ganz so freundlich wie zuvor, und Fred starrte schuldbewusst auf den Tisch vor sich.

»Es war in der Nacht zum 30. Oktober«, fuhr sie fort, »und am folgenden Tag, am Abend vor Allerheiligen, klingelte bei mir ein ums andere Mal das Telefon – und wann immer ich abhob und mich meldete, wurde aufgelegt, ohne dass jemand etwas gesagt hätte. Die Nummer des Anrufers war unterdrückt. So ging das die halbe Nacht hindurch, bis halb vier etwa. Entsprechend gerädert war ich am nächsten Tag. Und als ein paar Tage später der Gemeinderat tagte, nahm ich vorher ein paar unserer Honoratioren zur Seite und erzählte ihnen, was Signore Freds Leute beobachtet hatten. Ich wollte mich mit ihnen abstimmen, ob wir als Gemeinde etwas unternehmen sollten, und natürlich habe ich alle gebeten, mit niemandem außerhalb unserer kleinen Runde darüber zu sprechen. Tja ...«

Sie lehnte sich seufzend etwas zurück.

»Am übernächsten Morgen fand ich eine tote Katze an die Hintertür meines Hauses genagelt.«

Lisa riss die Augen auf und beugte sich vor.

»Und wer waren diese Honoratioren?«

Ein Lächeln huschte über das Gesicht der Dottoressa.

»Ah, ich sehe schon, Sie machen mit und helfen uns. Das freut mich sehr, und die Liste mit den Namen bekommen Sie natürlich. Jedenfalls habe ich von diesem Moment an mit niemandem mehr über die Geschichte geredet – nur mit

Signore Fred und meinem Freund Leonardo. Und es wurde während der kommenden Wochen auch ruhiger in den Ferienhäusern. Bis Februar blieb es allem Anschein nach still dort draußen, dann fiel mir eines Abends Anfang März zufällig ein Lastwagen auf, der auf die Zufahrtsstraße der Häuser abbog. Ich habe Signore Fred angerufen, und er hat die Observierung wieder aufgenommen. Vielleicht will er den Rest selbst erzählen ...«

Fred nickte und räusperte sich.

»Drei Nächte nacheinander haben wir die Gebäude beobachtet, und diesmal hatten wir tatsächlich einen zusätzlichen Wagen hinter einem Gebüsch an der Hauptstraße postiert. In zwei Nächten geschah nichts, in der dritten kam wieder ein Laster angefahren, zwei Männer luden etwas aus und etwas ein. Dann fuhr der Lkw wieder weg, und der Mitarbeiter am Haus gab übers Handy seinem Kollegen an der Hauptstraße Bescheid. Doch als er selbst an der Hauptstraße eingetroffen war, fand er nur das leere Auto seines Kollegen vor. Ihn selbst konnte er nirgends sehen. Es ging auch niemand ran, als er versuchte, ihn zu erreichen, weder in dieser Nacht noch an einem der folgenden Tage. Ab diesem Zeitpunkt fehlten von meinem Mitarbeiter und seinem Hund, den er mitgenommen hatte, jede Spur.«

»Vier Wochen lang«, setzte Giulia Casolani die Erzählung fort. »Dann bekam ich das hier.«

Sie hielt Lisa das Handy hin, aber die erkannte nicht gleich, was das Display anzeigte, und sah die Bürgermeisterin fragend an.

»Eine abgehackte Hundepfote, schon ziemlich verwest«, erklärte diese.

Lisa schüttelte sich.

53

»Am Morgen meines Geburtstags, dem 19. April, legen Freunde von mir immer bunt verpackte Geschenke vor meine Tür, mal ein schönes Stück selbst gemachten Käse, eigenen Wein, all so was eben«, fuhr die Dottoressa fort. Und diesmal war diese Pfote mit dabei. Signore Fred meint, dass die Pfote durchaus von dem Hund seines Mitarbeiters stammen könne – doch mehr ist von dem Hund und seinem Herrchen bisher nicht wiederaufgetaucht.«

»Sie meinen ... Freds Mitarbeiter wurde von den Unbekannten samt Hund entführt und schließlich umgebracht?«

Fred zuckte mit den Schultern.

»Könnte sein.«

»Aber – einen Mord müssen Sie doch sofort anzeigen!«

»Kann ja auch sein, dass der Hund noch lebt, aber jetzt halt auf drei Beinen. Und was meinen Mitarbeiter angeht ...«
Er seufzte. »Das war leider nicht mein verlässlichster Mann, außerdem ... ähm ... illegal im Land – es kann also genauso gut sein, dass er sich aus dem Staub gemacht hat, als ihm die Unbekannten auf die Pelle rückten.«

»Aber Sie sagten doch, dass das Auto noch an der Hauptstraße stand.«

»Ja, aber die Unbekannten könnten ihn zunächst entführt haben – und er ist ihnen danach entkommen.«

»Hätte er sich denn dann nicht bei Ihnen gemeldet?«

»Wenn er abgehauen ist? Eher nicht. Ich hab's nicht so gern, wenn man mich hängen lässt, und das weiß er auch.«

»Und, Andrea, was hast du zu berichten?«

Die krächzende Stimme der alten Frau hallte in dem hohen Raum wider, und dem jungen Mann, der vor dem riesigen schwarzen Ledersessel stand, in dem die Greisin fast versank, lief es wie immer in solchen Momenten kalt den Rücken hinunter. Donatella Fanfarone war zwar seine Großmutter, aber sie hatte nichts von einer gütigen Nonna, an die man sich als ihr Enkelkind hätte schmiegen wollen. Er hatte die Alte gefürchtet, seit er denken konnte, und auch jetzt, mit immerhin fünfundzwanzig Jahren, atmete er auf, sobald er wieder aus ihrer Gegenwart verschwinden konnte. Donatella war trotz ihres hohen Alters die unumstrittene Chefin des Hauses Fanfarone, und von ihrem renovierungsbedürftigen Stadtpalast am südlichen Rand der Piazza della Libertà aus hielt sie nicht nur die Fäden der Familie fest in ihren gichtigen Fingern: Auch geschäftlich wurde nichts unternommen, was nicht zuvor Gnade vor den Augen der Alten gefunden hätte.

»Sprich, mein Junge. Ich habe nicht ewig Zeit.«

Sie lachte schnarrend, aber das Geräusch hatte nichts Freundliches an sich. Und auch wenn Andrea Fanfarone wusste, dass er seit jeher ihr Lieblingsenkel war, wusste er doch auch, dass es nicht ratsam war, die Alte zu enttäuschen. Dumm nur, dass Andrea nicht recht wusste, was seine Großmutter hören wollte.

»Viel kann ich leider nicht berichten, Nonna«, begann er deshalb zögernd und schluckte, als sich die Alte in ihrem Sessel sichtlich versteifte. »Ich habe die Touristin beobachtet, wie sie sich ein Eis geholt hat. Vorne bei Elisa, sie hatte Pistazie und Zitrone ... in der Waffel ... jeweils eine ... Kugel ... ohne Sahne ...«

Seine Stimme wurde unter dem eisigen Blick seiner Großmutter immer leiser, bis er ganz verstummte.

»Du wirst dir denken können, Andrea, dass mich andere Details mehr interessieren.«

Die Stimme der Alten bebte vor mühsam unterdrücktem Zorn, aber auf ihrer pergamentenen Haut trug sie dazu ein dünnes Lächeln zur Schau.

»Ja, aber ... äh ... Und was genau, Nonna?«

Ein leises Ächzen entfuhr der Frau.

»Sie hat sich also ein Eis gekauft«, sagte sie dann, und es schien sie große Mühe zu kosten, nicht laut zu werden. »Und was hast du sonst noch gesehen, Andrea?«

»Sie hat sich auf die Mauer gesetzt und dort das Eis gegessen. Danach hat sie sich umgeschaut, vermutlich nach einem Papierkorb für ihre Serviette – und dabei ...«

Er senkte den Blick und presste einen Augenblick lang die Lippen zusammen, bevor er weitersprach.

»Und dabei bin ich ihr aufgefallen. Ich bin ihrem Blick natürlich sofort ausgewichen und hab geschaut, dass ich schnell verschwinde – sie hat sicher nicht bemerkt, dass ich sie beobachtet habe.«

Wieder ein Ächzen.

»Nein«, presste die Alte mit beißender Ironie hervor, »sie hat das sicher nicht bemerkt, Andrea. Sicher nicht.«

Eine Pause entstand, und während Donatella Fanfarone ihn musterte, als überlege sie, womit sie seine Dummheit bestrafen könne, strich sich der junge Mann ein ums andere Mal eine lockige Strähne aus der Stirn.

»Ich will mal anders fragen«, knurrte sie schließlich. »Hat sie sich mit jemandem getroffen? Hat sie jemanden besucht? Hat sie mit jemandem gesprochen?«

Andrea Fanfarone dachte angestrengt nach, dann zuckte er mit den Schultern.

»Nur mit Elisa, weil sie ja ihr Eis bestellen musste.«

»Das ist mir schon klar, Andrea. Sonst mit niemandem?«

»Nein, nicht dass ich wüsste.«

»Hattest du den Eindruck, dass sie vor dem Rathaus auf jemanden wartet?«

»N-nein. Auf wen hätte sie denn warten sollen, Nonna?«

»Auf die Dottoressa vielleicht?«

»Auf die Bürgermeisterin? Hm …«

Er schloss die Augen und schien sehr konzentriert nachzudenken. Dann erwiderte er wieder den Blick seiner Großmutter und schüttelte den Kopf.

»Nein, Nonna, denn die Dottoressa ist aus dem Rathaus gekommen, während die Touristin ihr Eis gegessen hat. Und die Dottoressa ist nicht zu ihr hingegangen, sondern hat sich mit einem Mann getroffen.«

»Einem Mann? Was für einem Mann?«

»Ich kenn ihn nicht, aber so einen halt, wie sie sie immer trifft, Nonna. Du weißt schon.«

»Jung, schlank – so was?«

Andrea nickte, und die Alte spuckte ein Wort aus, das sehr nach »Schlampe« klang. »Kannst du mir den Mann beschreiben?«

»Mitte dreißig vielleicht, schwarze Haare, gut gekleidet, ein sportlicher Typ. Die beiden sind dann Arm in Arm weggegangen. Die Touristin ist auf dem Platz geblieben und hat ihr Eis zu Ende gegessen.«

»Hast du noch etwas beobachtet, bevor du die Piazza verlassen hast?«

»Ja, Nonna. Ich bin von der Piazza verschwunden, habe mich aber direkt gegenüber Elisas Eisdiele hinter einem Auto versteckt. Von dort aus habe ich gesehen, wie die Touristin die Serviette, die sie zum Eis bekommen hatte, in einen Papierkorb geworfen hat und direkt danach in ein furchtbar altes Auto gestiegen ist. Das war so alt, dass es noch das alte schwarze SI auf dem Kennzeichen hatte.«

Donatella Fanfarone nickte bedächtig. Das stimmte mit dem überein, was sie schon wusste.

»Gut, Andrea, ich danke dir.« Sie presste ihre dünnen Lippen aufeinander, bevor sie fortfuhr. »Das hast du gut gemacht. Du darfst dich entfernen.«

Der junge Mann verbeugte sich linkisch und flitzte schneller aus dem großen Raum, als es sich eigentlich schickte. Kaum war die hohe Tür hinter ihm ins Schloss gefallen, da wurde ein weiterer wuchtiger Sessel ein wenig zur Seite gerückt. Er hatte am Fenster gestanden, die Rückenlehne zum Zimmer gewandt. Nun erhob sich daraus ein Mann im maßgeschneiderten Anzug, den die Lehne bisher verborgen hatte. Er ging mit bemühtem Lächeln auf die Hausherrin zu.

»Nun, Signora Donatella«, sagte er, verschränkte die Arme vor der Brust, stellte sich breitbeinig vor der Alten auf und blickte abschätzig auf sie hinunter, »das war ja nicht allzu ergiebig.«

»Sie müssen meinen Enkel entschuldigen. Er gibt sich wirklich alle Mühe, aber ...« Sie tippte sich mit einem ihrer dürren Finger an die Stirn. »... aber hier oben geht bei ihm eben alles ein wenig langsamer.«

»Das ist mir nicht entgangen, Signora. Und so kommen wir leider auch nicht wirklich weiter. Nichts, was der Junge Ihnen berichtet hat, ist neu für mich. Die alte Karre wurde der Frau von Giuseppe Calma geliehen, dem Vermieter ihrer Ferienwohnung. Das ist eher untypisch für ihn – und deutet darauf hin, dass wir vorsichtig sein müssen, was diese ›Touristin‹ angeht, oder was auch immer sie in Wirklichkeit sein mag. Haben Sie denn noch jemand anderen, den Sie mit Nachforschungen betrauen können und von dem wir uns ... ich will es mal so ausdrücken: auch halbwegs brauchbare Ergebnisse versprechen dürfen?«

Die Alte funkelte den Mann ungnädig an, woraufhin dieser auch langsam seine Arme sinken ließ.

»Dottore Cambio«, zischte sie, »mein Enkel mag nicht der Hellste unter der toskanischen Sonne sein, aber er ist mein Enkel und damit ein Mitglied der Familie, der ich vorstehe. Und niemand, auch Sie nicht, Dottore, spricht schlecht von Mitgliedern meiner Familie.«

Pasquale Cambio hob abwehrend seine rechte Hand und lächelte gönnerhaft.

»Nichts liegt mir ferner, Signora Donatella. Aber ich würde Sie wohl kaum um Ihre Hilfe bitten, wenn ich mir davon nicht mehr versprechen würde, als Ihr werter Enkel liefern konnte. Und nichts gegen Ihre Familie, die ich sehr schätze und deren Name in der ganzen Provinz einen guten Klang hat – wenn ich mir dagegen Ihre finanzielle Situation vor Augen halte, scheint mir doch zwischen der Reputation Ihrer Familie und ihren Vermögensverhältnissen eine gewisse Kluft zu bestehen.«

Donatella Fanfarone packte die Lehnen ihres Sessels mit beiden Händen und beugte ihren dünnen Oberkörper nach vorn, als wolle sie aufstehen. Aber nun hob Cambio auch die zweite Hand.

»Bitte behalten Sie Platz, Signora«, sagte er schnell, und sein Lächeln wurde eine Spur arroganter. »Das muss ja einstweilen niemand erfahren, jedenfalls nicht von mir. Wie Sie wissen, war ich Ihrer Familie stets gern zu Diensten, und es wäre für mich die allergrößte Freude, wenn ich

Ihnen auch in Zukunft mit Krediten und dem Vermitteln nützlicher Kontakte dabei behilflich sein dürfte, dass Sie Ihre Geschäfte aufrechterhalten und weiterhin diesen … diesen wunderschönen Palazzo bewohnen können.«

Zu den letzten Worten machte er eine Geste, die den ganzen kahl möblierten Raum mit seinem bröckelnden Stuck und den abgewetzten Teppichen umfasste, und er ließ sein Lächeln nun vollends in ein unverschämtes Grinsen übergehen. Der Zorn ließ die Halsader der Alten anschwellen, und über ihre pergamentene Haut legte sich ein leichter Rotton, aber sie sagte kein Wort.

»Nun«, fuhr er fort, während sein Lächeln etwas dünner wurde, »ich sehe, dass Sie Ihre Lage ähnlich einschätzen wie ich. Jetzt ist allerdings die Zeit gekommen, in der Sie meine Freude, Ihnen helfen zu dürfen, mit etwas Unterstützung Ihrerseits wieder anfachen könnten. Ich möchte Sie deshalb bitten, Ihre weitgespannten Beziehungen zu nutzen, um etwas mehr über die Frau herauszufinden, die sich seit gestern hier in der Gegend aufhält. Ich gehe davon aus, dass sie sich für die Ferienhäuser interessiert, die Ihr Sohn gebaut hat und die er leider verkaufen musste.«

»Und die Sie, lieber Dottore Cambio, in überraschendem Ausmaß zu interessieren scheinen«, knurrte Donatella Fanfarone.

»Das muss Sie nicht weiter kümmern«, entgegnete Cambio trocken. »Ich vermute, dass die Frau in Verbindung mit der Bürgermeisterin steht oder mit einzelnen ihrer Freunde – vielleicht soll sie die Ferienhäuser und alles, was dort draußen geschieht, ausspionieren.«

»Und was geschieht dort draußen?«

Cambio lächelte mitleidig.

»Das ist nichts, worüber Sie sich den Kopf zerbrechen müssen, geschätzte Signora Donatella. Aber wenn die Bürgermeisterin mithilfe dieser Fremden schon wieder ihre Nase in diese Angelegenheiten stecken will ... Darf ich mich dann darauf verlassen, dass Sie sie mit sanftem Druck davon abbringen werden?«

»Alles zu seiner Zeit, Dottore Cambio. Alles zu seiner Zeit.«

Die Alte hatte inzwischen ihre Fassung wiedergefunden. Sie streckte die rechte Hand ein wenig nach vorn und sah ihren Gast herausfordernd an. Der tat ihr den Gefallen und deutete, wenn auch mit einem spöttischen Grinsen, einen formvollendeten Handkuss an.

»Ich darf mich empfehlen«, sagte er und fixierte die Augen der Alten mit kaltem Blick.

»Sie dürfen«, erwiderte Donatella Fanfarone und hielt seinem Blick stand.

»Stets eine Freude, mit Ihnen über Geschäfte zu reden«, versetzte Cambio noch, dann wandte er sich zur Tür und ging hinaus, ohne sich noch einmal nach der Alten umzudrehen. Die behielt ihn im Auge, bis er den Raum verlassen hatte, und starrte noch immer finster zur Tür, als seine Schritte im Flur längst verhallt waren.

»Edoardo«, sagte sie halblaut, und schon im nächsten Moment huschte ein untersetzter Mann aus dem Flur in den Raum. Er trug eine dunkelgraue Hose, ein weißes Hemd und eine hellgraue ärmellose Seidenweste und erwartete in gut zwei Metern Entfernung die Anweisungen seiner Herrin. Sein Alter war schwer zu schätzen: Das schüttere, von grauen Strähnen durchsetzte Haar ließ auf einen Mann jenseits der fünfzig schließen, durch die erkennbar durchtrai-

61

nierte Figur hingegen wirkte er jünger. Die Alte nickte ihm mit traurigem Lächeln zu.

»Du hast gehört, was Dottore Cambio wünscht?«

»Ja, selbstverständlich.«

»Und was sagst du dazu?«

»Der Dottore ist nach wie vor der unangenehme Mensch, den Sie in ihm von Anfang an erkannt haben. Und ähnlich unangenehm und anmaßend sind seine ... Wünsche.«

»Und dennoch werden wir Ihnen wohl oder übel nachkommen müssen, fürchte ich.«

»Sehr misslich, Signora Donatella, aber leider nicht zu ändern.«

»Haben Sie eine Idee, wie wir am besten vorgehen könnten?«

»Wenn Sie erlauben, hätte ich tatsächlich einen kleinen Plan, der uns nach allen Seiten angemessen absichern würde.«

Donatella Fanfarone lächelte noch etwas mehr und nickte erneut.

»Mehr muss ich im Moment nicht wissen, lieber Edoardo. Leite bitte alles Nötige in die Wege, und halte mich über den Fortgang der Angelegenheit einstweilen so auf dem Laufenden, wie du es für richtig hältst. Sobald es erforderlich ist, dass wir von den Absicherungen Gebrauch machen, die du erwähnt hast, muss ich natürlich sofort von allen Details und Zusammenhängen erfahren.«

»Das versteht sich, Signora«, sagte der Mann und deutete eine Verbeugung an.

»Und dann schick mir bitte meinen verbliebenen Sohn. Wir müssen uns um die Bürgermeisterin kümmern, da könnte er sich zur Abwechslung mal als nützlich erweisen.«

»Sehr wohl, Signora.«

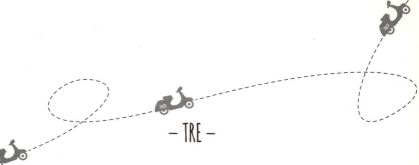

– TRE –

»Und wo bist du jetzt gerade?«

Dottore Cambio hatte Enno noch vom Wagen aus angerufen.

»Ich bin kurz vor der Schnellstraße zwischen Florenz und Siena. Erst bin ich der Touristin vom Haus der Bürgermeisterin bis zu dem Bauernhof gefolgt, auf dem sie wohnt. Sie hat sich die ganze Zeit sehr angeregt mit einem Glatzkopf unterhalten, der sie nach Hause gebracht hat. Der Typ ist ziemlich durchtrainiert, mit dem hätte wohl auch ich alle Hände voll zu tun. Er ist gerade wieder weggefahren, und ich werde gleich wissen, ob er in Richtung Florenz oder in Richtung Siena fährt. Er hat übrigens zwei Männer in der Nähe des Bauernhofs postiert, die die Frau vermutlich beschützen sollen. Luca ist ebenfalls dort draußen versteckt und behält die beiden und die Touristin im Auge.«

»Gut gemacht. Und sobald du weißt, wohin dieser Glatzkopf gefahren ist, gibst du mir Bescheid. Vielleicht kannst du ja noch herausbekommen, was es mit diesem Typen auf sich hat. Ansonsten: einfach nur die Touristin beobachten, verstanden?«

»Und die nächsten Ladungen?«

»In den kommenden Nächten wird es keine Ladungen geben. Erst muss ich wissen, wer sich alles für das interessiert, was in den Ferienhäusern vor sich geht.«

63

»Geht klar, Chef.«

Dottore Pasquale Cambio legte auf, und Enno war froh, dass er sich wieder besser auf die Verfolgung des Hünen mit der Glatze konzentrieren konnte. Gerade noch rechtzeitig bemerkte er, dass dessen SUV ein paar Wagen vor ihm die Auffahrt in Richtung Florenz nahm. Enno folgte ihm und ließ sich danach etwas weiter zurückfallen. Rechtzeitig vor dem Autobahndreieck zwischen Tavarnuzze und Bottai schloss er wieder dichter auf. Und als der SUV kurz darauf Kurs auf die Innenstadt von Florenz nahm, befanden sich nur noch zwei Fahrzeuge zwischen Enno und dem Auto, das er verfolgte.

Edoardo geleitete den massigen Mann mit gewichtiger Miene in den großen Raum und zog sich dann diskret in den Flur zurück, wo er wie üblich direkt hinter der Tür stehen blieb. Ernesto Fanfarone tappte auf seine Mutter zu, die in ihrem Sessel schlief, aber durch das Geräusch seiner Schritte sofort erwachte. Ein paarmal blinzelte sie und sah sich im Zimmer um, als müsse sie sich besinnen, wo sie war, dann setzte sie sich ein wenig aufrechter hin und wies auf den Polsterstuhl, den Edoardo vorhin für den Besucher zurechtgestellt hatte.

»Ah, Ernesto«, krächzte Signora Donatella und musste sich einige Male räuspern, bevor ihre Stimme wieder etwas fester klang. »Wie schön, dass du Zeit gefunden hast.«

Ernesto Fanfarone strich sein Jackett glatt, das ihm im Hinsetzen über dem feisten Bauch verrutscht war, und musterte seine Mutter. Hatte gerade ein Hauch von Spott in ihrer Stimme gelegen? Schließlich wusste er nur zu gut, dass ihr sein älterer Bruder in allem lieber gewesen war –

und dass sie von dem mäßigen Erfolg, den er mit seiner Anwaltskanzlei hatte, nicht sonderlich beeindruckt war. Aber die alte Frau sah ihn nur an, ernst und gefasst und ohne jedes verdächtige Zucken um die tief eingegrabenen Mundwinkel.

»Du siehst müde aus, Mutter«, sagte er schließlich, aber die Alte winkte nur ab.

»Es gibt Arbeit, und du kannst der Familie einen Dienst erweisen. Ich hoffe, deine Mandanten nehmen dich nicht über Gebühr in Anspruch.«

Nun blitzte es doch verräterisch in Signora Donatellas Augen, aber sie hatte sich gleich wieder im Griff.

»Ich bin mit dem Gang meiner Geschäfte zufrieden, Mutter, meine Mandanten schätzen mich, und ich mag meinen Beruf, auch wenn du nicht viel von mir und meiner Karriere hältst.«

»Lassen wir das für den Moment, mein Junge. Ich will dir erklären, was ich von dir will.«

Sie holte ein klein zusammengefaltetes Blatt Papier hervor, reichte es ihm und forderte ihn mit einer ungeduldigen Handbewegung auf, den Zettel auseinanderzufalten.

»Dort findest du die Namen einiger Unternehmen, vermutlich Briefkastenfirmen, sowie die Namen einiger Personen, die möglicherweise mit diesen Firmen in Verbindung stehen.«

Ernesto Fanfarone begann zu lesen und blieb bei dem ersten Namen hängen, der ihm bekannt war.

»Sopra S.p.A.«, sagte er bedächtig und behielt seine Mutter dabei sehr genau im Blick. »Diese Firma hat Aldos Ferienhäuser gekauft, wenn ich mich recht entsinne.«

Die Alte nickte.

»Ich habe damals, gleich nach dem Kauf, ein wenig nachgeforscht, aber mehr als eine Adresse in Florenz, die auch zahlreiche andere Unternehmen als Firmensitz angeben, habe ich nicht herausgefunden«, fuhr er fort. »Und unter der Florentiner Adresse findet sich nur eine Klitsche, die Bürodienste anbietet und unter anderem für die Sopra Telefonate entgegennimmt.«

»Ich weiß.«

Ernesto Fanfarone stutzte.

»Ich weiß, dass du damals Nachforschungen angestellt hast«, versetzte seine Mutter mit einem dünnen Grinsen. »Und ich weiß, was dabei herausgekommen ist. Du darfst davon ausgehen, dass ich das meiste weiß, was für unsere Familie wichtig ist.«

»Gut, und warum glaubst du, dass ich jetzt, fast zwei Jahre später, mehr über diese Firma herausfinden werde?«

»Schau dir die Namen der Männer auf der Liste an.«

Er las die Namen ein zweites Mal und ließ das Blatt dann sinken. »Wenn ich mich nicht täusche, sind das die Männer, die auf der Internetseite der Sopra S.p.A. als Mitglieder des Vorstands und des Aufsichtsrats genannt sind.«

»Strohmänner, vermutlich. Und sie fungieren auch als Vorstände oder Aufsichtsräte der anderen Firmen auf der Liste. Aber wer wirklich hinter den Firmen steckt, weiß ich nicht. Noch nicht, denn genau das ist es, was du für mich herausfinden sollst.«

»Das wird nicht einfach werden.«

»Jetzt kannst du zeigen, dass du deinen Beruf beherrschst. Anwalt kann sich jeder schimpfen – ein guter Anwalt hat Verbindungen. Und wenn ich mir so anschaue, wer alles zu deinen Mandanten gehört, dann sollte es für dich durchaus machbar sein, auf elegantem Weg einige Hintergrundinformationen zu dieser Firma zu beschaffen.«

»Was weißt du von meinen Mandanten?«

»Genug, mein Sohn. Genug, um zu wissen, dass du beste Kontakte hast, auch zu solchen Leuten, die mit ihren Geschäften aus gutem Grund das Licht scheuen.«

»Ich muss schon bitten, Mutter, ich ...!«

»Geschenkt, Ernesto. Mach einfach, was ich dir aufgetragen habe. Besorg mir diese Informationen.«

Ernesto Fanfarone sah seine Mutter gespannt an, aber die alte Frau hatte offenbar nicht vor, ihm zu erklären, was sie mit den Informationen vorhatte. Also nickte er nur knapp, erhob sich, faltete den Zettel wieder zusammen und steckte ihn im Hinausgehen in die Tasche.

Die Fahrt führte Enno von Süden her nach Florenz, an der Porta Romana vorbei und hinein ins Gewimmel der Florentiner Innenstadt. Vor einem zweigeschossigen Häuschen in der Via Francesco Berni wartete der Wagen, den Enno verfolgt hatte, knapp zwei Minuten lang in zweiter Reihe, bis ein Parkplatz frei wurde. Dann steuerte der Glatzkopf seinen SUV in die Parklücke, stieg aus und ging auf die nächstgelegene Haustür zu. Am westlichen Ende der schmalen Straße stand ein Ensemble aus vierstöckigen Mehrfamilienhäusern, die übrige Straße jedoch wurde auf beiden Seiten von fast identischen Wohnhäusern mit zwei Geschossen, vergitterten Fenstern im Erdgeschoss und einem kleinen Balkon im ersten Stock dominiert.

Enno rangierte mit seinem Wagen vorsichtig in eine Parklücke drei Häuser entfernt, dann wartete er. Im ersten Stock des Hauses, in dem der Glatzkopf verschwunden war, wurde jetzt der grün lackierte Fensterladen aufgestoßen. Es war dahinter niemand zu sehen, aber das Licht war eingeschaltet, und als Enno das Fenster auf der Fahrerseite herunterließ, kam es ihm so vor, als wehe der Soundtrack einer Fernsehserie zu ihm herunter. Er fotografierte das Haus, die Haustür und das offen stehende Fenster. Als er sich eine gute halbe Stunde später auf den Heimweg machte, schoss er ein Foto vom SUV, auf dem man auch das Autokennzeichen erkennen konnte. Hinter der nächsten Straßenecke hielt er an und schickte dem Dottore die Adresse und das Kennzeichen als Textnachricht. Dann hatte er endlich Feierabend.

Fred hatte von Anfang an den Eindruck gehabt, dass er verfolgt wurde. Die Zufahrt zur Schnellstraße in Richtung Florenz nahm er deswegen erst auf den letzten Drücker mit einem recht waghalsigen Manöver. Der Allerweltskombi ein paar Fahrzeuge hinter ihm fädelte sich daraufhin ebenfalls in Richtung Florenz ein. Auf der vierspurigen Strecke ließ er sich weiter zurückfallen und schloss erst wieder auf, als sie sich dem Autobahndreieck im Süden von Florenz näherten.

Da hatte Fred längst beschlossen, seinen Verfolger zu täuschen. Einstweilen musste niemand wissen, wo das Büro seiner Security-Firma lag – im Gegenzug wollte er natürlich herausfinden, für wen der andere arbeitete. Also rief Fred von unterwegs einen Bekannten an, den er kurz nach seinem Umzug nach Florenz in einer Bar kennengelernt hatte und mit dem er seither einmal die Woche einen Wein trinken oder etwas essen ging. Der Bekannte bewohnte ein einfaches Haus etwa einen Kilometer Luftlinie westlich vom

Ponte Vecchio gelegen, und er war gleich Feuer und Flamme gewesen, als ihm Fred am Handy von seinem Plan erzählte.

Seit ihnen auf dem Heimweg von einer Trattoria vier Schlägertypen den Weg verstellt hatten und Fred mit den Angreifern wenig zimperlich umgegangen war, war er für seinen Bekannten der Allergrößte – und als Fred dann auch noch andeutete, dass er als Personenschützer arbeitete, was ja nur halb gelogen war, wollte der Bekannte immer neue Abenteuergeschichten von seinem deutschen Freund hören. Fred tat ihm den Gefallen und dachte sich ein paar spannende Räuberpistolen aus. Er hatte ja wirklich hinreichend Erinnerungen in petto, an denen sich seine Fantasie entzünden konnte.

Und so erwartete ihn der Bekannte bereits, als er seinen SUV abstellte, und drückte genau im richtigen Moment den Türöffner, sodass ein Beobachter zu dem Schluss kommen musste, dass Fred den Schlüssel zu dieser Tür besaß. Dann stieß er im ersten Stock einen Fensterladen auf und drehte den Fernseher laut, während Fred durch die Ritzen eines Fensterladens im Erdgeschoss im Blick behielt, was sich draußen tat. Und tatsächlich setzte sich der Kombi, der ihn verfolgt hatte, gut eine halbe Stunde später in Bewegung. Der Fahrer, ein vierschrötiger Typ mit ähnlich spärlicher Restfrisur wie Fred, ließ sein Fahrzeug langsam am Haus vorbeirollen und verschwand an der nächsten Straßenkreuzung nach rechts.

Fred bedankte sich bei seinem Bekannten und versprach ihm hoch und heilig, beim nächsten Glas Wein haarklein zu berichten, wie die weitere Verfolgungsjagd verlaufen war. Dann versicherte er sich noch einmal, dass der andere nicht mehr in Sichtweite war, schlüpfte aus der Haustür und fuhr dem Mann mit seinem Geländewagen hinterher. An der Kreuzung tastete sich Fred im Schritttempo voran, und wirklich hatte der andere nur ein Stück weiter angehalten und fuhr nun wieder los. Der Mann hatte das Seitenfenster heruntergelassen und den linken Ellbogen aufs Türfutter gelegt, dazu plärrte das Autoradio ältere italienische Schlager. Mit der linken Hand hielt er immer wieder eine brennende Zigarette aus dem Fenster und schnippte etwas Asche auf die Straße, dann verschwand die Hand mit der Kippe wieder im Innenraum, und wenig später pustete der Mann Rauch zum Fenster hinaus. Offenbar rechnete er nicht damit, verfolgt zu werden.

An der Ausfahrt Colle di Val d'Elsa Sud verließen sie die Autobahn, es ging durch ein Gewerbegebiet, und schließlich stellte der andere seinen Kombi auf einem Parkplatz etwas oberhalb der Viale dei Mille ab, die von hieraus ins Zentrum von Colle di Val d'Elsa führte. Fred war zügig an der Abzweigung zum Parkplatz vorbeigefahren, hatte dann umgedreht und näherte sich nun der Abzweigung von der anderen Seite. Der Mann mit dem Kombi ging auf ein schäbig wirkendes Mehrfamilienhaus zu. Im Parterre war zur Hauptstraße hin ein Ristorante untergebracht, dessen riesige Markise eine von bepflanzten Betonkübeln begrenzte Terrasse überspannte. Der Mann hatte sich zur Rückseite des Gebäudes gewandt, wo es offenbar einen Zugang zu den Wohnungen in den oberen Stockwerken gab.

Fred wartete, bis der Mann im Haus verschwunden war, dann stellte er seinen SUV zwei Plätze neben dem Kombi ab. Das Kennzeichen des Wagens hatte er sich bereits notiert, nun zog er eine Baseballmütze und einen dünnen Mantel über und schlenderte an der Rückseite des Hauses vorüber.

Aus den Augenwinkeln behielt er alle Fenster im Auge, aber nirgendwo konnte er eine Bewegung wahrnehmen. Trotzdem wagte er sich nicht an die Haustür, obwohl es ihn gereizt hätte, die Namen der Bewohner zu notieren, auch wenn er nicht wusste, welches Namensschild zu seinem Verfolger gehörte. Denn trotz Kappe und Mantel würde der andere natürlich sofort den Mann erkennen, den er nach Florenz verfolgt hatte – und damit auch wissen, dass seine Tarnung aufgeflogen war.

Zur Sicherheit schlug Fred einen Bogen durch die benachbarten Straßen, der ihn zu seinem Ärger immer wieder in Sackgassen führte, und als er am Ende seinen SUV erreichte, hatte er einen ziemlich ausgedehnten Spaziergang hinter sich.

Vom Palazzo Fanfarone hatte Ernesto nur einen kurzen Fußweg in das Stadthaus, das er mit seiner Frau und seinem Sohn bewohnte. Natürlich wäre im Palazzo mehr als genug Platz für sie drei gewesen, und Donatella Fanfarone hätte gern alle Mitglieder der engeren Familie innerhalb der Mauern ihres trutzigen Gebäudes versammelt. Doch schon Ernestos älterer Bruder hatte seinerzeit darauf bestanden, ein eigenes Haus zu beziehen – wobei es in seinem Fall weniger Aldos Wunsch als der seiner Frau gewesen war. Jedenfalls konnte Donatella hinterher dem jüngsten Sohn denselben Wunsch nicht abschlagen. Und so hatte Ernesto vor mittlerweile knapp drei Jahrzehnten einem Geschäftsmann das Gebäude abgeluchst, der sich aus seinen finanziellen Nöten nur noch durch den Verkauf seines Geburtshauses befreien konnte. Das schlichte Gebäude lag an keiner der beiden prominentesten Straßen durch die Altstadt, sondern sozusagen in zweiter Reihe: in der Via San Donato am westlichen Ortsrand. Dafür gab es hier aber einige Parkplätze in nächster Nähe und vor allem einen herrlichen Blick, der von der Terrasse und von den Fenstern im ersten Stock wunderbar auf die bewaldeten Hügel im Westen von Casole hinausging.

Für das beeindruckende Panorama hatte seine Frau Lydia im Moment allerdings keinen Blick. Sie saß vor einem halb geleerten Cocktailglas, in dem ein Papierschirmchen steckte, das so kitschig war wie der Sonnenschutz, unter den sie ihren Gartensessel geschoben hatte. Ein kurzer Blick auf ihre lässige Haltung und die schweren Lider verrieten ihm, dass dieser Cocktail für seine Frau nicht der erste des Tages war.

»Und?«, fragte Lydia so bissig, wie es ihr etwas benebelter Zustand zuließ. »Was wollte der alte Drache?«

»Sie will, dass ich Informationen für sie einhole. Und ich wäre dir sehr verbunden, wenn du sie nicht ›alter Drache‹ nennen würdest.«

Lydia Fanfarone deutete im Sitzen eine spöttische Verbeugung an, was sie noch betrunkener wirken ließ.

»O ja, selbstverständlich, die edle Signora hat Hof gehalten im Palazzo! Und der Bub muss springen, wenn sie mit den Fingern schnippt, nicht wahr?«

»Lass gut sein, Lydia. Du trinkst zu viel, und Spott steht dir nicht.«

»Ich trinke zu viel? Pah! Ich trinke zu wenig, viel zu wenig!«

Sie erhob sich schwerfällig aus dem Gartenmöbel, trank den restlichen Cocktail in einem Zug aus und strebte mit unsicherem Schritt der Tür zu, die zur Küche führte. Einen

Moment lang dachte Ernesto noch daran, seiner Frau erneut ins Gewissen zu reden, dann ließ er es bleiben und ging in sein Büro. Der große Raum reichte über die gesamte Nordseite des Erdgeschosses und hatte einen eigenen Seiteneingang über die Gasse, die sich zwischen Fanfarones Haus und das Nachbargebäude zwängte. In westlicher Richtung gab es riesige Fenster, die den Blick auf die freie Landschaft freigaben. Seinen wuchtigen Schreibtisch hatte Ernesto Fanfarone so aufstellen lassen, dass er bei der Arbeit diese atemberaubende Aussicht vor sich hatte.

Seine Mutter hatte ihn immer dafür kritisiert, dass er keine Assistentin beschäftigte, aber die ständigen Vorwürfe seiner Frau, diese Angestellte sei zu attraktiv oder jene zu aufdringlich, waren ihm so sehr auf die Nerven gegangen, dass er irgendwann beschlossen hatte, alles allein zu erledigen. Schriftsätze konnte man genauso gut einem Sprachprogramm diktieren, er war auch nicht ungeschickt im Umgang mit Tastatur und Maus – und obendrein entlastete der Umstand, dass kein Lohn gezahlt werden musste, sein eher knappes Budget.

Er schob einige Aktenstapel zur Seite und holte den Zettel hervor, den ihm seine Mutter mitgegeben hatte. Dann schaltete er seinen Rechner an und gab die Namen in die Suchmaschine ein, doch die Recherche förderte keine Verbindung zwischen den Personen auf der Liste und der ominösen Firma Sopra S.p.A. zutage. Auch die Beziehungen zwischen den einzelnen Personen waren überschaubar und deuteten auf keine halbseidenen Machenschaften hin. Was konnte seine Mutter dazu bewogen haben, ihn ausgerechnet nach Verbindungen dieser Männer mit der Sopra suchen zu lassen?

Nach einer Weile lehnte er sich in seinem Sessel zurück und massierte sich die Nasenwurzel. Dann schaute er lange auf die Hügel hinaus und dachte nach, bis die vertrauten Kopfschmerzen wieder hinter seinen Schläfen zu pochen begannen.

Wie oft er sich diese Fragen schon gestellt hatte! War sein Bruder wirklich durch einen tragischen Unglücksfall ums Leben gekommen? Und, falls nicht: Wer hatte Schuld an seinem Tod?

Wenn es darum ging, wer am meisten von Aldos plötzlichem Ende profitiert hatte, kamen ihm zwei Namen in den Sinn: Aldos Witwe Aurora, die eine stattliche Lebensversicherung kassiert und ihren neuen finanziellen Status inzwischen durch die Hochzeit mit einem vermögenden Fabrikanten abgesichert hatte – und die Sopra S.p.A., die wenige Tage nach Aldos Tod dessen fast fertiggestellte Ferienhäuser gekauft, bisher aber offenbar nicht weiterverwertet hatte.

Sein Blick wanderte zur Wand rechts vom Schreibtisch. Dort hingen stets zwei Jahreskalender: das eine war der aktuelle, das andere der vom nächsten Jahr, in dem der zweite Sonntag im Juli rot markiert war. Der Tag des Palio von Casole d'Elsa. Der Jahrestag von Aldos Tod. Und der Tag jenes Palios, an dem Ernesto genauso alt sein würde wie sein Bruder, als dieser starb.

Er stand auf, schenkte sich einen Whisky ein, schwenkte das gut gefüllte Glas ein wenig und hielt es dann so, dass sich das Licht der Deckenbeleuchtung in der langsam kreisenden Flüssigkeit brach. Ein paar Minuten lang stand er so, dann trank er das Glas zur Hälfte aus und stellte es hart auf dem Schreibtisch ab. Mit verschränkten Armen stellte er sich ans Fenster und sah hinaus. Die Landschaft war inzwischen in Dunkelheit getaucht, in den umliegenden Ortschaften waren überall die Lichter angegangen, und auch von der Terrasse flackerte der Schein der beiden Fackeln herauf, die Lydia abends so gern anzündete.

Insgeheim verfluchte er sich dafür, seinerzeit zu diesem Jahrmarkt gegangen zu sein und dort ausgerechnet das Zelt einer Wahrsagerin aufgesucht zu haben. Natürlich hatte sie ihm zuerst eine glückliche und finanziell gesicherte Zukunft ausgemalt, doch dann hatte sich ein Schatten auf ihr Gesicht gelegt, und er musste immer und immer wieder darauf bestehen, dass sie ihm alles sagte, was sie sah. Er legte sogar noch einige Scheine auf die verabredete Summe drauf, bevor sie endlich sprach.

Seither war der zweite Julisonntag des nächsten Jahres im Kalender dick rot angestrichen. Durchaus angemessen für jenen Tag, für den Ernesto Fanfarone seinen Tod erwartete.

An diesem Abend ging Lisa erst sehr spät zu Bett. Fred hatte ihr versichert, dass seine beiden Mitarbeiter den Bauernhof gut genug im Blick hatten, um ihr eine ruhige Nacht zu gewährleisten. Auch drüben in den geheimnisvollen Ferienhäusern tat sich nichts, es blieb dunkel, und selbst mit dem Feldstecher, den ihr Fred dagelassen hatte, war auf dem gegenüberliegenden Hang keine Bewegung auszumachen.

Das Gespräch mit der Bürgermeisterin ging ihr noch stundenlang durch den Kopf. Selbst dann noch, als sie den Bohneneintopf zu Ende gekocht und ausgiebig gekostet hatte, grübelte sie unablässig darüber nach, wer hinter den Drohungen gegen die Dottoressa stecken konnte und ob Freds

Mitarbeiter und dessen Hund wohl noch lebten oder schon längst irgendwo verrotteten.

Im Wissen, dass sie von Freds Männern bewacht und damit auch beobachtet wurde, hatte sie keine Lust, den Abend wieder auf der Terrasse zu verbringen. Also setzte sie sich mit etwas Knabberzeug und einem Glas Wein vor den Fernseher. Eine Zeit lang zappte sie sich lustlos durch die Programme, blieb hier mal ein paar Minuten lang an einer Seifenoper und dort an einem italienisch synchronisierten John-Wayne-Western hängen, bevor sie sich schließlich für einen Historienschinken entschied, der im Florenz zu Zeiten von Lorenzo de' Medici spielte. In der ersten Werbepause duschte sie und rekelte sich danach im Bademantel auf der Couch. In der zweiten schenkte sie sich Wein nach, und irgendwann musste sie eingeschlafen sein – denn die Verfolgungsjagd in aufgemotzten Sportwagen, zu der sie wieder wach wurde, passte nicht recht in ein Drama über das fünfzehnte Jahrhundert.

Müde trug sie das Weinglas in die Küche und schlurfte ins Bad. Dort stand das Fenster vom Lüften nach dem Duschen noch offen. Lisa schaute hinaus ins Dunkel, aber natürlich konnte sie nur die direkt beim Haus stehenden Büsche erkennen, auf die das Licht aus dem Badezimmer fiel.

Irgendwo dort draußen hielten sich Freds Männer versteckt. Ein Rascheln hinter den Büschen deutete darauf hin, dass auch die Wildschweine wieder unterwegs waren. Und in ein paar Tagen, wenn sich in den entsprechenden Kreisen herumgesprochen haben würde, dass die deutsche Journalistin nicht nur als Urlauberin in die Toskana gekommen war, musste sie auch damit rechnen, dass rund um den Bauernhof jene Gestalten im Verborgenen lungerten, die der Bürgermeisterin eine tote Katze an die Tür genagelt und eine abgetrennte Hundepfote vors Haus gelegt hatten.

Lisa fröstelte, schlang den Bademantel etwas enger um sich und verschränkte die Arme vor der Brust. Dann schloss sie das Fenster und ging ins Bett.

Ennos Auftrag gefiel Luca ausnehmend gut. Die Touristin, die er im Auge behalten sollte, war sehr hübsch und mit ihrer schlanken, sportlichen Figur und den kurzen, verwuschelten dunkelbraunen Haaren genau nach seinem Geschmack. Sie lümmelte so entspannt auf der Couch im Wohnzimmer und hatte dabei nach ihrem kurzen Duschgang den Bademantel so nachlässig um sich geschlungen, dass er immer näher zum Fenster schlich und schließlich, als die junge Frau vor dem Fernseher eingeschlafen war, mit der Nase fast an der Fensterscheibe klebte. Er malte sich aus, wie es wäre, eine so attraktive Freundin zu haben, und in seinen Wachträumen vergaß er darüber, dass ihn sowohl in seinem Heimatdorf als auch in dem Nest, in dem er inzwischen lebte, nicht einmal die größten Trampel unter den Nachbarinnen jemals eines Blickes gewürdigt hatten.

Er war so gebannt von dem Anblick der Schlafenden, dass er eine gute Stunde lang auf nichts anderes achtete als auf ihren Busen, der sich in ruhigen Atemzügen unter dem Stoff des Bademantels hob und senkte, und auf ihr Gesicht, auf das der Fernseher wunderschöne Muster projizierte. Nach einigen leiseren Szenen lieferten sich zwei Heißsporne ein lautstarkes Rennen durch eine nächtliche Innenstadt, und das Röhren der hochgezüchteten Motoren ließ die Frau leider aufschrecken und verwirrt um sich blicken.

Luca duckte sich gerade noch rechtzeitig, bevor er von

der Frau im Wohnzimmer entdeckt werden konnte. Er schlich ein paar Meter weiter, umrundete einen besonders dichten Busch und kroch vorsichtig so in ihn hinein, dass er freie Sicht auf das offen stehende Badfenster hatte. Natürlich hoffte er, dass sie dort noch vorbeischauen würde, bevor sie zu Bett ging. Als sie dann wirklich ins Bad trat und bei bester Beleuchtung den Bademantel zum Trocknen aufhängte, brachte ihn der Anblick so aus der Fassung, dass ihm vor lauter Unachtsamkeit ein lautes Rascheln unterlief. Doch er sagte sich immer wieder, dass ihn bei diesen Lichtverhältnissen niemand sehen konnte, und schon gar nicht, solange er von den dichten Büschen neben dem Bauernhof verdeckt wurde.

Angestrengt lauschte er in die Nacht. Einmal war es ihm, als bewege sich einige Meter seitlich von ihm etwas durch die Dunkelheit, aber das konnte natürlich alles Mögliche sein, ein Fuchs, ein Wildschwein, eine Katze. Die Touristin jedenfalls hörte er nicht mehr. Vom Haus her drangen nur noch zwei Geräusche zu ihm: das Schließen des Fensters im Bad und das Kippen eines anderen, vermutlich im Schlafzimmer, in dem sich die Frau jetzt wohl zur Ruhe legte.

Auch Luca gönnte sich jetzt eine Pause. Langsam zog er sich zurück, ließ sich auf einer Wiese nach hinten sinken, streckte Arme und Beine aus, schloss die Augen und schlief ein.

Das Vibrieren seines Handys weckte ihn nicht gleich. Doch als er das Telefon schließlich doch aus der Hosentasche gezerrt hatte und sich ans Ohr hielt, bemühte er sich sehr um einen wachen Tonfall. Offenbar wenig überzeugend.

»Du sollst nicht schlafen, Luca«, knurrte Enno. »Du

sollst die Frau in der Ferienwohnung beobachten. Und wehe, die haut morgen früh ab, ohne dass du es mitbekommst!«

»Keine Sorge«, beruhigte Luca ihn mit gedämpfter Stimme, während er sich nach allen Seiten umsah. Es war still um ihn, nirgendwo eine verdächtige Bewegung. Allem Anschein nach war außer ihm niemand hier draußen. »Ich hab die Frau nicht aus den Augen gelassen, und morgen früh hefte ich mich an ihre Fersen, sobald sie sich auf den Weg macht.«

»Gut, dann tu das.«

Im Hintergrund war zu hören, wie ein Korken aus einer Flasche gezogen wurde.

»Und was machst du?«, fragte Luca. »Bist du noch hinter diesem Glatzkopf her?«

»Nein. Den hab ich bis nach Florenz verfolgt, jetzt hab ich seine Adresse, und ich hab sie auch schon dem Dottore durchgegeben. Danach war Feierabend für heute, und jetzt hab ich Besuch.«

»Besuch?«, echote Luca.

»Du kennst doch noch Alice?«

»Die Bedienung aus der Kneipe unter deiner Wohnung?«

»Genau die. Wir machen gerade einen Rotwein auf.«

»Du hast es gut«, brummte Luca.

Alice blieb ab und zu bei Enno über Nacht, wenn ihr nach der Schicht unten im Ristorante der Heimweg in ihr kleines Dorf zu weit war. Sie war Anfang vierzig, sah aber deutlich älter aus, wirkte verlebt und ungepflegt, hatte gelbe Finger, hellbraune Zähne und trockene Haut vom Rauchen – eigentlich keine Frau, um die Luca seinen Kumpan hätte beneiden müssen. Aber selbst Alice kam Luca, der noch nie eine richtige Freundin gehabt hatte, in diesem Moment wie eine Verheißung vor, und das gurrende, heisere Lachen, das nun am anderen Ende der Verbindung zu hören war, sorgte dafür, dass sich die Härchen in seinem Nacken aufstellten.

»Dann will ich nicht länger stören, Enno«, sagte er. »Gute Nacht. Ich halte dich auf dem Laufenden.«

Luca legte auf, steckte das Handy wieder weg und sank zurück auf die Wiese. Die Bilder vor seinem geistigen Auge – Enno und Alice auf dem alten, zerwühlten Sofa in Ennos geräumiger, aber äußerst schäbiger Wohnung – vertrieb er mit Gedanken an die schöne Urlauberin, die drüben in der Ferienwohnung schlief. Luca schloss die Lider, ein Lächeln breitete sich auf seinem Gesicht aus, und dann war er auch schon wieder eingeschlafen.

– QUATTRO –

Die nächste Besprechung zu den Vorgängen in den leer stehenden Ferienhäusern würde ohne die Bürgermeisterin stattfinden. Im Rathaus gab es viel zu tun, außerdem musste die Dottoressa zwei Jubilarinnen ihre Aufwartung machen, und am Abend war sie mit »einem alten Freund« verabredet, wie sie sagte. Fred dagegen wollte unbedingt mit Lisa sprechen und ihr bei der Gelegenheit zwei seiner Mitarbeiter vorstellen. Einer hatte Lisas Unterkunft in der vergangenen Nacht überwacht, und der andere war bei den Ferienhäusern gewesen, als der Mitarbeiter mit seinem Hund spurlos verschwand.

Als Treffpunkt schlug Fred ein Lokal vor, das halb Bar und halb Kaufladen war und das sie der Beschreibung zufolge sehr leicht finden sollte. An der einzigen Abzweigung, auf die sie laut Fred wirklich achten musste, wandte sie sich in Richtung Siena und Florenz, und danach ging es in ein sattgrünes Tal hinunter und immer der Hauptstraße nach, bis nach wenigen Minuten das Ziel erreicht war.

Zwischen Wiesen, Feldern und Bäumen waren entlang einer schnurgerade verlaufenden Durchgangsstraße eine Tankstelle und ein lang gezogener zweigeschossiger Bau mit ockerfarbener Fassade errichtet worden. Dazu gab es einen kleinen Parkplatz, auf dem ein Transporter und ein Sonnenschirm so etwas wie einen Gemüsestand darstellten,

81

und einen größeren, der für die Kundschaft von Laden, Bar und Ristorante gedacht war. Die Unterteilung des Gebäudes selbst war denkbar einfach gehalten: Eine gewölbte rote Markise markierte den Eingang ins Ristorante, das um diese Zeit aber noch geschlossen war, und eine gerade weiße Markise mit roten Streifen beschattete Eingang und Schaufenster des Kaufladens und der Bar, die gemeinsam in einem einzigen großen Raum untergebracht waren. Fred saß an einem Tisch im Inneren des Gebäudes, vor ihm und seinen beiden Begleitern stand bereits eine große Platte mit verschiedensten Leckereien, und als Lisa sich zu ihnen setzte, schickte er einen der anderen los, um ihr von der Theke einen Latte macchiato zu holen.

Der Kaffee war köstlich, das Brot frisch, das Obst knackig, und als sie sich von Fred überreden ließ, zum Frühstück auch Salami und sauer angemachte Meeresfrüchte zu kosten, passte das zwar nur leidlich zu ihrem Getränk, aber alles schmeckte vorzüglich.

»Haben Sie diesen Mann schon mal gesehen?«, fragte Fred nach einer Weile und hielt ihr ein Handy hin. Das Display zeigte das etwas unterbelichtete Foto eines schmächtigen Mannes mit geschlossenen Augen. Er lag offenbar auf einer Wiese, mochte Anfang, Mitte dreißig sein und hatte dünne Haare, die in wirren Strähnen nach allen Seiten abstanden.

»Nein«, antwortete Lisa. »Wer ist das?«

»Der Typ hat Sie heute Nacht beobachtet, dabei ist er wohl eingeschlafen«, meldete sich einer von Freds Begleitern zu Wort, der ihr als Pietro vorgestellt worden war. »Der hat nicht einmal bemerkt, dass ich ihn am frühen Morgen fotografiert habe. Nur das Blitzlicht habe ich am Handy ausgeschaltet.« Er kicherte heiser.

»Ist das einer von denen, die sich drüben an den Ferien-häusern zu schaffen gemacht haben?«, fragte sie.

Nun nickte der andere Mann, ein gewisser Riccardo.

»Ja, genau und außerdem ein zweiter, bulliger Typ. Der hier ist übrigens stärker, als er auf dem Foto aussieht. Beim nächtlichen Be- und Entladen hat er immer ordentlich zu-gelangt. Wenn ich es richtig verstanden habe, heißt der Mann auf dem Foto Luca und sein Kumpan Enno.«

»Natürlich sind die beiden nur Handlanger«, merkte Fred an. »Diesen Enno hab ich gestern Abend bis nach Hause verfolgt. Er wohnt in einem Mehrfamilienhaus an einer Hauptstraße in Colle di Val d'Elsa. Leider konnte ich nicht herausfinden, wie er mit Nachnamen heißt, aber das hätte uns vermutlich auch nicht weitergebracht. Und Luca, der Typ hier auf dem Foto, haust in einem ziemlich herunterge-kommenen Gebäude in Mensanello – das ist ein Weiler etwas südwestlich von Colle di Val d'Elsa.«

Riccardo leerte schlürfend seine Kaffeetasse und holte sich Nachschub. Fred bat Pietro, mit seiner Schilderung fortzufahren.

»Diesem Luca bin ich heute früh nachgefahren, nachdem er endlich doch mal aufgewacht ist. Erst hatte er sich noch einmal an Ihre Ferienwohnung herangeschlichen, dann ist er zu seinem Wagen gegangen, den er in einem Waldstück in der Nähe versteckt hatte. Den zu verfolgen, war nicht schwer: Die Karre ist ein uralter Kleinwagen, womöglich noch älter als der, den Sie fahren, Signorina.«

Lisa verzog das Gesicht, und Pietro grinste entschuldi-gend.

»Jedenfalls zieht Lucas Auto keine Salami vom Teller, der Motor ist höllisch laut, und durch den Auspuff kommt so viel Qualm, dass ich den Kerl allein mit der Nase hätte aufspüren können. In Mensanello scheint er niemanden zu kennen oder zumindest zu niemandem Kontakt haben zu wollen. An den Leuten, die draußen unterwegs waren, ist er achtlos und ohne zu grüßen vorbeigefahren, und sein Haus steht ganz am Rand des Weilers, halb baufällig und umgeben von einem bemerkenswert ungepflegten Grundstück. Erstaunlich, dass in diesem Trümmerhaufen überhaupt noch jemand wohnen kann. Ich bin mir übrigens ziemlich sicher, dass Luca dort allein lebt. Als ich versucht habe, mit dem Fernglas durch die Fenster zu schauen, war außer dem Typen selbst niemand zu sehen.«

»Würde es uns helfen, wenn wir wüssten, woher Enno und Luca sich kennen?«

»Da sind wir schon dran«, sagte Fred. »Aber vermutlich sind das Kleinganoven, die schon seit längerer Zeit gemeinsam für die unterschiedlichsten Auftraggeber arbeiten. Wir sollten uns von dieser Info also nicht zu viel versprechen.«

Riccardo war inzwischen wieder zu ihnen an den Tisch zurückgekehrt.

»Erzähl Signorina Lisa mal von der Nacht, als ihr den beiden Männern im Lastwagen folgen wolltet«, forderte Fred ihn auf.

Der Mann räusperte sich und nahm erst noch einen Schluck von seinem Kaffee, bevor er zu sprechen begann.

»Es war Mitte März, und erst hat es gut begonnen. Es war trocken und recht mild für die Jahreszeit, außerdem war Neumond – eigentlich war alles prima. Ich lag also bei den Ferienhäusern auf der Lauer, hatte mein Handy bei mir und wollte Florin Bescheid geben, sobald die Burschen ihren Lkw beladen hatten und wieder wegfuhren.«

»Florin ist der Kollege, der seither verschwunden ist«, erklärte Fred auf Lisas fragenden Blick hin. Riccardo nickte und fuhr fort.

»Meinen eigenen Wagen hatte ich ein Stück entfernt gut versteckt, und sobald Florin mit seinem Auto den Laster verfolgt hätte, wäre ich ebenfalls zur Landstraße gefahren und hätte mich von ihm hinter dem Lkw herlotsen lassen. Aber dazu ist es leider nicht mehr gekommen.«

»Was, glauben Sie, ist damals passiert?«, fragte Lisa.

»Wenn ich das wüsste«, sagte Riccardo. »Ich hab versucht, Florin auf dem Handy zu erreichen, aber er ist nicht rangegangen. Ich hab eine Nachricht auf der Mailbox hinterlassen, aber er hat nicht zurückgerufen.«

»Was haben Sie dann gemacht?«

»Erst hab ich gehorcht, ob ich vielleicht aus irgendeiner Richtung noch den Motor des Lkw hören könnte – leider Fehlanzeige. Dann habe ich mir die Stelle angeschaut, an der Florin den Wagen abgestellt hatte. Dort sah der Boden an einigen Stellen ziemlich zertrampelt aus, soweit ich das mit dem Handylicht im Dunkeln erkennen konnte, aber das kann auch Florin selbst gewesen sein. Er stieg aus dem Auto, wann immer er konnte, vertrat sich die Beine, rauchte oder ließ den Hund raus – ich habe auf dem Boden auch Kippen gefunden. Anschließend habe ich die Stelle untersucht, an der der Feldweg auf die Landstraße führt: Genau konnte ich es nicht erkennen, aber ich tippe darauf, dass der Laster nach rechts abgebogen ist, also weiter hinauf in den Wald und in die Hügel. Also bin ich in dieselbe Richtung gefahren und hab unterwegs den Chef angerufen und ihn gefragt, was wir jetzt machen sollen.«

Nun übernahm Fred die weitere Schilderung.

»Ich habe Riccardo damit beauftragt, weiter nach dem Lastwagen zu suchen. Dann bin ich selbst losgefahren, um die Stelle genauer in Augenschein zu nehmen, wo Florins Wagen gestanden hatte. Aber mir sind auch keine weiteren Spuren aufgefallen. Außerdem hatte ich ja schon angedeutet, dass Florin sich einfach verdrückt haben könnte.«

»Haben Sie Florin auch als so unzuverlässig erlebt?«, fragte Lisa an Riccardo gewandt.

Der zuckte mit den Schultern und starrte auf die Tischplatte vor sich.

»Halten Sie sich da lieber an mich, Signorina Lisa«, meinte Fred. »Riccardo und Florin haben oft und gern zusammengearbeitet, und mit der Zeit hatten sich die beiden auch angefreundet. Richtig, Riccardo?«

»Hm.«

»Das ändert allerdings nichts daran, dass Florin ein ziemlicher Windhund ist. Er hat nebenher immer wieder Geschäfte auf eigene Rechnung gemacht, natürlich nichts Legales, wie Sie sich denken können. Auch für mich hat er illegal gearbeitet: Als Albaner darf er zwar problemlos in ein EU-Land einreisen und dort bis zu neunzig Tage bleiben – er darf aber keiner bezahlten Tätigkeit nachgehen.«

»Und warum haben Sie ihn dann bei sich angestellt?«

»Na ja, was heißt angestellt ... etwas weniger offiziell läuft das in solchen Fällen schon. Und mir wäre es auch lieber, wenn Sie das nicht an die große Glocke hängen. Meine Auftraggeber, vor allem die Kommunen, können sich zwar denken, dass ich nicht nur Chorknaben beschäftige, aber darüber hinwegsehen können sie nur, solange sie offiziell von nichts wissen.«

»Keine Sorge, Fred, von mir erfährt niemand etwas.«

»Danke. Es ist nicht einfach, gutes Personal zu finden. Und meine Firma muss derzeit schneller wachsen, als es der ... nun ja ... offizielle Arbeitsmarkt hergibt.« Er grinste.

»Und deshalb können Sie diesen Florin nicht als vermisst melden?«

»Ja.«

»Sie haben ihn aber gesucht oder suchen lassen?«

»Natürlich, aber ohne Ergebnis. Er hat zu keinem meiner Leute Kontakt aufgenommen, nicht einmal zu Riccardo. Und die Burschen, mit denen er die krummen Geschäfte auf eigene Rechnung durchgezogen hat, wollten nicht mit mir reden. Da hatte keiner auch nur Florins Namen je gehört. Nicht einmal, als ich etwas ... etwas konkreter nachgefragt habe.«

Jetzt bedachte Fred sie mit einem prüfenden Blick.

»Sie sehen aus, als hätten Sie schon eine Idee, wie ich Ihnen helfen könnte«, sagte Lisa.

»Ja, das habe ich, aber Sie müssen mir versprechen, dass Sie vorsichtig sind, Lisa. Und denken Sie daran, Sie müssen es nicht machen.«

»Na, jetzt bin ich ja schon mal hier«, versetzte Lisa und setzte ein lässiges Grinsen auf, obwohl es in ihrem Magen rumorte – und das lag sicher nicht am deftigen Frühstück.

»Gut«, sagte Fred nach einem weiteren prüfenden Blick und nickte. »Dann will ich Ihnen mal erklären, was mir vorschwebt.«

»Ma certo, Avvocato!«

Fabio Domar hatte sich so weit nach vorn gebeugt, wie es sein stattlicher Bauch zuließ, und seine funkelnden Augen ließen keinen Zweifel daran, dass er sich absolut sicher war.

Ernesto Fanfarone hob beschwichtigend die Hände und nickte zufrieden.

»Gut«, sagte er und rührte seinen Espresso um. »Dann wissen wir also, dass für diese Sopra S.p.A. einige Gauner aus Siena, Florenz und Colle arbeiten. Und Sie können mir eine Liste mit den Namen zusammenstellen.«

»Kann ich, kann ich, Avvocato«, versicherte der andere und nickte eilfertig. In seinen Blick hatte sich jetzt etwas Lauerndes geschlichen, und er räusperte sich. »Aber dafür müsste ich Sie natürlich ... wie soll ich sagen? ... um die Erstattung meiner Auslagen bitten.«

Fanfarone lächelte dünn und nickte erneut.

»Das versteht sich. In welcher Höhe bewegen sich denn diese ... diese Auslagen?«

Domar rückte ein wenig auf seinem Stuhl hin und her, warf schnelle Blicke nach allen Seiten, und schließlich raunte er dem Anwalt eine Summe zu. Der schaute daraufhin betrübt drein und schüttelte langsam den Kopf.

»Tut mir leid, aber so viel werde ich nicht aufbringen können.«

Domars Gesicht verdüsterte sich etwas. Zugleich wirkte er erschrocken darüber, dass er sich mit seiner Forderung offenbar verzockt hatte. Er schien fieberhaft zu überlegen, wie viel Geld er wohl als Nächstes fordern konnte – und welche Summe sein Gegenüber zu zahlen bereit sein könnte. Fanfarone nahm ihm die Mühe ab.

»Und ich glaube auch, dass Sie Ihre Auslagen ein bisschen großzügig geschätzt haben. Wenn wir uns auf die Hälfte einigen können, werde ich das Geld für Sie vermutlich auftreiben können.«

Domar versuchte, sich seine Erleichterung nicht anmerken zu lassen. Er zog die Stirn kraus und wiegte den Kopf, als könne er einen solchen Nachlass nicht ohne Weiteres gewähren. Dann seufzte er und zuckte mit den Schultern.

»Aber nur, weil Sie es sind, Avvocato«, brummte er. »Und Sie dürfen auf keinen Fall darüber sprechen, dass ich Ihnen finanziell so sehr entgegengekommen bin – das macht sonst die Preise kaputt.«

Fanfarone lächelte nachsichtig.

»Das wird kein Problem sein – denn es ist Ihnen sicher am allerliebsten, wenn ich überhaupt nicht über unser kleines Geschäft spreche. Stellen Sie sich nur vor, ich würde jemandem erzählen, dass Sie mir behilflich sind! Ihre ... nun ja ... Ihre Kollegen würden es sicher nicht gut aufnehmen, dass einer von ihnen Namenslisten aufstellt und sie einem Anwalt übergibt.«

Domar riss vor Schreck die Augen auf, aber Fanfarone legte ihm beruhigend eine Hand auf den Arm.

»Das war natürlich nur ein Scherz. Ich werde niemandem gegenüber erwähnen, dass wir uns getroffen haben. Natürlich nicht. Und Sie müssen nicht befürchten, dass es die Runde machen könnte, welchen Preis ich Ihnen für die Namensliste bezahlt habe.«

»Aber Sie bezahlen doch keinen Preis, Avvocato!«, widersprach Domar und wirkte ehrlich entrüstet. »Das klingt ja gerade so, als würde ich Ihnen die Liste verkaufen! Sie erstatten mir nur meine Auslagen – meine allernötigsten Auslagen.«

»Selbstverständlich, mein lieber Fabio, selbstverständlich.«

»Man hat ja auch seine Ehre, nicht wahr?«

»Unbedingt. Und wann kann ich mit der Liste rechnen?«

»Ich werfe sie heute Nacht in den Briefkasten Ihrer Kanzlei.«

»Sehr gut, sehr gut. Und nun vielleicht noch einen Grappa auf den Schreck von eben?«

Fabio Domar überlegte nur ganz kurz, dann nickte er und leckte sich voller Vorfreude die Lippen. Ernesto Fanfarone winkte mit einer knappen Handbewegung den Ober herbei. Er hatte neben dem Tresen darauf gewartet, dass er am einzigen Tisch im sonst leeren Lokal gebraucht wurde, und Fanfarones Gegenüber ab und zu einen missbilligenden Blick zugeworfen. Solche Gäste waren in diesem Ristorante nicht üblich, aber für Avvocato Fanfarone öffneten der Wirt und sein Kellner nicht nur das Lokal außerhalb der üblichen Zeiten, sondern sie duldeten auch die zwielichtigen Gestalten, mit denen sich der Anwalt hier ab und zu unter vier Augen traf. Nun eilte der Ober mit wehendem Schurz zu seinen Gästen, mit zufriedener Miene nahm er die Bestellung entgegen, und wenig später füllte er am Tisch zwei bauchige Schnapsgläser mit dem teuersten Grappa, den das Ristorante führte.

Ernesto Fanfarone bedankte sich lächelnd, dann hob er sein Glas ans Licht und musterte die klare Flüssigkeit darin, er führte das Glas an die Nase und schnupperte mit geschlossenen Augen daran, und schließlich nippte er vorsichtig. Dabei sah er, wie sein Gegenüber den Grappa in einer einzigen schnellen Bewegung kippte und das Glas so hart auf dem Tisch abstellte, dass nicht klar war, ob der Ober unter diesem Geräusch zusammenzuckte oder unter dem geräuschvollen Schlürfen, mit dem der Dicke den Schnaps förmlich eingesogen hatte.

Fanfarones Lächeln wurde etwas spöttischer, aber er prostete seinem Gast noch einmal zu und ließ dann seinen Grappa langsam die Kehle hinunterrinnen. Ganz behutsam stellte er das Glas ab, tupfte sich die Mundwinkel mit der Stoffserviette und nickte dem anderen zu.

»Gut, lieber Fabio«, sagte er und erhob sich. »Dann freue ich mich auf die Liste und danke Ihnen, dass Sie so kurzfristig die Zeit gefunden haben, sich mit mir zu treffen.«

»Gern, Avvocato, immer gern«, säuselte der andere, stand ebenfalls auf, schüttelte Fanfarone zum Abschied die Hand und wandte sich dem Hinterausgang zu, durch den er auch hereingekommen war. Der Ober behielt ihn im Blick, bis sich die Tür wieder hinter ihm geschlossen hatte, dann erst schien er sich zu entspannen und begann hinter dem Tresen Gläser zu polieren.

Ernesto Fanfarone hatte sich unterdessen noch einmal hingesetzt und ein Blatt Papier und einen Stift aus dem Jackett gezogen. Den ersten Namen auf seiner kleinen Checkliste, Fabio Domar, strich er sorgfältig aus. Dann überlegte er, welchen seiner Informanten er als Nächstes treffen wollte. Auf seinen beiläufigen Wink hin wurde die Rechnung gebracht, die er wie üblich gut aufgerundet beglich. Begleitet von den Bücklingen des Obers ging er auf den vorderen Ausgang zu, ließ sich die Tür öffnen und blieb noch einen Moment vor dem Ristorante stehen. Niemand war zu sehen, auch Fabio Domar hatte sich offenbar längst aus dem Staub gemacht. Gemächlich schlenderte er zu seinem Wagen, stieg ein und schaute noch eine kleine Weile nachdenklich durch die Windschutzscheibe auf die Landschaft hinaus.

Schließlich startete er den Motor seiner Limousine und fuhr los. Den schmalen Weg behielt er konzentriert im

Auge, denn im vergangenen Februar hatte der Regen die Fahrspur an einer Stelle so tief ausgewaschen, dass der Unterboden seiner Limousine mit einem hässlichen Knirschen über den grasbewachsenen Mittelstreifen geschrammt war. Der Besitzer des Ristorante hatte die betreffende Stelle sofort mit neuer Erde auffüllen lassen, und er hatte auch gleich angeboten, seinem Stammgast den Schaden zu ersetzen. Doch von zwei, drei Kratzern abgesehen war kein Schaden entstanden, und mit einem Gratismenü für den Gast und seine Gattin war die Sache mehr als aufgewogen. Seither behielt Ernesto Fanfarone den Weg genau im Blick, damit die Karosserie kein zweites Mal aufsitzen würde.

Aufmerksam musterte er jede Delle in der Fahrspur und jeden etwas höher stehenden Grasbüschel, zweimal wich er einem Schlagloch aus, und so kam er ohne Probleme zur Hauptstraße, wo er sich wieder etwas entspannte, das Gaspedal durchdrückte und Kurs auf Siena nahm.

Nur den Mann, der sich in der Nähe des Ristorante hinter dichtem Gebüsch versteckt und ihn die ganze Zeit über beobachtet hatte, bemerkte er nicht.

»Enno?«

Luca hatte gewartet, bis sich auch der letzte Teil der kleinen Staubwolke gelegt hatte, die Fanfarones Limousine aufgewirbelt hatte, bevor er das Handy zückte und Bericht erstattete. Über den Inhalt des Gespräches im Ristorante konnte er nichts sagen, aber er hatte diesen verräterischen Tunichtgut Fabio heranschleichen und durch den Hintereingang im Gebäude verschwinden sehen. Dass Fabio seine alte Karre ausgerechnet unter der Baumgruppe südlich des Anwesens verstecken musste, hatte Luca ein paar bange Minuten eingebrockt – stand doch sein eigener Wagen keine fünfzig Meter entfernt. Doch Fabio tappte auf das Ristorante zu, ohne sich besonders aufmerksam umzusehen, und so konnte Luca ihm in sicherem Abstand folgen und später sogar durch eines der Fenster ins Lokal hineinspähen. Dort saß Fabio mit Avvocato Fanfarone zusammen, der seinen Gast offenbar ausfragte und ihm dazu Pasta, Fleisch und Gemüse spendierte. Als der Ober zwei Teller mit stattlichen Steaks auftrug, knurrte Lucas Magen so laut, dass er einen Moment lang befürchtete, jemand könnte es gehört haben. Doch er wurde nicht entdeckt. Fabio schaute auch auf dem Rückweg zu seinem Auto nicht nach links oder rechts und beeilte sich nur, schnell wegzukommen. Und kurz darauf trat auch der Avvocato vors Haus und fuhr weg.

»Gut gemacht, Luca«, lobte ihn Enno, der sich die ausschweifenden Beschreibungen seines Handlangers geduldig angehört hatte. »Jetzt mach, dass du nach Hause kommst. Ich frag beim Dottore nach, was wir als Nächstes tun sollen. Aber am besten schläfst du jetzt mal eine Weile, damit du ausgeruht bist – und iss was, damit dich dein knurrender Magen nicht doch noch verrät.«

Lachend beendete Enno das Telefonat, und Luca machte sich geduckt auf den Weg zu seinem Auto. Er hatte einen großen Bogen um das Ristorante geschlagen und überlegte gerade, ob er sich lieber ein Stück Pizza oder doch einen Döner holen sollte – da konnte er seine Pläne auch schon wieder über den Haufen werfen. Sein Handy klingelte, und Enno übermittelte ihm den nächsten Auftrag.

Nachdem Fred seinen Plan dargelegt hatte, sagte Lisa ihm ihre Unterstützung zu. Vor allem aber versprach sie, vorsichtig zu sein und sich nicht unnötig in Gefahr zu begeben. Anschließend verließen sie die Bar, Freds Begleiter fuhren mit ihrem Wagen davon, und Fred ließ sich von Lisa ins übernächste Dorf bringen, wo ein Mann Ende dreißig bereits auf sie wartete. In einer kleinen Seitenstraße lehnte er lässig am Kotflügel eines Kombis und drehte sich eine Zigarette. Er trug locker sitzende Stoffhosen, ein weites Hemd und bequeme Schuhe. Sein dunkelbraunes Haar war zentimeterkurz geschnitten, und ein Dreitagebart milderte die Konturen seines Gesichts. Als Fred und Lisa ausstiegen, steckte der Mann die gerade fertig gedrehte Zigarette in die Brusttasche seines Hemds, stieß sich von seinem Wagen ab und kam ihnen ein paar Schritte entgegen.

»Das, Lisa, ist mein neuer Mitarbeiter Matteo. Matteo, das ist Signorina Lisa.«

Matteos Händedruck war fest und trocken, er nickte Lisa freundlich zu, wirkte aber noch etwas reserviert.

»Matteo war früher bei den Carabinieri. Er stammt aus Kalabrien und hat dort Dienst getan, bis er mit einem Vorgesetzten Probleme bekam und die Uniform an den Nagel hängte. Und damit Sie keinen falschen Eindruck von ihm bekommen, Lisa: Matteo hatte deshalb mit seinem Vorgesetzten Ärger, weil er vor den Schiebereien eines stadtbekannten Ganoven, den dieser Vorgesetzte schützen wollte, nicht mehr länger die Augen verschließen wollte. Jetzt ist er für Firmen wie meine tätig und genießt es, dass er für Gerechtigkeit sorgen kann, ohne ständig Berichte in mehrfacher Ausfertigung schreiben zu müssen.«

Matteo lachte leise und zwinkerte Lisa zu.

»Das klingt edelmütiger, als es ist, Signorina«, sagte er. »Ich muss halt auch meine Miete bezahlen, und glücklicherweise werden meine Dienste so häufig nachgefragt, dass ich alles ausschlagen kann, was mir nicht ganz astrein vorkommt. Und solange das so bleibt, ist es natürlich nicht besonders schwer, sich für die Gerechtigkeit einzusetzen, nicht wahr?«

»Wie auch immer«, unterbrach ihn Fred. »Matteo ist der Richtige, um Ihnen bei Ihren Recherchen zur Seite zu stehen. Auf ihn ist Verlass, er hat seine Augen überall, und wenn es mal hart auf hart kommt, weiß er sich zu wehren. Ein ganz besonderer Vorteil ist: Hier in der Gegend kennt ihn keiner. Er war bisher vor allem in Sizilien, Apulien und Kampanien tätig. Ein Bekannter aus Bari, für den er nach seiner Zeit bei den Carabinieri die meisten Aufträge übernahm, hat ihn an mich vermittelt.«

»Meine Güte, Fred, hör schon auf! Wer soll sich das denn alles merken? Sie, Signorina Lisa, müssen nur wissen, dass ich meine Arbeit beherrsche, dass ich Ihnen den Rücken freihalte und dass es sehr unwahrscheinlich ist, dass mich jemand von den Gaunern hier in der Gegend erkennt.«

»Gut, aber nennen Sie mich bitte einfach nur Lisa, ja?«

»Gern, Lisa.« Er streckte ihr noch einmal die Hand entgegen und wirkte nun schon etwas weniger zurückhaltend. »Dann auf gute Zusammenarbeit!«

Während Fred und seine Leute sich in der Halbwelt der Toskana umhörten, sollte Lisa mit Matteo einige Unternehmen abklappern, die offiziell als Reiseanbieter oder Vermieter von Feriendomizilen auftraten – die aber nach allem, was Fred, die Bürgermeisterin von Casole und der Polizeichef von Siena herausfinden konnten, hinter den Kulissen diversen illegalen Geschäften nachgingen. Mit diesen Firmen konnte Lisa in ihrer Rolle als Reisejournalistin reden –

das war einerseits unverdächtig und würde andererseits vielleicht auch die Bedenken jener Unbekannten zerstreuen, die sie seit ihrer Ankunft in der Toskana beobachten ließen.

Matteo sollte dabei als ihr Fotograf auftreten – und nachdem Lisa seine hochwertige Digitalkamera und das Zubehör gesehen hatte, hätte zumindest sie ihm diese Rolle sofort abgenommen. Freds Liste umfasste ein halbes Dutzend Firmen zwischen Florenz im Norden, Livorno im Westen, Grosseto im Süden und Siena im Osten. Sie teilten sich die Telefonnummern auf, und knapp eine Stunde später hatten sie Termine mit allen Firmen – entweder mit der Presseabteilung oder, sofern es kleinere Unternehmen waren, direkt mit den Eigentümern. Zwei Termine waren noch für heute angesetzt, die übrigen vier für morgen. Matteo wollte lieber mit seinem Wagen zu den Gesprächen fahren als mit Lisas alter Karre – und als sie den schnittigen Zweisitzer erst einmal gesehen hatte, war sie auch schnell einverstanden. Lisa stellte ihren Wagen in der Garage des Hauses ab, vor dem Matteo sie erwartet hatte. Er startete den Motor seines Wagens, öffnete das Verdeck des Cabrios, und dann ging es auch schon los.

Die erste Adresse befand sich in einem Gewerbegebiet im Nordosten von Grosseto. Kurz bevor sie ihr Ziel erreicht hatten, wehte Fischgeruch vorüber. Matteo deutete auf das Display seines Navis und dann nach links.

»Dort drüben ist ein Fischgroßhändler, und dort vorn ist auch schon die Firma, die wir suchen.«

Mondo delle Vacanze war eine kleine Klitsche, die sich im Untergeschoss einer Fabrikhalle eingemietet hatte. Der Chef des Ladens, Anselmo Cara, ein schmerbäuchiger Endfünfziger mit dünnem Haarkranz, meldete sich auf ihr Klingeln hin über die Sprechanlage. Wenig später trat er aus einem Lastenaufzug, begrüßte sie mit schmierigem Gehabe und geleitete sie durch einen engen Flur in sein Büro. Hier stapelten sich Kataloge, Briefpapier und Formulare in Kartons übereinander, und zwischen eselsohrigen Plakaten von exotischen Reisezielen hingen auch Abbildungen spärlich gekleideter junger Frauen.

»Was kann ich für Sie tun?«, fragte Cara und deutete auf ein paar angeschlagene Bechertassen. »Kaffee, Tee, Wasser?« Weder die Tassen noch die daneben aufgereihten Gläser wirkten allzu sauber, also lehnten Lisa und Matteo dankend ab. Daraufhin schenkte sich Cara selbst ein Glas mit Wasser voll, nahm einen großen Schluck und musterte Lisa mit unverhohlenem Interesse. Flüchtig hatte er auch ihre Finger betrachtet, und als er dort keinen Ring sah, schien sein öliges Lächeln noch ein bisschen breiter zu werden.

»Eine Reisejournalistin aus Deutschland«, säuselte er. »Wie mich das freut! Wissen Sie, ich liebe Deutschland, und die deutschen Urlauber sind mir die allerliebsten. Und dann schreiben Sie auch noch für *myJourney* – mein liebstes Reisemagazin von allen, ganz ehrlich!«

Er legte ein breites Lächeln auf, und zwischen seinen fleischigen Lippen blitzte ein vergoldeter Eckzahn.

»Wie schön«, spielte Lisa mit. »Ich recherchiere für eine Reportage über die etwas weniger bekannten Reiseziele in der Toskana – mich interessieren also weniger San Gimignano, Volterra, Siena und Florenz, sondern Gegenden, die noch nicht so überlaufen sind. Dazu habe ich mich auf einem umgebauten Bauernhof nahe Casole d'Elsa einquartiert ...«

Sie behielt Cara genau im Blick, aber seine Miene veränderte sich während ihres letzten Satzes kein bisschen. Offenbar hatte dieser Mann nichts mit den Ferienhäusern zu tun, über die sie mehr erfahren wollte, oder er war von den Hintermännern noch nicht dazu kontaktiert worden – oder er war ein guter Schauspieler.

»Eine wunderbare Gegend haben Sie sich ausgesucht! Wir haben dort auch einige schöne Objekte im Angebot – hätten Sie mich doch nur angerufen, bevor Sie sich womöglich mit einem allzu einfachen Domizil zufriedengeben müssen!«

Lisa versteifte sich etwas. Würde sie jetzt vielleicht doch noch etwas Hilfreiches erfahren? Und das gleich während des ersten Gesprächs? Doch die Enttäuschung folgte sofort.

»Überall im Norden von Casole kann ich Ihnen die allerschönsten Wohnungen und Häuser zeigen.«

Die Ferienwohnungen, für die sie sich interessierte, lagen südlich des Ortes, doch Cara plapperte fröhlich weiter drauflos.

»Bis hinauf nach San Gimignano sind wir mit Objekten vertreten, von der luxuriösen Villa mit Rundumservice bis zur zweckmäßig eingerichteten Wohnung für Selbstversorger. Darf ich Ihnen kurz einige unserer Angebote zeigen?«

Die Frage war rhetorisch gemeint, denn noch bevor Lisa antworten konnte, schnellte Cara auch schon überraschend behände aus seinem Sessel hoch und flitzte zu einem Regal. Augenblicke später hielt er Lisa einen Prospekt hin und ließ sich dann wieder in seinen Sessel fallen. Sie blätterte aus Höflichkeit hin und her, musste aber zugeben, dass es sich um ausnehmend schöne Feriendomizile handelte – die obendrein zu einem vernünftigen Preis angeboten wurden.

»Wirklich sehr schön, Signore Cara.«

»Ach, bitte, nennen Sie mich doch Anselmo.«

Er beugte sich ein wenig vor und zwinkerte ihr zu.

»Ich habe selten so charmanten Besuch in meinem bescheidenen Büro, und wenn mich eine so schöne junge Frau mit Vornamen anredet, dann fühle ich mich gleich ein paar Jahre jünger.«

Lisa wandte sich schnell ab, um nicht laut aufzulachen. Dabei sah sie aus dem Augenwinkel, dass auch Matteo sich bemühte, ernst zu bleiben. Cara hatte davon allerdings nichts bemerkt, sondern starrte die Frau vor sich weiterhin mit glänzenden Augen an.

»Gern, Anselmo«, sagte Lisa. »Aber wie ich schon sagte: Allseits bekannte Destinationen wie San Gimignano interessieren mich weniger. Ich wohne südlich von Casole, diese Gegend finde ich besonders reizvoll. Etwas ruhiger als rund um die toskanischen Hotspots, landschaftlich wunderschön und noch so ursprünglich. Zypressen, Felder, Wiesen und Wälder, sanfte Hügel, vereinzelte Gehöfte, kleine Dörfer, verwunschene Lokale, die gerne auch einfache toskanische Küche anbieten dürfen – das will ich meinen Lesern schmackhaft machen.«

Nun hatte sich doch ein Schatten auf Caras feistes Gesicht gelegt. Er hob in einer verzweifelten Geste seine fleischigen Hände.

»Sie streuen Salz in eine meiner schlimmsten Wunden, bella Signorina!«

Lisa war jetzt ganz Ohr, und auch Matteo hatte aufgehorcht.

»Sie sehen ja, was für tolle Unterkünfte wir im Programm haben – aber südlicher als Casole konnten wir bis-

99

her kaum ein Bein auf den Boden bringen. Natürlich, rund um Grosseto gibt es einige interessante Wohnungen, die wir anbieten können, aber hier konzentriert sich das Interesse der Urlauber vor allem auf die Stadtteile an der Küste, und da kann man nun wirklich nicht von Geheimtipp sprechen.«

»Und zwischen Casole und Grosseto wurde Ihnen nie etwas zur Vermarktung angeboten?«

»Nein, leider nicht. Ich finde vor allem die Gegend zwischen Casole, Montegemoli und Montalcino reizvoll: mit seinen bewaldeten Hügeln und den kleinen, oft etwas verschlafenen Ortschaften. Ach, was ließe sich dort aufziehen, wenn man nur die passenden Objekte erwerben könnte – oder sie wenigstens vermarkten dürfte!«

Cara schien wirklich an dieser Lücke in seinem Angebot zu leiden.

»Ich mach das ja nicht gern, aber wenn Sie wissen wollen, was da alles möglich wäre, muss ich Ihnen leider die Konkurrenz empfehlen: Das Castello di Casole ist ein wunderbar geführtes Hotel, das außer Zimmern und Suiten im Stammhaus auch eine ganze Reihe von Ferienwohnungen in der Umgebung anbietet – finanziell wendet sich das nicht gerade an Pauschaltouristen, aber so herrliche Ausblicke ... Man könnte neidisch werden ...«

Er griff nach seinem Glas, leerte es in einem Zug, schenkte nach und trank es gleich wieder zur Hälfte leer.

»Wie schade für Sie«, unternahm Lisa noch einen letzten Versuch. »Ich wohne im umgebauten Bauernhof eines privaten Anbieters – aber es muss doch sicher auch immer wieder Objekte dort in der Gegend geben, die zum Verkauf kommen?«

»Sehr selten, und wenn doch mal was Interessantes angeboten wird, bin ich natürlich nicht der einzige Interessent.
Das bisher letzte Angebot aus der Gegend gab es vor etwa
zwei Jahren: Im Süden von Casole bot die Immobilienabtei-
lung einer Bank einige fast fertiggestellte Ferienhäuser an,
recht hübsch gelegen mit Blick auf den Ort, aber weit genug
weg, damit man seine Ruhe hat.«

Cara zuckte mit den Schultern.

»Ich wurde überboten. Ein Jammer, diese Häuschen hätten sehr gut in mein Programm gepasst.«

»Ja, ich glaube, ich weiß, von welchen Häusern Sie
reden. Ich kann die Gebäude von meiner Ferienwohnung
aus sehen – aber die scheinen leer zu stehen.«

»Ach was?« Cara wirkte interessiert. »Das ist aber seltsam ... Die Häuschen gingen damals nicht gerade für einen
Spottpreis weg – mir wäre der Betrag, den die Bank aufrief,
zu hoch gewesen. Und jetzt stehen die Häuser leer?« Er
lachte. »Vielleicht hat der Käufer ja gar keine Vermietung
im Sinn gehabt, sondern war nur auf der Suche nach einem
cleveren Steuersparmodell – was weiß ich.«

Lisa versuchte sich zu erinnern, mit welchen unlauteren
Geschäften Anselmo Cara den Recherchen von Fred zufolge
in Verbindung gebracht wurde. Es gab Hinweise auf Geldwä-
sche, Steuerhinterziehung und natürlich auf Schwarzarbeit
während der Renovierung älterer Unterkünfte. Wie er aber
hier vor ihr saß, wirkte er einfach nur wie ein mäßig erfolg-
reicher Unternehmer mit unangenehmen Umgangsformen.
Und vor allem schien er wirklich keine Ahnung davon zu
haben, was in den Ferienhäusern bei Casole vor sich ging.

»Wissen Sie denn, von wem Sie damals überboten wurden?«, fragte Lisa noch, aber als er daraufhin stutzte und

sie forschend ansah, fügte sie schnell hinzu: »Ich meine ja nur – wenn der jetzige Besitzer nichts mit den Ferienhäusern anzufangen weiß und inzwischen vielleicht sogar pleitegegangen ist, dann ... dann hätten Sie ja vielleicht doch noch die Gelegenheit, die Häuser zu kaufen.«

Einen Augenblick lang wirkte Cara noch misstrauisch, dann entspannte sich sein feistes Gesicht wieder, und er lächelte Lisa an.

»Ach, wie schön, dass Sie sich Gedanken machen über mich und meine Geschäfte! Ich werde das natürlich gleich nachher überprüfen, aber ich fürchte, dass Sie mir da zu viel Hoffnung machen. Wären die Gebäude wieder auf dem Markt, hätte ich ziemlich sicher davon erfahren. Aber Sie haben recht, versuchen kann ich's ja, nicht wahr?«

Ihr Gespräch plätscherte noch ein paar Minuten dahin, dann verabschiedete sich Lisa von Anselmo Cara. Natürlich ging sie nicht, bevor sie sich noch einen Packen Kataloge hatte geben lassen – und einen Tipp, welches der Ferienobjekte von »Mondo delle Vacanze« sich am ehesten für ein schönes Foto eignen würde. Er empfahl ihr einen Bauernhof, der nordöstlich von Casole am Hang lag, und wandte sich mit verschwörerischem Augenzwinkern an Matteo.

»Und wenn der Herr Fotograf die Abendstimmung richtig romantisch einfangen will: Aus dem Olivenhain unterhalb des Hauses hat man einen wunderbaren Blick auf das Anwesen – mit dem Sonnenuntergang im Hintergrund und Casole d'Elsa linker Hand.«

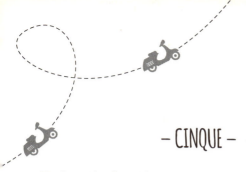

– CINQUE –

»Glauben Sie, dass Signore Cara misstrauisch geworden ist?«

Lisa ließ sich die Haare vom Fahrtwind zerzausen und betrachtete die vorbeifliegende Landschaft.

»Einmal ganz sicher.«

»Als ich ihn danach fragte, wer ihn überboten hat, richtig?«

Matteo nickte.

»Aber er scheint sich dann wieder gefangen zu haben«, beruhigte er sie. »Vielleicht hat er es Ihnen ja wirklich abgekauft, dass Sie ihm wünschen würden, diese Häuser doch noch in seinen Besitz zu bringen.«

Matteo fuhr ruhig und konzentriert und behielt dabei die Autos um sich herum im Blick, doch jetzt schaute er mehrmals nacheinander in den Rückspiegel.

»Ist was?«, fragte Lisa.

»Ich glaube, wir werden verfolgt.«

Lisa machte Anstalten, sich umzudrehen.

»Nicht!«, fuhr Matteo sie an. »Halten Sie sich lieber gut fest, ich werde gleich herausfinden, ob wir einen unerwünschten Begleiter haben.«

Er drückte das Gaspedal noch ein wenig weiter durch und fädelte sich in den Verkehr auf der linken Spur ein. Kurz darauf wechselte ein Stück weiter hinten ein zweiter Wagen nach links.

»Also doch ...«, brummte Matteo.

Lisa konnte auf dem Navi sehen, dass sie die Autobahn für ihr nächstes Ziel Massa Marittima an der nächsten Ausfahrt verlassen mussten, und diese Ausfahrt war nicht mehr weit entfernt. Doch Matteo überholte erst noch einige Lastwagen, und als sie sich gerade auf der Höhe einer Lücke zwischen zwei Sattelschleppern befanden, zog er plötzlich scharf nach rechts. Die Hupe des Lasters, den er dadurch geschnitten hatte, dröhnte infernalisch laut, und als Matteo weiter nach rechts lenkte und gerade noch so eben die Ausfahrt erwischte, hupte auch der Fahrer eines Geländewagens, der ihretwegen auf die Bremse treten musste. Matteo kümmerte sich nicht weiter darum, sondern schaute aufmerksam in den linken Seitenspiegel, dann nickte er zufrieden.

»Wir wurden tatsächlich verfolgt«, sagte er und hob kurz die rechte Hand, um sich bei dem Fahrer hinter ihnen zu entschuldigen. »Aber irgendwie hat unser Verfolger doch glatt die Ausfahrt verpasst ...«

Er lachte, fuhr nun wieder langsamer und ließ sein Cabrio schließlich gemütlich über die Landstraße gleiten.

Luca hatte sich nur ganz kurz geärgert, dass er von dem Mann, den er verfolgte, abgehängt worden war. Enno hatte ihm vom Dottore schöne Grüße ausrichten lassen und ihn damit beauftragt, zu einer Adresse in einem Gewerbegebiet in Grosseto zu fahren, dort zu warten, bis die deutsche Journalistin aus dem betreffenden Gebäude kam und sich dann die Nummer des Autos zu notieren, in dem die Deutsche mitfuhr. Diese Nummer sollte er dann gleich an Enno durchgeben, und damit wäre sein Auftrag auch schon erledigt gewesen.

Doch Luca wollte es diesmal besonders gut machen. Er notierte sich die Nummer und gab sie gleich durch – doch dann machte er sich an die Verfolgung des Wagens. Der Mann, den die Journalistin begleitete, fuhr ein schickes Cabrio, was es Luca noch leichter machte, dem Wagen zu folgen. Doch dann, ein gutes Stück nördlich von Grosseto, riskierte der Mann plötzlich ein waghalsiges Manöver und schob sich im letzten Moment zwischen zwei Lastwagen hindurch auf die rechte Spur und dann auf die dortige Autobahnausfahrt.

Luca schaffte es nicht mehr rechtzeitig zur Ausfahrt, er verlor das Cabrio aus den Augen und verließ die Autobahn bei der nächsten Gelegenheit. Danach fuhr er langsam wieder nach Hause und beschloss, weder Enno noch dem Dottore vom seiner missglückten Verfolgungsaktion zu berichten.

Bald hatten Lisa und Matteo die zweite Adresse auf ihrer Liste erreicht. Die Straße benötigte dringend eine neue Asphaltschicht, und auch die Müllcontainer machten keinen guten Eindruck. Doch die Häuser ringsum waren gepflegt, und auch der Firmensitz von Buvon viaggio konnte sich sehen lassen: Er war in einem zweigeschossigen Gebäude untergebracht, dessen Fassade frisch getüncht wirkte.

Sie klingelten am Gartentor, nur Sekunden später summte der Öffner, und das Tor ließ sich aufdrücken. Kurz darauf kam ihnen eine schlanke Frau Mitte dreißig im eng geschnittenen Businesskostüm entgegen. Sie hatte schulterlanges schwarzes Haar und bewegte sich in ihren hochhackigen Schuhen so mühelos, als steckten ihre Füße in Sneakers.

»Signora Langer?«, fragte sie und stellte sich nach Lisas Nicken als Rebecca Grassia vor.

»Und das ist mein Fotograf, Matteo.«

»Ach, Sie haben ja recht – in meinem Fall reicht natürlich auch Rebecca.«

Damit drehte sie sich um und stöckelte ihnen ins Haus voraus. Lisa hatte schon am Telefon erfahren, dass der Besitzer der Reiseagentur Umberto Buvon hieß – was das etwas unglückliche Wortspiel mit »Buon viaggio« (der italienischen Version von »gute Reise«) und dem Namen des Chefs erklärte. Doch am Haus und in seinem Inneren war alles von erlesenem Geschmack. Rebecca führte sie durchs Erdgeschoss und durch den ersten Stock, deutete in die einzelnen Räume und erläuterte kurz, welche Arbeiten dort erledigt wurden. Offenbar war das Internet der wichtigste Vertriebskanal der Firma, und allem Anschein nach brummte der Laden ordentlich.

Rebecca klopfte an der einzigen Tür, die nicht offen stand, und nachdem von innen ein gedämpftes »Ja, bitte!« erklungen war, drückte sie die Klinke und ging den beiden Besuchern in den riesigen, lichtdurchfluteten Raum voraus. Durch die großen Fenster ging der Blick auf den Stadtpark hinaus, und hinter einem modernen Schreibtisch aus Glas und Stahl erhob sich ein dünner Endvierziger in Jeans und Shirt.

»Umberto Buvon«, sagte er, drückte Matteo die Hand und deutete Lisa gegenüber einen Handkuss an. »Hat Rebecca Sie schon ein bisschen herumgeführt?« Er wartete kaum das »Ja« seiner Gäste ab, als er auch schon weiterredete. »Bei ihr sind Sie in besten Händen. Ich fürchte, sie weiß inzwischen mehr über meine Firma als ich selbst.«

Buvon lachte etwas aufgesetzt, dann setzte er eine entschuldigende Miene auf.

»Leider habe ich heute keine Zeit für Sie. Ich erwarte einen wichtigen Anruf, aber das wurde Ihnen ja schon am Telefon mitgeteilt, nehme ich an?«

Wieder war die Frage nur rhetorisch gemeint, und es ging ohne nennenswerte Pause weiter.

»Dann empfehle ich mich wieder. Danke für Ihren Besuch, Rebecca kann Ihnen sicher bei allem behilflich sein, was Sie für Ihren Artikel brauchen.«

Er schüttelte nun beiden Besuchern die Hand, und in Lisas Fall legte er noch die andere Hand obendrauf, dann war die Audienz auch schon wieder beendet, und Rebecca bat sie, ihr in ihr eigenes Büro zu folgen. Es war ein kleinerer Raum am anderen Ende des Flurs, der aber ebenso hell war wie das Büro des Chefs und dessen Fenster auf die Nachbargärten hinausging. Sie führte Lisa und Matteo in eine kleine Besprechungsecke, die aus mehreren Polsterstühlen und einem Tisch bestand. Hier waren schon eine Schale mit Keksen, eine Flasche Wasser sowie mehrere Kaffeetassen bereitgestellt.

»Ist Ihnen ein Espresso recht?«, schlug Rebecca in fröhlichem Tonfall vor. »Meine Kaffeemaschine kann leider nichts mehr mit Milch, aber der Kaffee selbst ist klasse.«

Kurz darauf dampfte in drei Tassen starker Kaffee, der von einer braunen Crema bedeckt war, und Lisa sagte wieder ihr Sprüchlein von den Recherchen für ihre *myJourney*-Reportage auf. Rebecca hörte lächelnd zu und zeigte auch keine auffällige Reaktion, als Lisa auf die Gegend um Casole d'Elsa zu sprechen kam.

»Es ist sehr schön dort«, pflichtete Rebecca ihr bei. »Da

haben Sie sich ein wunderbares Fleckchen ausgesucht. Wir haben dort sogar einige interessante Objekte.«

Sie stand auf, holte einige Prospekte aus dem Regal und breitete sie vor Lisa auf dem Tisch aus.

»Hier«, sagte sie und deutete auf das atemberaubende Foto eines aufwendig renovierten Bauernhofs mit Wald, Hügeln und der Silhouette von Casole im Hintergrund. »Das ist eines unserer Prunkstücke, wir haben den Besitzer regelrecht beknien müssen, dass er uns seine Ferienwohnungen zur Vermarktung überlässt. Vor drei Jahren wurde der Hof komplett um- und ausgebaut, mit modernster Technik ausgestattet, außerdem gibt es auf dem Anwesen einen großen Pool, eine wunderbare Pergola – und die Aussicht ... na, das sehen Sie ja selbst.«

Weitere Angebote zeigten Unterkünfte in allen Preiskategorien, es waren mehrere Häuser und Wohnungen in der direkten Umgebung von Casole darunter, andere Objekte verteilten sich über die ganze Gegend zwischen Siena und der Etruskischen Riviera. Lisa blätterte die Prospekte aufmerksam durch, aber weder Giuseppe Calmas Haus noch die leer stehenden Ferienhäuser fanden sich auf den stylisch aufgemachten Seiten.

»Wir haben natürlich überall in Italien spannende Angebote«, schwärmte Rebecca, »aber die Toskana ist schon unsere wichtigste Region.«

Lisa erinnerte sich an Freds Informationen über Buvon viaggio und daran, dass sich der Chef in einigen kleineren Küstenorten offenbar mehr um den Import und Verkauf von gefälschter Markenware und um Drogenhandel kümmerte als um Touristen. Auch unter diesem Blickwinkel war die Toskana für Signore Buvon sehr wichtig.

108

»Haben Sie denn auch noch ein paar richtige Geheimtipps für mich?«, fragte Lisa, um das Gespräch möglichst unauffällig auf das Thema zu lenken, das sie wirklich interessierte.

Rebecca lächelte, erhob sich erneut und kehrte mit einem Tablet an den Tisch zurück. Sie tippte einen Namen in das Suchfeld des Browsers ein, rief die angezeigte Internetadresse auf und drehte das Tablet so, dass Lisa die Homepage einer etwas verwahrlost wirkenden Gebäudegruppe sehen konnte. Im Hintergrund ragten in einiger Entfernung die Geschlechtertürme von San Gimignano in den Himmel. Auf Lisas fragenden Blick hin lächelte Rebecca noch breiter und deutete auf einen Button mit der italienischen Bezeichnung für Enter, »invio«. Lisa tippte mit dem Finger auf das Feld, und sofort öffnete sich eine flott programmierte Diashow, die zeigte, was hinter der unspektakulären Kulisse steckte: geschmackvoll eingerichtete Zimmer, Suiten und Apartments, zwei Themenrestaurants, eine gemütliche Bar und ein Wellnessbereich mit allem Drum und Dran.

»Das Objekt wird erst im kommenden Jahr eröffnet, im Moment werden noch kleinere Restarbeiten erledigt, dann laden wir einige Journalisten ein und organisieren ein paar Besichtigungen für Mitarbeiter von Reisebüros und Reiseveranstaltern. Wenn wir einen Dreh finden, warum Sie vor allen anderen dort sein dürfen, ohne dass die anderen beleidigt sind, kann ich Ihnen Buvon villaggio gern zeigen lassen.«

»Ach, das ist ein eigenes Projekt von Signore Buvon?«

»Ja. Wir machen das immer wieder mal, und natürlich würden wir das gern noch viel häufiger tun, weil wir mit solchen Investitionen zwar ins Risiko gehen, aber dafür unsere Marge auch größer wird. Auf der Bank bekommt man ja nichts mehr für sein Geld.«

»Sie kaufen also alte Gebäude in schöner Lage auf, bauen sie aufwendig um und bieten dann eigene Unterkünfte an?«

»In diesem Fall war das so, ja. Manchmal greifen wir aber auch zu, wenn ein Mitbewerber oder einer der vielen ganz kleinen Anbieter sich mit einer Anlage übernommen hat – dann sind Objekte natürlich viel günstiger zu erwerben, vor allem, wenn sie noch fertig gebaut werden müssen.«

Lisa und Matteo tauschten einen schnellen Blick. Rebecca sah ihre Besucher fragend an.

»Ach«, erklärte Lisa leichthin, »als mich Matteo heute früh in meiner Ferienwohnung abgeholt hat, sind ihm ein paar leer stehende Ferienhäuser am gegenüberliegenden Hang aufgefallen. Und als Sie gerade von Objekten erzählten, die Sie manchmal zu besonders günstigen Preisen von Konkurrenten übernehmen, kam uns das wieder in den Sinn. Mein Vermieter hat mir nämlich erzählt, dass diese Häuser damals nicht ganz fertig gebaut wurden, weil der Bauherr in finanzielle Schwierigkeiten geriet – und als er wenig später durch einen tragischen Unglücksfall ums Leben kam, wurden die Ferienhäuser verkauft.«

Rebecca sah nachdenklich aus, dann nickte sie und wurde ernst.

»Stimmt, ich erinnere mich an diese Geschichte. Stammte der Geschäftsmann nicht aus Casole d'Elsa und gehörte zu einer der alteingesessenen Familien?«

»Ja, soweit ich weiß, schon.«

»Und diese Häuser stehen immer noch leer? Ist der Verkauf nicht schon fast zwei Jahre her? Eigenartig ... Mein Chef hatte auch darauf geboten, aber er kam nicht zum

Zug. Na, wenn ich ihm das nachher erzähle, unternimmt er vielleicht noch einen zweiten Versuch – kann ja sein, dass inzwischen auch der neue Investor knapp bei Kasse ist und mein Chef doch noch an die Häuser kommt. Danke für den Tipp, Lisa. Jetzt schulden wir Ihnen ja was – würde Sie denn ein Besuch im Buvon villaggio reizen? Könnten Sie das für Ihre Geschichte brauchen?«

»Auf jeden Fall. Aber Sie haben vorhin von einem Dreh gesprochen, den wir finden müssten. Was meinten Sie damit?«

»Wir müssen natürlich immer darauf achten, dass wir nicht dem einen Journalisten etwas zuschanzen – und es uns damit bei vielen anderen verscherzen. Nun ist *myJourney* ein wichtiges Magazin, gerade für unsere deutschen Kunden. Aber es gibt eben auch andere Zeitschriften und Fernsehformate, die für uns ebenfalls unverzichtbar sind. Wenn Sie aber ohnehin eine Gegend wie Casole vorstellen, die sich im Moment erst noch entwickelt – warum dann nicht auch ein Ferienobjekt beschreiben, während es noch im Bau ist? Dann hätten Sie die Anlage ja nicht im eigentlichen Sinn getestet, und das wäre dann immer noch den anderen vorbehalten. Wenn Sie mir versprechen, das in Ihrem Artikel irgendwie klarzustellen, hätten Sie Ihren Geheimtipp vor allen anderen – und Ihre Kollegen müssten sich darüber trotzdem nicht ärgern.«

»Und Sie hätten obendrein eine schöne Werbung«, versetzte Lisa.

Rebecca lachte und streckte die rechte Hand aus.

»Deal?«

Lisa schlug ein, und weil Rebecca ihre Handynummer schon seit dem Vorgespräch mit der Journalistin hatte, schickte sie ihr jetzt noch schnell die Kontaktdaten jenes Mannes, der im Buvon villaggio der Projektleiter und damit Lisas Ansprechpartner war: Davide Caprese.

»Geben Sie mir bitte noch bis morgen Zeit, dann warne ich Davide noch vor. Er wird Ihnen alles zeigen.«

»Ist Ihr villaggio denn ein Dorf für sich, wie es der Name nahelegt?«

»Nicht ganz, höchstens ein Weiler. Sie dürfen sich das nicht so groß vorstellen wie diese Feriendörfer, die derzeit von einigen Reiseanbietern aufgezogen werden. Da werden ganze Ortschaften aufgekauft und umgebaut, bis am Ende alles einen Hauch von Disneyland hat und kein Urlauber mehr mit dem echten Italien in Kontakt kommt. Das wollen wir nicht. In unserem villaggio soll täglich ein kleiner Markt stattfinden, mit Bauern und Kunsthandwerkern aus der Umgebung, die dort ihre Waren feilbieten. Wir wollen es authentisch halten und auch nicht zu groß. Es wird Ihnen gefallen, Lisa. Und Davide hat die Gabe, jeden für seine Projekte zu begeistern, Sie werden sehen.«

Sie plauderten noch ein wenig und tranken einen zweiten Espresso miteinander, doch dann begleitete Rebecca ihre Gäste zum Gartentor, denn sie musste sich auf den nächsten Termin vorbereiten.

»Das lief ja prima«, sagte Matteo, als sie Massa Marittimo in Richtung Norden verließen. »Und durch die Besichtigung dieses Objekts bei San Gimignano haben Sie auch jederzeit einen Vorwand, diese Rebecca noch einmal anzurufen – und ganz beiläufig nachzufragen, ob ihr Chef etwas über den Besitzer der leer stehenden Ferienhäuser bei Casole in Erfahrung gebracht hat.«

»Ja, das dachte ich mir auch. Und wenn dieser Signore Buvon so scharf auf weitere Projekte ist, wie ich glaube, dann wird er da so gründlich nachbohren, dass er uns möglicherweise einiges an Arbeit abnimmt.«

In entsprechend guter Stimmung betraten sie in Il Merlo, einem Teilort von Casole, das kleine Ristorante, das Matteo vorgeschlagen hatte. Lisa ließ sich gern zu einer Pizza nach Laune des Chefs überreden, und dem prächtig belegten Teig nach zu urteilen, war der Patron an diesem Tag besonders gut aufgelegt. Doch es wartete noch eine weitere Überraschung auf Lisa: Zur Pizza wurde ihr nicht wie sonst üblich ein Messer mit einer zur Säge geschliffenen Klinge gereicht, sondern eine Schere. Matteo lachte, als er Lisas fragende Miene sah.

»Das war eigentlich der Grund, warum ich Ihnen die Pizzen hier so sehr ans Herz gelegt habe. Sie schmecken wirklich super, aber die Schere als Besteck finde ich einfach witzig.«

Matteo ließ sich stattdessen einen Berg Spaghetti mit einer Gemüsesoße schmecken, dazu tranken sie Wasser und Hauswein, und als Lisa später vor ihrer Unterkunft stand und dem langsam über den holprigen Weg davonrumpelnden Matteo hinterherwinkte, war sie so satt und müde, dass sie sich nur noch nach ihrem Bett sehnte.

In Massa Marittima stand zur selben Zeit Umberto Buvon nachdenklich am Fenster und schaute auf den kleinen Stadtpark hinaus. Rebecca hatte ihm ganz begeistert davon berichtet, was sie von der deutschen Reisejournalistin über die Ferienhäuser bei Casole erfahren hatte: Sie wurden scheinbar nicht genutzt und standen deshalb möglicherweise wieder zum Verkauf. Natürlich hatte er sich so erfreut gezeigt, wie es Rebecca von ihm erwartete. Und er hatte seine beste Mitarbeiterin sofort darauf angesetzt, mehr über den aktuellen Eigentümer der Häuser herauszufinden. Alles andere wäre ihr sicher seltsam vorgekommen, dabei brauchte er niemanden, der ihm diese Informationen beschaffte. Er wusste darüber mehr, als ihm lieb war.

Seufzend zog er das Handy aus der Hosentasche und navigierte durch seine Kontaktliste. Als er den gesuchten Namen gefunden hatte, zögerte er noch eine Weile, dann aktivierte er die Rufnummernunterdrückung und rief an. Am anderen Ende meldete sich eine Männerstimme.

»Pronto!«

Ein Name wurde nicht genannt, aber das war auch nicht nötig. Er kannte die Stimme gut.

»Ciao, Pasquale«, sagte Buvon mit gesenkter Stimme. »Ich bin's, Umberto. Ich hab da was, das könnte dich interessieren.«

Das Telefonat dauerte nicht lange. Dabei redete hauptsächlich Buvon, und der Mann am anderen Ende der Verbindung sagte nicht viel mehr als »sì« und »verstehe«. Schließlich verabschiedeten sich beide mit den üblichen Höflichkeitsfloskeln. Doch danach schaute Dottore Pasquale Cambio nicht weniger sorgenvoll aus seinem Bürofenster in Siena als sein Anrufer in Massa Marittima.

Diese deutsche Journalistin begann zu nerven. Und wenn Buvon nicht so eine Heidenangst vor ihm gehabt hätte, wäre es ihr womöglich schon heute gelungen, eine erste Information darüber aufzuschnappen, wer hinter der Sopra S.p.A. steckte. Und dann wäre es nur eine Frage der Zeit, bis sie Hinweise auf das bekommen würde, was in den leer stehenden Ferienhäusern bei Casole d'Elsa vor sich ging. Das konnte er natürlich nicht zulassen.

Cambio setzte sich an seinen Schreibtisch, nahm Papier und Stift zur Hand und verteilte die Informationen auf dem Blatt, die er über seine Widersacher hatte. Die Bürgermeisterin stand natürlich im Mittelpunkt, dazu dieser muskulöse Glatzkopf, den sie offenbar unter der Hand engagiert hatte und von dem er praktisch gar nichts wusste – den er aber für einen Bodyguard oder etwas in der Art hielt. Wer war dieser Typ wirklich? Ein Personen- oder Objektschützer, vielleicht ausgebildet in einer Spezialeinheit von Polizei oder Militär? Darauf deutete jedenfalls seine auffällig umsichtige Art hin, mit der er bisher jedesmal seine Handlanger abgeschüttelt hatte.

Jedenfalls waren der Glatzkopf und die Bürgermeisterin ein Team. Nicht recht erklären konnte sich Cambio dagegen, wie diese Journalistin ins Spiel gekommen war. Inzwischen kannte er natürlich ihren Namen, und er wusste, dass Lisa Langer wirklich als Reisereporterin arbeitete. Sie schien auch ganz gut im Geschäft zu sein, denn von ihr erschienen regelmäßig Artikel im Magazin *myJourney*, offenbar einer guten Adresse im deutschen Reisejournalismus. Sie konnte natürlich von diesem Magazin nach Italien geschickt worden sein, um eine Reportage über die Toskana zu schreiben – so, wie sie es der Mitarbeiterin von Umberto Buvon erzählt hatte. Doch warum interessierte sie sich so sehr für die Ferienhäuser bei Casole? Lag das nur daran, dass sie durch einen dummen Zufall direkt gegenüber im Bauernhof von Giuseppe Calma einquartiert war? Das war eher unwahrscheinlich, denn offenbar stand sie in Verbindung mit dem durchtrainierten Glatzkopf – und damit vermutlich auch mit der Bürgermeisterin. Aber wie genau sah diese Verbindung aus?

Cambio zog Kreise um den Namen der Bürgermeisterin, um den bisher namenlosen Glatzkopf und um Lisa Langers Namen. Dann warf er ein paar schnelle gestrichelte Linien aufs Papier, die diese drei untereinander verbanden, und schrieb knappe Fragen dazu wie: »Verbindung?«, »Vorgeschichte?« und »Motiv?«

Nach kurzem Überlegen kam ein weiteres Fragezeichen hinzu: Wer war der Mann, der Lisa Langer nach Massa Marittima begleitet hatte? Laut Buvon hieß er Matteo und trat als Fotograf auf, was er natürlich auch sein konnte – aber möglicherweise nahm er auch eine ganz andere Rolle ein. Arbeitete er für diesen Glatzkopf? Woher kam dieser Typ auf einmal, und wen hatte die Bürgermeisterin als Helfer noch alles in der Hinterhand?

Vom Glatzkopf hatte Enno nur das Autokennzeichen und die Adresse des Hauses in der Via Francesco Berni in Florenz in Erfahrung bringen können. Cambio sah auf die Uhr: Es war Zeit, seinen Informanten anzurufen. Er sollte inzwischen herausgefunden haben, auf wen das betreffende Fahrzeug angemeldet war und wer in dem Haus in Florenz wohnte. Dottore Cambio nahm sein Handy, tippte einen Kontakt an und wartete. Unter der Durchwahl im Polizeipräsidium Siena meldete sich wie immer eine Männerstimme in schneidigem Tonfall, und wie immer wurde dieser Tonfall etwas leiser und weniger herrisch, nachdem sich Cambio mit Namen gemeldet hatte.

»Und, haben Sie die Informationen, um die ich Sie gebeten hatte?«

»Selbstverständlich, Dottore! Alles hier, alles, wie Sie

wünschen. Der Wagen ist zugelassen auf eine Firma in Florenz, die sich FH Security nennt und im vergangenen September ordnungsgemäß angemeldet wurde. Die Firma wird betrieben von einem Deutschen namens Fred Hamann, und auf ihn passt die Beschreibung, die Sie mir von diesem glatzköpfigen Muskelprotz gegeben haben. Was nicht passt, ist die Adresse in der Via Francesco Berni – dort ist keine Firma gemeldet, weder als FH Security noch unter einem anderen Namen, und auch kein Hamann. Er wiederum hat ein Büro angemietet, in dem er wohl auch wohnt ... im ersten Stock eines Hauses in der Via Bolognese, das ist im Norden der Altstadt.«

»Gut, vielen Dank.«

»Keine Ursache, Dottore. Und wenn ich wieder behilflich sein kann, lassen Sie es mich bitte wissen.«

»Das ist schon jetzt der Fall ...«

Am anderen Ende der Leitung erklang ein unterdrücktes Seufzen. Cambio musste grinsen. Es hatte schon seine Vorteile, wenn man anderen diskrete Hilfe für ihre Karrierepläne in Aussicht stellen konnte – und zugleich einige delikate Geheimnisse über sie kannte, die sie erpressbar machten.

»Ich würde gern den Namen eines weiteren Fahrzeughalters erfahren.«

Cambio gab das Kennzeichen des Cabrios durch, das Luca notiert hatte – des Cabrios, in das Lisa Langer in Grosseto eingestiegen war.

»Wird erledigt, Dottore«, versicherte der Angerufene eifrig und fügte nach einem kurzen Zögern hinzu: »Und wann reden wir über das, was Sie mir versprochen haben?«

»Sobald diese Geschichte ausgestanden ist, mein Lieber. Nur noch ein bisschen Geduld, bitte.«

»Ich habe nun schon so lange Geduld, Dottore. Spannen Sie mich bitte nicht über Gebühr auf die Folter.«

Die Stimme des Mannes am anderen Ende der Verbindung war während des letzten Satzes etwas fordernder geworden. Ein Tonfall, den Cambio nicht gut vertrug, deshalb ließ er nun seinerseits die Stimme etwas weniger verbindlich, etwas drohender klingen.

»Machen Sie sich darüber mal keine Sorgen. Und einstweilen können Sie auch ganz beruhigt sein, dass Ihr kleines … Geheimnis bei mir in guten Händen ist.«

Cambio hörte ein halb ersticktes Räuspern, und er genoss die Pause, die entstand.

»Ich habe verstanden, Dottore«, kam schließlich mit rauer Stimme zurück.

»Das freut mich. Das freut mich wirklich. Dann enttäuschen Sie mich nicht, mein Freund. Buona sera.«

Cambio wartete nicht auf eine Antwort, sondern drückte das Gespräch sofort weg. Sein Informant würde ihm bis morgen Vormittag die gewünschte Information liefern, vielleicht auch über diesen Matteo und darüber, wie er in das verworrene Bild passte.

In möglichst beiläufigen Gesprächen hatte er einige der Reiseveranstalter nach einer Journalistin gefragt, die derzeit für das Magazin *myJourney* in der Toskana unterwegs war. Und tatsächlich hatten manche von ihnen auch schon einen Termin mit ihr vereinbart. So hatte er von dem bevorstehenden Besuch der Journalistin bei Buvon in Massa Marittima erfahren, und auch mit einer der Firmen, die für morgen einen Termin mit ihr verabredet hatten, stand er unter der Hand in einträglichem geschäftlichem Kontakt. Buvon hatte ihn angerufen, und auch für morgen konnte er sich auf telefonische Berichte seiner Geschäftspartner verlassen – aber ob das etwas Neues ans Licht bringen würde?

Sorgen bereitete ihm auch, was die Familie Fanfarone im Schilde führte. Luca hatte beobachtet, wie sich der verbliebene Sohn der Alten mit einem seiner Informanten traf – offenbar stellte der Anwalt seit heute eigene Recherchen an, und dass die mit der Sopra und den Ferienhäusern zu tun hatten, die seinen Bruder das Leben gekostet hatten, konnte sich Cambio an den Fingern einer Hand abzählen. Nicht zufällig begann der Anwalt herumzuschnüffeln, kurz nachdem Cambio mit der alten Donatella Fanfarone gesprochen und dabei nicht allzu zimperlich mit ihr umgesprungen war.

Er musste etwas mehr über die Familie in die Hand bekommen, als er schon hatte, denn allem Anschein nach suchten die Fanfarones inzwischen ebenfalls nach einer Möglichkeit, ihn gegebenenfalls unter Druck zu setzen. Cambio hatte auch schon eine Idee, wie er der hochnäsigen Bande in die Suppe spucken konnte, und als er den Plan in Gedanken durchspielte, legte sich ein breites, böses Grinsen auf sein Gesicht.

Der Informant, den Ernesto Fanfarone getroffen hatte, war kein Unbekannter ... Um den schmierigen Fabio Domar konnten sich Enno und Luca kümmern. Erst sollten sie ihn eine Weile in Ruhe lassen und nur beschatten, irgendwann würden sie ihn in die Mangel nehmen und ihm entlocken, was er wusste und was er Ernesto Fanfarone verraten hatte. Das waren genau die Aufgaben, für die Enno und sein Helfer taugten.

Dottore Cambio schob den Zettel mit seinen Notizen ein wenig von sich weg, lehnte sich im Sessel zurück, schloss die Augen und massierte sich die Nasenwurzel. Dann erhob er sich schwerfällig und ging zur Bar hinüber, die in einem der Wandschränke untergebracht war. Hier hatte er ein gut sortiertes Angebot an edlen Schnäpsen, außerdem einige feine Zigarren – doch diesmal stand ihm der Sinn nach etwas anderem. Er klappte die Metallbox auf, die neben einer Grappaflasche stand, und nahm eine in Goldpapier eingeschlagene Kugel heraus. Die Box schloss er behutsam wieder, drückte auch die Tür der Hausbar zu und trat ans Fenster. Ohne den Blick von der abendlichen Piazza del Campo zu wenden, nestelte er das kunstvoll gefaltete Goldpapier auf, nahm mit den Fingerspitzen die Praline heraus und legte sie sich auf die Zunge. Dann schloss er die Augen und spürte dem Gefühl nach, das sich auf seiner Zunge und seinem Gaumen ausbreitete. Erst die schwere Süße und die leichte Bitternote von dunkler Schokolade, dann die präzise Schärfe von edlem Pfeffer … Sein ganzer Mund war eine Explosion aus Geschmacksnoten, und er genoss selbst den leichten Schmerz, den ihm die stark pfeffrige Note der Praline bescherte.

Fast zehn Minuten lang stand er so da, die Augen und den Mund geschlossen, dann wandte er sich wieder seinen Notizen zu.

Immerhin hatte Buvon ihm auch erzählt, dass die Journalistin in den nächsten Tagen sein Renommierprojekt bei San Gimignano besuchen wolle. Dorthin werde sie dieser Matteo, ob er nun Fotograf war oder nicht, sicher begleiten. Vielleicht konnte sich Cambio dort, in malerischer Umgebung, eines der drängendsten Probleme vom Hals schaffen. Und waren Lisa Langer und Matteo erst einmal beiseitegeräumt, war es letztendlich auch nicht mehr wichtig, worin ihre Verbindung zur Bürgermeisterin bestanden hatte.

Erneut nahm er das Handy auf und wählte eine Nummer aus seiner umfangreichen Kontaktliste. Am anderen Ende meldete sich ein Mann, der für seine Fähigkeiten als Elektriker bekannt war – und weniger bekannt für all die anderen Arbeiten, die er schon für Dottore Pasquale Cambio übernommen hatte.

– SEI –

Es war kurz nach halb sechs, und die Sonne ging gerade auf, als Lisa erwachte. Nach einem ersten Blick auf die Uhr wollte sie sich erst noch einmal umdrehen, doch dann überlegte sie es sich anders. Wenig später saß sie mit frisch gebrühtem Kaffee auf der Terrasse und genoss den Blick auf die Hügel, die schon im kräftigen Sonnenlicht leuchteten, und das kleine Tal zu ihren Füßen, das an einigen Stellen noch im Schatten lag.

Es versprach, ein wunderbarer Sommertag zu werden. Keine Wolke war am Himmel zu sehen, und die Luft war zwar noch recht frisch, wärmte sich aber zusehends auf.

Lisa schlüpfte in bequeme Schuhe und umrundete gemächlich den Bauernhof, in dem ihre Ferienwohnung untergebracht war. In fast alle Richtungen hatte sie dabei eine gute Fernsicht, und inzwischen konnte sie sich schon einigermaßen in dem Panorama orientieren, das sich ihr bot. Ihr Blick fiel auf die Häuser von Casole, deren Mauern in der Morgensonne strahlten, als würden sie von innen beleuchtet. Weiter entfernt konnte sie kleine Ortschaften und sattgrüne Wiesen ausmachen, und vom südlichen Rand des Anwesens aus waren die Ferienhäuser zu sehen, die sie so beschäftigten. Still und stumm lagen sie da, nichts regte sich.

Lisa blickte noch einmal auf die Uhr: Bis Matteo sie zu den heutigen Terminen abholen würde, war noch Zeit genug für einen ausgedehnten Spaziergang. Also krempelte sie die Hosenbeine hoch, zwängte sich zwischen den dichten Büschen hindurch, die den Rand von Giuseppe Calmas Grundstück markierten, und stapfte über die Wiese in das Tal hinunter.

Als sie auf der anderen Seite den Hang fast erklommen hatte und nur noch vierzig, fünfzig Meter von den Ferienhäusern entfernt war, blieb sie stehen und musterte die Anlage. Nirgendwo waren Menschen oder Fahrzeuge zu sehen, und die Fensterläden waren ausnahmslos geschlossen. Also fasste sie sich ein Herz und brachte das letzte Stück des Weges hinter sich.

Etwa zwanzig Meter von den Gebäuden entfernt grenzte zum Tal hin eine Hecke das Gelände ab. Sie war offenbar erst vor wenigen Jahren gepflanzt worden und deshalb weder besonders hoch noch dicht. Lisa schlüpfte durch das Buschwerk und stand nun auf einer Wiese, die nicht sehr gepflegt wirkte und aus gut knöchelhohem Gras, Unkraut und einigen wild wachsenden Blumen bestand. Ein paar Schritte weiter erreichte sie einen ungepflasterten Platz, auf dem die Reifenspuren von Lastwagen kreuz und quer verliefen, und als Lisa mit ihren Schuhen über eine besonders glatte Stelle strich, wirbelte sie eine kleine Staubwolke auf.

Vom Wald herunter führte hier ein ähnlich schmaler Weg wie zu dem Bauernhaus, in dem sie wohnte, allerdings war hier die Fahrbahn etwas ebener planiert. Der Platz, auf dem sie stand, wurde auf drei Seiten von den Gebäuden der Anlage begrenzt. Von der anderen Seite des Tals hatte sie nur die nördlichste Reihe der Ferienhäuser sehen können, die anderen beiden Reihen, die den Platz nach Westen und

Süden hin umstanden, waren aus ihrer Perspektive verdeckt gewesen.

Die Häuschen waren erkennbar noch nicht ganz fertiggestellt. An einigen fehlten die Eingangstüren, und nur provisorische Bretterverschläge verwehrten ungebetenen Besuchern den Zugang. Auf der Seite zum Platz hin waren an den meisten Gebäuden nur die Fensterläden im Erdgeschoss angebracht, und aus den Fassaden hingen lose Stromkabel, wo später vermutlich einmal die Außenbeleuchtung angebracht werden sollte. Während die Zugänge zu einigen der Gebäude bereits mit Steinplatten belegt waren, führte zu den anderen nur ein planierter Erdweg oder eine Spur aus gestampftem Kies. Das Ganze wirkte, als sei die Baustelle recht überstürzt verlassen worden und habe danach seit längerer Zeit niemanden mehr interessiert.

Einige Gebäude waren wie schmale Reihenhäuschen angelegt und wohl für die Unterbringung einer Familie gedacht, andere wiederum boten Platz für zwei eingeschossige Wohnungen. Lisa schätzte, dass die Anlage ungefähr dreißig Wohneinheiten umfasste – nichts, was jemand ungenutzt herumstehen lässt, wenn er nicht eine andere, sehr lukrative Verwendung für die nicht vermieteten Gebäude hat.

Lisa zückte ihr Handy, machte sich zu einem Rundgang auf und knipste alle paar Schritte ein Foto. Durch die Lücken zwischen den Häuserreihen konnte man nicht nur weit hinaus ins Land schauen, sondern sah auch die fertig betonierten, aber noch nicht lackierten Gruben zweier Swimmingpools. Daneben war das Gelände aufgeschüttet und mit Mauern zum Tal hin abgestützt – das konnte eine schöne Liegewiese werden, wenn sich irgendwann mal jemand die Mühe machen würde, Rasen zu pflanzen.

Ein Motorengeräusch ließ sie erstarren: Ein Stück entfernt fuhr ein schwerer Lastwagen entlang. Sie schlich schnell zurück zu den Gebäuden und huschte dann auf den Zufahrtsweg zu. Dort war kein Fahrzeug zu sehen, und als sie erneut lauschte, entfernte sich das Geräusch bereits wieder – offenbar hatte sie einen Laster gehört, der auf der Landstraße in Richtung Casole unterwegs war. Noch einmal sah sie sich nach allen Seiten um, dann machte sie sich auf den Rückweg zu ihrer Unterkunft.

Als sie etwa zwanzig Meter vom Pool entfernt war, fiel ihr ein Mann auf, der auf ihrer Terrasse herumlümmelte. Er saß auf einer der Holzbänke und wandte ihr den Rücken zu. Da er eine Kappe trug, konnte sie ihn nicht erkennen. Sofort duckte sie sich und schlich lautlos näher. Als sie den Pool erreicht hatte, sah sie sich nach einer möglichen Waffe um, fand aber nichts Besseres als den langstieligen Kescher, mit dem man Laub aus dem Wasser fischen konnte. Der Stiel war leicht, wirkte aber ziemlich stabil, und das Netz des Keschers sah ebenfalls einigermaßen robust aus. Wenn es hart auf hart kam, sollte sie den Fremden damit überrumpeln können – und mit der gut zwei Meter langen Stange würde sie sich den Angreifer weit genug vom Leib halten können, um rechtzeitig zum Auto zu gelangen.

Geduckt ging sie an der niedrigen Mauer entlang, die den Pool zur Terrasse hin begrenzte. Dann näherte sie sich Schritt für Schritt der Holzbank, und obwohl sie einmal den Schuh etwas ungeschickt auf einen losen Kiesel setzte und so ein knirschendes Geräusch erzeugte, schien der Fremde davon nichts zu bemerken: Er saß nach wie vor bewegungslos auf der Bank.

Lisa blieb stehen, um ihn noch einmal genauer zu mustern. Er trug ein weit fallendes Hemd mit kurzen Ärmeln, und weil sie weder sein Gesicht sehen konnte noch die unter der Kappe verborgenen Haare, hatte sie keine Ahnung, wen sie da vor sich hatte. Fred war es nicht, weil sie dessen breites Kreuz schon von Weitem erkannt hätte – aber da es sonst praktisch jeder sein konnte, rechnete sie lieber mit dem Schlimmsten.

Etwas oberhalb der Stelle, an der eine Jeans ihre rechte Gesäßtasche hatte, wölbte sich der Stoff des Hemdes auffällig – steckte dort womöglich eine Waffe? Lisa packte die Stange des Keschers noch fester und arbeitete sich ganz langsam an den Fremden heran. Noch einen halben Meter, noch zwanzig Zentimeter, noch …

»Peng!«

Der Fremde hatte sich nicht umgedreht, sondern nur seine rechte Hand über den Kopf gehoben, über seine Schulter hinweg mit dem ausgestreckten Zeigefinger auf Lisa gezielt und laut »Peng!« gerufen. Das reichte, um Lisa mitten in der Bewegung erstarren zu lassen. Nun erhob sich der Mann, schob sich die Mütze in den Nacken und drehte sich um. Vor ihr stand Matteo, der sie mit breitem Grinsen ansah. Dann erst fiel ihm der Kescher auf, dessen Korb über ihm in der Luft verharrte, und er brach in schallendes Gelächter aus.

»Na, da hätte ja wohl der übelste Bösewicht keine Chance gehabt, was?«, brachte er schließlich hervor.

Lisa ließ den Kescher sinken. »Und warum sitzen Sie hier auf meiner Terrasse und geben sich nicht zu erkennen?«

»Ach, ich wollte Sie erst nicht wecken, dann hab ich mich ein bisschen umgesehen, und dabei sind Sie mir aufgefallen, wie Sie von den Ferienhäusern aus herübergelaufen sind. Also habe ich mich auf die Bank gesetzt, um zu sehen, was Sie anstellen, wenn Sie hier ein vermeintlich Fremder erwartet.«

»Ganz toll ...«

Lisa ließ sich schmollend neben ihn auf die Bank sinken, aber er hielt ihr grinsend die rechte Hand hin.

»Tut mir leid. Entschuldigung angenommen?«

Lisa zögerte.

»Ich wollte Sie nicht erschrecken«, fügte er noch hinzu, brach dann aber wieder in herzhaftes Lachen aus und fügte hinzu: »Nein, das ist gelogen, natürlich wollte ich Sie erschrecken. Aber es tut mir trotzdem leid.«

Sie schlug ein. »Wollen Sie einen Kaffee?«

Matteo schaute auf die Uhr.

»Eigentlich sollten wir langsam los.«

»Haben wir nicht noch ein paar Minuten? Ich hab noch nicht gefrühstückt.«

»Okay, machen Sie sich schnell etwas zu essen. Den Kaffee kann ich ja kochen – dann geht's schneller.«

Kurz darauf waren sie in Matteos Wagen unterwegs, um mit den übrigen Reiseanbietern auf Freds Liste zu reden. Es war ihnen gelungen, die Termine mit den jeweiligen Ansprechpartnern so zu legen, dass sie sich zu einer halbwegs passenden Rundfahrt verbinden ließen.

Für ihren ersten Termin waren sie etwas spät dran, aber Matteo nahm die Fahrt nach Florenz so sportlich in Angriff, dass er sein Cabrio sogar noch fünf Minuten vor dem verabredeten Termin auf dem Firmenparkplatz abstellte. Am dreistöckigen Flachdachbau, der so schmucklos war wie die übrigen Gebäude in dem südlich von Florenz gelegenen Gewerbegebiet direkt an der Autostrada, prangte in großen Buchstaben der Firmenname L'orizzonte nuovo – aber bald stellte sich heraus, dass der Reiseveranstalter nur ein Mieter unter vielen war. Pietro Sassolino empfing sie vor seinem Büro in der ersten Etage und führte sie an einem kargen und verwaisten Empfang vorbei in ein geräumiges Eckzimmer, dessen Fenster zur Autobahn hin gingen. Sie waren geschlossen, aber das Rauschen des Verkehrs war dennoch gedämpft zu hören. Eine kleine Klimaanlage surrte, und aus den Boxen, die im Regal zwischen Bildbänden, Atlanten und Reiseführern standen, war leise ein Streichquartett zu hören.

»Stört Sie die Musik?«, fragte ihr Gastgeber, als er Lisas Blick zu den Lautsprechern bemerkt hatte. »Mich nervt das Geräusch der Klimaanlage, aber wenn ich sie ausschalte, muss ich die Fenster öffnen, und dann ...«

Er deutete auf die Autobahn und zuckte entschuldigend mit den schmalen Schultern.

»Nein, kein Problem«, sagte Lisa und folgte seiner Einladung, sich mit Matteo die bequem wirkende Couch in einer engen Besprechungsecke hinter der Zimmertür zu teilen.

Pietro Sassolino war ein dünner Mann, unter dessen altmodischem Hemd sich ein kleines Bäuchlein abzeichnete. Er hatte nur noch einen Kranz langer, schlohweißer Haare, die in alle Richtungen abstanden. Eine Weile wieselte er im Zimmer umher, flitzte auf den Flur hinaus und kehrte mit drei dampfenden Kaffeetassen zurück. Dann ließ er sich auf einen Sessel fallen und musterte seine Besucher mit einem knitzen Lächeln auf dem faltigen Gesicht. Die Ähnlichkeit mit Abbildungen des älteren Albert Einstein war auffallend und vermutlich auch der Grund dafür, dass die gerahmten

Dankesschreiben an den Wänden des Flurs an »il professore« gerichtet waren.

»Und wie kann ich Ihnen nun helfen?«, fragte er.

Lisa erzählte von dem Toskana-Artikel, den sie für *myJourney* schreiben sollte, und erklärte, dass sie die Gegend um Casole d'Elsa in den Mittelpunkt ihrer Geschichte stellen wollte. Sassolino machte ein betrübtes Gesicht.

»Casole ...«, sagte er gedehnt und schüttelte bedächtig den Kopf. »Das tut mir leid, da kann ich Ihnen wohl keine besonders große Hilfe sein. Meine kleine Firma bietet Studienreisen an. Wir bringen ausländischen Gästen die Geschichte und Kultur von Siena, Florenz und San Gimignano nahe, und auch zu Colle di Val d'Elsa haben wir zwei Angebote im Programm: Technisch Interessierten stellen wir das Kanalsystem der Stadt aus dem dreizehnten Jahrhundert vor – und speziell für deutsche Urlauber zeichnen wir anhand von Colle nach, wie sich die zerstrittenen toskanischen Stadtstaaten etwa zur selben Zeit in die Kämpfe zwischen Welfen und Staufern und damit letztlich zwischen Papst und Kaiser verwickeln ließen. Casole hingegen ... ein schönes Städtchen, aber abgesehen von einem mittelprächtigen Künstler aus dem sechzehnten Jahrhundert eben nicht sehr ergiebig für einen Anbieter von Studienreisen, so leid es mir tut.«

»Schade«, sagte Lisa, fragte ihn aber aus Höflichkeit doch noch nach einigen Programmpunkten, die sich für ihre Reportage eignen könnten – und schon begann Sassolino weitschweifig die Geschichte Colle di Val d'Elsas darzulegen, und während er den Stauferkönig Manfred und Karl von Anjou, den Bruder des französischen Königs, vorstellte, verheddterte er sich schließlich heillos in den vielen Fäden seiner wild mäandernden Erzählung. Irgendwann musste sich »il professore« kurz besinnen, wo in der Geschichte er mittlerweile gelandet war, und Lisa nutzte die kurze Pause, um sich wortreich bei ihm zu bedanken und zum Aufbruch zu drängen. Sassolino wirkte einen Moment lang enttäuscht, doch dann eilte er zu einem Wandschrank, stellte flink reichlich Prospektmaterial zusammen und lud Matteo den ansehnlichen Stapel auf.

»Ach, einen Tipp hätte ich vielleicht doch noch für Sie«, rief Sassolino, als sie schon die Tür zum Treppenhaus erreicht hatten. »Ein alter Freund von mir hat zwei Bauernhäuser zu Ferienunterkünften umgebaut. Nicht luxuriös, eher etwas für sparsame Reisende – aber die Gebäude sind schön gelegen, und sie sind nicht weit von Casole entfernt.«

Damit huschte der Doppelgänger von Albert Einstein auch schon hinter die Theke des Empfangs, kritzelte Name, Adresse und Telefonnummer seines Freundes auf einen Zettel und gab ihn Lisa.

»Name und Adresse stimmen, mit der Hausnummer und dem Telefonanschluss bin ich mir nicht ganz so sicher – Zahlen sind nicht so meine Stärke, außer es handelt sich um Jahreszahlen ...«

Sein faltiges Gesicht leuchtete in einem herzlichen Lächeln auf. Doch als sich Lisa auf der Treppe nach unten noch einmal zu ihm umwandte, wirkte er auf einmal sehr nachdenklich.

Die Wohnungstür hielt Ennos Werkzeug keine halbe Minute stand. Vorsichtig schob er sie auf und lugte in das Wohnzimmer. Es war niemand da, das hatte Luca schon zuvor ausgekundschaftet, und weil auch in der Umgebung des Hauses keine Menschenseele zu sehen war, hatten sie sich die Mühe sparen können, durch ein Fenster oder durch die Terrassentür an der Rückseite des Gebäudes in die Wohnung der Deutschen einzudringen – mit einem Dietrich ging es am schnellsten und bequemsten durch die Vordertür.

Auf dem langen Holztisch standen zwei leere Kaffeetassen und ein Teller, auf dem einige Weißbrotbrösel und ein Klecks Nusscreme zu sehen waren. Ein Stuhl stand ein Stück vom Tisch entfernt, als sei hier jemand nach einem eiligen Frühstück hektisch aufgestanden. Ansonsten war das großzügig geschnittene, aber etwas dämmrige Zimmer größtenteils aufgeräumt. Auf einem Schränkchen lag ein einzelner Autoschlüssel. Kein Wunder, schließlich stand der betagte Wagen der Journalistin auf dem Parkplatz neben dem Haus. Luca hatte gesehen, wie sie mit einem sportlich wirkenden Mann Ende dreißig in einem schicken Cabrio weggefahren war.

»Das Auto habe ich natürlich sofort erkannt«, hatte Luca seinem Freund eifrig berichtet, als er ihn gleich danach angerufen hatte. »Und den Mann natürlich auch. Das war der Typ, den ich von Grosseto aus verfolgt habe.«

»Das war doch derselbe, der dich wenig später abgehängt hat, richtig?«, hatte Enno frotzelnd versetzt, aber gleich versöhnlich hinzugefügt: »Gut gemacht, Luca, ich bin gleich bei dir, dann wollen wir uns mal die Wohnung dieser Deutschen näher anschauen.«

Und das taten sie nun auch. In der Küche, die vom Wohnzimmer nur durch eine dünne Sperrholzwand und einen Vorhang abgetrennt war, standen volle und leere Weinflaschen, eine Schale mit Obst, Weißbrot in einer Papiertüte und allerlei ungespülte Kochutensilien. Im Kühlschrank herrschte Gesundes vor: Zwischen Gemüse und Käse standen Gläser mit Pepperoni und Oliven, zwei Dosen Thunfisch und eine angebrochene Packung passierter Tomaten.

Im Badezimmer war nichts Außergewöhnliches zu entdecken. Enno zupfte einige Haare aus der Bürste und steckte sie in eine kleine Plastiktüte, die er genau für diesen Zweck mitgebracht hatte.

Ein kleiner Fön lag auf dem Fensterbrett, und an der Wand war ein Bikini zum Trocknen aufgehängt. Ennos Blick fiel auf Luca, der ganz versonnen mit den Fingerspitzen über einen Bademantel aus weißer Baumwolle strich, der an einem Haken hing. Einen Moment lang beobachtete er seinen Helfer und gönnte sich ein spöttisches Grinsen, als sich Luca aber vorbeugte und mit tiefen Atemzügen an dem Bademantel schnupperte, packte er ihn mit einer Hand an der Schulter und riss ihn beiseite.

»Hör auf mit diesem Scheiß, und such dir endlich eine Freundin, du Spanner!«

»Du hast gut reden, Enno«, maulte Luca, als er sich vom ersten Schreck erholt hatte. »Mich besucht halt nicht eben mal eine Bedienung, nur weil sie keine Lust mehr hat, nach Hause zu fahren!«

»Ist ja schon recht, aber du reißt dich jetzt mal zusammen! Wir sind hier, um etwas über diese Deutsche herauszubekommen – und ich glaube, wie sie riecht, will der Dottore nicht unbedingt wissen.«

Luca schmollte, aber er fügte sich und ließ sich von Enno aus dem Badezimmer schubsen. Im Schlafzimmer lagen einige Kleider auf dem aufgeschlagenen Bett, auch ein BH war darunter, aber Luca traute sich nicht, ihn näher in Augenschein zu nehmen, weil er gleich nach dem ersten

133

Blick in Richtung Bett bemerkt hatte, wie Enno die Augenbrauen hochzog.

Schweigend durchsuchten sie die Schubladen, den unters Bett geschobenen Koffer und den Kleiderschrank, doch es ergab sich nichts, was sie weitergebracht hätte. In einer Reisetasche, die auf dem Boden des Schranks stand, befanden sich einige Exemplare der Zeitschrift *myJourney* und ein paar Taschenbücher über Kultur und Geschichte der Toskana.

Auf dem niedrigen Nachttisch lag ein Krimi. Enno nahm ihn zur Hand und blätterte darin. Als das Lesezeichen herausrutschte, hob er es wieder auf und steckte es zurück ins Buch. Ob er die richtige Stelle erwischt hatte, wusste er nicht. Dann ließ Enno noch einmal seinen Blick durchs Zimmer schweifen und seufzte.

Nirgendwo hatten sie Papiere entdeckt oder andere Infos, die mehr über die Identität der Deutschen oder über ihre Absichten verrieten, die sie in die Toskana geführt hatten – von dem Reisemagazin abgesehen, für das sie angeblich eine Reportage zu schreiben hatte. Im Koffer unter dem Bett hatten sie zwar ein Laptop gefunden, aber das war mit einem Passwort geschützt, und nach zwei läppischen Versuchen – Enno hatte es erst mit »Toskana« und dann mit »Casole« probiert – hatten sie aufgegeben. Natürlich hätten sie den Computer mitnehmen und dem Dottore übergeben können. Vielleicht kannte der ja einen Experten, der den Passwortschutz knacken konnte. Aber dann hätte die Deutsche bemerkt, dass bei ihr eingebrochen worden war, und womöglich die Polizei ins Spiel gebracht. Und Enno vermutete zu Recht, dass der Dottore darauf nun wirklich keinen Wert legte.

Also legten sie den Laptop zurück in den Koffer und schoben diesen wieder unters Bett. Dann verließen die beiden das Haus und zogen vorsichtig die Tür hinter sich zu. Enno hatte seinen Wagen drüben zwischen den leer stehenden Ferienhäusern abgestellt und machte sich nun auf den Weg nach Siena, um dem Dottore ausführlich Bericht zu erstatten – auch wenn er nichts wirklich Spannendes zu berichten hatte.

Und Luca, dem Enno einstweilen freigegeben hatte, eilte zu seinem eigenen Wagen, den er im nahen Wald versteckt hatte. Er würde nach Hause fahren, sich einen Rotwein einschenken, die Gardinen zuziehen und es sich richtig schön gemütlich machen. Die Vorfreude zauberte ihm ein breites Grinsen aufs einfältige Gesicht. Für einen Moment fuhr er sich mit den Fingern über sein weit fallendes Hemd. Darin hatte er, als Enno gerade durch seine Suche abgelenkt war, den BH versteckt, der vorhin auf dem Bett der Deutschen gelegen hatte.

Enno verschwendete im Moment keinen Gedanken an seinen Kumpan. Er hatte sich vom Dottore einige Gewohnheiten des Mannes schildern lassen, den er befragen und dafür ruhig etwas härter anfassen sollte. Statt ziellos durch Colle di Val d'Elsa zu stromern oder stundenlang vor der Wohnung seiner Zielperson zu warten, klapperte er lediglich die Stellen ab, die der andere regelmäßig aufsuchte. Zunächst hatte er kein Glück, doch ein Tipp von Alice, die den Typen flüchtig kannte, ließ ihn letztendlich fündig werden. Sie hatte ihm von einer inoffiziellen Kneipe erzählt, die im Hinterhof eines verschachtelten Firmengebäudes an der Via Fratelli Bandiera untergebracht war. Der Ort war keine schlechte

Wahl für eine solche Kaschemme: Die Bauten dort waren verwinkelt genug, dass man, wenn man sportlich genug war, einem überraschenden Besuch der Carabinieri mit einigen Kletterpartien und beherzten Sprüngen gut ausweichen konnte. Die Via Fratelli Bandiera selbst führte schnurgerade nach Süden und brachte einen schnell zur nächsten Landstraße.

Enno hatte eigens seine alte Schiebermütze aufgesetzt, damit er mit seiner womöglich stadtbekannten Glatze nicht gleich jedem Gast auffiel. Zwar hatte er sich nie auf Geschäfte in Colle di Val d'Elsa eingelassen, und er hatte mit Bedacht vermieden, in der Stadt Kontakte zur Unterwelt zu knüpfen. Aber immerhin wohnte er hier, und wer es wissen wollte, konnte sicher erfahren, womit er sein Geld verdiente.

Aber heute schien ihn hier niemand zu erkennen, und auch er entdeckte keine bekannten Gesichter unter den Gästen. Der Raum war schummrig, die Tische nicht übertrieben sauber, der Wirt hatte wenig Interesse an seinen Gästen, und die Gäste hingen überwiegend apathisch über ihren Gläsern. In die meisten kam nur Bewegung, wenn sie einen Schluck nahmen – oder den letzten Schluck genommen hatten und mit einer fahrigen Bewegung Nachschub orderten.

Enno holte sich sein Bier direkt am Tresen und setzte sich so an einen Ecktisch, dass er den Eingang, die Theke und den Hinterausgang im Blick hatte.

Durch diese Hintertür betrat Fabio Domar den Raum. Er war offensichtlich auf der Toilette gewesen, denn noch im Gehen nestelte er an seinem Hosenschlitz herum, dessen Reißverschluss anscheinend Probleme machte. Fabios

Wampe hing wulstig über dem viel zu engen Gürtel und machte im Verbund mit dem zurückgegelten Haar und den schon so früh am Nachmittag vom Alkohol geröteten Augen Fabio Domar zu einer nicht sehr sympathischen Erscheinung.

Ihm selbst schien das nicht bewusst zu sein, denn allen, an denen er vorüberstrich, schlug er kumpelhaft auf die Schulter oder drängte ihnen plumpe Bemerkungen auf. Manche reagierten mit gespielter Freude, andere wehrten seine Aufdringlichkeit genervt ab, doch Fabio ließ sich davon nicht beirren und brachte seine Runde zu Ende, bevor er sich auf einen Stuhl in der Nähe des Eingangs sinken ließ. An seinem Tisch war der zweite Stuhl frei, doch Fabio Domar wirkte nicht so, als warte er auf jemanden. Im Gegenteil schien er hier nur Zeit totschlagen zu wollen. Er trank sein Glas in einem langen Zug leer und signalisierte dem Wirt, dass er Nachschub wollte. Dann wandte er sich etwas ab und schaute gelangweilt durch das Fenster auf den Hinterhof.

Enno nahm sein Bierglas, erhob sich und ging zum Tresen. Dort legte er dem Wirt ein paar Münzen hin und erklärte, dass er Fabio Domar das Bier nicht nur spendieren, sondern es ihm auch selbst bringen wolle. Dem Wirt war das einerlei, zumal er sich so die Mühe des Bedienens sparte.

Fabio Domar achtete nicht auf den Mann, der ihm das bestellte Bier brachte. Als er hörte, wie das Glas auf seinen Tisch gestellt wurde, griff er, ohne sich umzudrehen, tastend nach dem Glas und führte es zum Mund. Erst als er es wieder hinstellte, bemerkte er, dass der Mann, der ihm das Bier gebracht hatte, nicht zum Tresen zurückgegangen war, sondern sich an seinen Tisch gesetzt hatte.

137

Nun wandte er sich doch um, kniff seine rot geränderten Augen zusammen und musterte seinen neuen Nachbarn mit abweisender Miene. Er kannte ihn nicht und beschloss, die Situation mit Coolness und einer guten Portion Frechheit anzugehen. Also legte er ein überhebliches Grinsen auf und hoffte, dass seine Augen nicht die Angst verrieten, die er zu überspielen versuchte.

Der Mann an seinem Tisch hatte den Stuhl so nah an ihn herangerückt, dass sie beide zwischen dem kleinen Tisch und dem Fenster zum Hinterhof saßen und ein unangenehm kleiner Abstand von weniger als einem halben Meter zwischen ihnen blieb. Noch unangenehmer wurde es, als Fabio Domar an der Unterseite seiner überhängenden Wampe etwas Spitzes spürte. Sein Blick ging erschrocken nach unten: An seinem Hemd lag ein Stofflappen, unter dem etwas Langes, Scharfes verborgen zu sein schien. Damit waren Coolness und Frechheit auf einen Schlag verflogen, Fabio schluckte, wurde bleich und sah den anderen mit aufgerissenen Augen an.

»Na, Fabio, alles klar?«

»Äh ...«

Enno grinste ihn gutmütig an, aber das Stechen an Fabios Bauch verhieß nichts Gutes.

»K-kennen ... kennen wir uns?«, stammelte Fabio und bemühte sich, so flach wie möglich zu atmen, um sich nicht durch eine ungeschickte Bewegung an der Messerspitze zu verletzen.

»Du lernst mich gerade kennen, Fabio. Und ich hab schon von dir gehört.«

»N-nur ... nur Gu-Gutes, hoffe ich«, brachte Fabio hervor.

Er versuchte ein dünnes Lächeln, aber es missriet ihm gründlich.

»Nein, leider nicht«, sagte Enno, und sein Bedauern klang aufrichtig.

»Aber ich ... äh ... Wie ... wie heißen Sie denn eigentlich? Und was wollen Sie von mir?«

Fabio hatte nach wie vor eine Heidenangst vor diesem Kerl mit dem Messer, aber allmählich schaffte er es wenigstens wieder, vollständige Sätze hervorzubringen.

»Nenn mich Enno. Und du darfst mich duzen, unter Kollegen sind wir doch nicht so förmlich, oder?«

»Kollegen? Wer sind ... wer bist du?«

»Enno, wie gesagt. Und mehr musst du im Moment nicht wissen. Ich werde dir also keine deiner Fragen beantworten. Es ist sogar im Gegenteil so, dass ich dir einige Fragen stellen möchte.«

»Und warum soll ich dann antworten?«

»Ach, Fabio, ich glaube, dass du das wichtigste Argument gelten lassen wirst.«

Der Druck der Klinge an seinem Bauch wurde stärker. Fabio Domar schwieg und schluckte. Seine Augäpfel traten ein wenig hervor, was Enno mit einem noch breiteren Grinsen quittierte.

»Das mit dem Bier tut mir übrigens leid«, fügte Enno hinzu.

»Was tut Ihnen ... tut dir da leid? Ich verstehe nicht ganz ...«

»Na, du wirst es leider nicht mehr austrinken können.«

»Nicht?«

»Nein, denn wir stehen jetzt auf und gehen miteinander raus.«

»Äh ... und ... und dann?«

»Dann wirst du mir ein paar Fragen beantworten.«

»Ich rede nicht so gern, und Fragen beantworte ich auch nur sehr ungern.«

»Pass auf, Fabio, du kannst gern versuchen, mich zu verscheißern, auch wenn ich dir dringend davon abraten würde. Es mag schon sein, dass du nicht gern Fragen beantwortest, solange du nicht dafür bezahlt wirst. Aber du hast dich vor Kurzem für einige deiner Antworten gut bezahlen lassen – und du hast da leider einige Informationen verkauft, die du besser für dich behalten hättest.«

»Ich ...«, setzte Fabio an, aber Enno schnitt ihm sofort das Wort ab.

»Fürs Erste hörst du zu und hältst die Klappe, verstanden?«

Fabio Domar nahm all seinen Mut zusammen und fixierte sein Gegenüber mit einem Blick, der wohl einschüchternd wirken sollte, Enno aber nicht allzu sehr zu beunruhigen schien.

»Du sitzt hier in meiner Stammkneipe«, knurrte Fabio. »Hier ist alles voll mit meinen Freunden, und wenn ich um Hilfe rufe, dann kommen die alle und zeigen dir, wo die Tür ist!«

Enno sah sich um und grinste noch breiter.

»Du hast hier keine Freunde, Fabio. Und ...«

Er unterbrach sich, zog sich mit der Linken die Schiebermütze vom Kopf, legte sie vor sich auf den Tisch und schaute sich in der Kneipe um. Ein Mann zwei Tische weiter erkannte ihn sofort und raunte seinem Stuhlnachbarn etwas zu. Wenig später hatte die meisten Gäste der Kaschemme eine gewisse Unruhe erfasst, und die meisten behielten den Glatzkopf von jetzt an genau im Blick. Enno wandte sich wieder seinem Tischnachbarn zu.

»Wie gesagt, du hast hier keine Freunde – aber es sind einige Männer hier, die mich kennen und die einen Teufel tun werden, sich mit mir anzulegen.«

Fabio hatte die veränderte Stimmung in der Kneipe ebenfalls bemerkt. Nun saß er ganz bleich und resigniert da. Enno nickte zufrieden.

»Ich sehe, du schätzt deine Situation jetzt etwas realistischer ein.«

»Und was jetzt?«

»Du hast zwei Möglichkeiten. Du weigerst dich, mit mir rauszugehen. Dann schlitze ich dir den Wanst auf und erfahre endlich, was passiert, wenn man das bei einem Fettsack macht – so ein dickes Opfer hatte ich noch nie.«

Fabio schluckte. Dann krächzte er: »Und die zweite Möglichkeit?«

»Du gehst jetzt mit mir raus, wir suchen uns ein ruhiges Plätzchen, und du beantwortest alle meine Fragen.«

»Und wenn ich sie nicht beantworte?«

»Dann schlitze ich dir den Wanst an diesem ruhigen Plätzchen auf und erfahre endlich ...«

»Schon gut, schon gut, ich hab's verstanden.«

»Sehr gut, Fabio. Also, können wir?«

»Was machst du mit mir, wenn ich dir alles gesagt habe, was du wissen willst?«

»Dann schlitze ich dir den Wanst ...« Fabio Domar zuckte zurück, und Enno brach in schallendes Lachen aus. »War nur Spaß, Fabio. Mir alles zu sagen, ist natürlich deine einzige Chance, aus dieser Sache halbwegs unbeschadet herauszukommen.«

141

»Wieso halbwegs?«

»Jetzt frag nicht so viel, sondern steh auf. Mach keinen Quatsch und geh vor mir her. Erst raus auf den Hinterhof und dann um die nächste Ecke. Dort steht mein Wagen.«

Fabio zögerte, dann schaute er in die Runde und konnte von den Mienen der anderen Gäste alles Mögliche ablesen, nur nicht die Bereitschaft, ihm gegen diesen Glatzkopf beizustehen.

»Okay, ich komm mit. Du kannst dein Messer wieder wegstecken.«

»Wo es dich bisher so schön überzeugt hat? Nein, nein, das bleibt, wo es ist.«

Fabio stand auf und griff nach der Türklinke.

»He, Fabio!«, rief der Wirt. »Und was ist mit den Getränken, die du vor diesem Bier hattest?«

»Zahlt er beim nächsten Mal«, entgegnete Enno und funkelte ihn warnend an. Der Wirt nickte nur und polierte an dem Glas weiter, das er gerade aufgenommen hatte.

Einen Moment lang hatte Fabio Domar darüber nachgedacht, ob er die kurze Unterhaltung dazu nutzen sollte, abzuhauen – doch da spürte er schon wieder die Messerspitze in seinem Rücken, und ganz langsam verließ er die Kneipe, ging an der Mauer des Gebäudes entlang und bog um die nächste Hausecke. Enno ging an ihm vorbei, öffnete ihm die Beifahrertür beinahe galant und ließ Fabio hineinschlüpfen. Während der Glatzkopf den Kühler seines Wagens umrundete, zog Fabio probeweise am Türgriff, aber der andere hatte offenbar schon die Zentralverriegelung betätigt.

Die Fahrt dauerte keine Viertelstunde und führte nach gut zehn Minuten über eine schmale Zufahrtsstraße zu einem Schuttabladeplatz. Kurz vor einem geteerten Platz, von dem aus die Benutzer ihren Abfall die angrenzende Böschung hinunterkippen konnten, bog Enno in einen noch schmaleren Weg ab, der sie eine kleine Steigung hinauf bis zu einem einsamen Parkplatz brachte. Hier waren sie von drei Seiten durch dichtes Gebüsch vor unerwünschten Blicken verborgen, und an der verbleibenden vierten Seite ging es direkt neben dem Parkplatz steil hinab. Von dort blickte man auf einen Teil des Schuttabladeplatzes und auf einige Firmengebäude am Rand von Colle di Val d'Elsa.

Das war eindeutig kein Ort, an dem Fabio Domar etwas Gutes zu erwarten hatte.

Enno stieg aus, kam zur Beifahrerseite herüber und öffnete die Tür.

»So, jetzt raus mit dir, Fabio«, sagte er.

Domar kletterte ebenfalls aus dem Wagen und bemerkte erleichtert, dass der andere sein Messer wegsteckte. Doch kaum hatte er sich darüber gefreut, als ihm auch schon die Luft wegblieb. Enno hatte ihm die rechte Faust ansatzlos in den Magen gerammt, und Fabio krümmte sich vor Schmerzen. Den linken Schwinger sah er ebenso wenig kommen wie den letzten rechten Haken, der ihn vollends zu Boden schickte.

Dann wurde es schwarz um ihn.

Die drei übrigen Besuche bei Reiseveranstaltern in Empoli, Livorno und Siena brachten Lisa und Matteo keine neuen Informationen über die leer stehenden Ferienhäuser. Ab und zu hatte Lisa zwar das Gefühl, ihre Gastgeber wüssten bereits, dass sie das Gespräch irgendwann auf die Ferienanlage bei Casole lenken würde – aber wenn diese Reiseveranstalter hinter den Kulissen wirklich krumme Dinger drehten, konnte es ja durchaus sein, dass sie mit der Sopra in Kontakt standen und diese darüber informierten, dass sich eine deutsche Journalistin für die Anlage interessierte. Dazu passte der Umstand, dass sie auf der Fahrt von Grosseto nach Massa Marittima verfolgt worden waren – jedenfalls war sich Matteo da ganz sicher.

Aber beide waren sie der Meinung, dass sie mit einem Besuch von Buvons Feriendorf bei San Gimignano nicht viel riskierten. Womöglich kannte sich der Projektleiter so gut in der Branche aus, dass er ihnen etwas über Konkurrenzfirmen wie die Sopra erzählen konnte. Oder sie fanden nichts heraus, dann hatte Lisa zumindest etwas Besonderes für ihre Reisereportage am Haken.

Während Matteo sie von Siena aus nach Hause kutschierte, wählte sie die Nummer von Rebecca Grassia, und tatsächlich hatte diese inzwischen mit Davide Caprese telefoniert, dem Projektleiter des Buvon villaggio. Sie gab ihm dessen Handynummer, und wenig später hatte Lisa mit Caprese einen Termin für den folgenden Nachmittag verabredet. Bevor sie das Treffen festmachte, schaute sie Matteo noch fragend an, der nur mit den Schultern zuckte und dann nickte.

Fabio Domars Kopf dröhnte, sein Magen schmerzte, und als er schluckte, überlagerte der Geschmack von Blut alles andere. Vorsichtig versuchte er seine Lider zu heben, doch nur das linke Auge ließ sich öffnen. Zwischen den Wimpern versuchte er zu erkennen, wo er war und was sich um ihn herum befand – möglichst ohne zu verraten, dass er wieder bei Bewusstsein war. Er hatte einen kleinen Parkplatz vor sich, es war sonnig und wohl schon später Nachmittag. Ganz behutsam schloss er das linke Auge wieder und dachte nach. Auf diesem Parkplatz war er vorher zusammengeschlagen worden, und so, wie ihm alles wehtat, konnte das noch nicht allzu lange her sein. Er befand sich in einer sitzenden Position, gegen seinen Rücken und seine Schultern drückte etwas Hartes, während sein Kopf an einer glatten Fläche zu lehnen schien. Ob der Glatzkopf wohl noch da war? Ob er ihn aufgesetzt und gegen seinen Wagen gelehnt hatte?

Einige Ohrfeigen, eher als leichtes Tätscheln beigebracht, beantworteten seine erste Frage. Dann hörte er das Kratzen von Sohlen auf dem Asphalt und ein Geräusch, als würde sich jemand direkt vor ihm auf den Boden setzen.

»Na, wieder wach?«, vernahm er die Stimme des Glatzkopfs. »Dann können wir ja jetzt langsam loslegen.«

Fabio schlug die Lider auf, auch wenn ihm das rechte nicht wirklich gehorchen wollte. Enno hockte vor ihm, die Beine im Schneidersitz übereinandergeschlagen, und grinste ihn zufrieden an.

»Wofür war das?«, fragte Fabio, hob seinen rechten Arm und deutete auf sein lädiertes Auge.

»Ich hab dir schon gesagt, dass du Informationen ausgeplaudert hast, die du besser für dich behalten hättest. Du musst lernen, wem du Antworten geben musst – und bei wem du es lieber bleiben lässt.«

Fabio stöhnte und schloss die Augen. Am liebsten wäre er zurückgesunken in die Bewusstlosigkeit, aber der andere rüttelte an seinen Schultern.

»Hiergeblieben!«, rief Enno. »Du kannst noch lange genug schlafen, wenn ich mit dir fertig bin.«

Fabio Domar riss die Augen wieder auf.

»Schlafen? Oder meinst du ...«

»War nur Spaß, Fabio. Jetzt beantwortest du mir erst einmal meine Fragen. Über alles andere musst du dir im Moment noch nicht den Kopf zerbrechen. Okay?«

Fabio schluckte, dann nickte er ganz vorsichtig, aber es zerriss ihm dabei trotzdem beinahe den Schädel vor Schmerz.

»Also, mein Lieber«, setzte Enno nach einer kurzen Pause an. »Mit wem hast du dich gestern in diesem sauteuren Ristorante getroffen?«

Domar musterte sein Gegenüber, so gut es sein zugeschwollenes rechtes Auge zuließ. Er konnte nicht einschätzen, ob diese Frage nur ein Test war und Enno längst die Antwort wusste – andererseits war er nicht in der Position, eine Lüge zu riskieren.

»Fanfarone«, brachte er deshalb mit etwas Mühe hervor. »Ernesto Fanfarone, ein Anwalt.«

»Stimmt«, pflichtete Enno ihm bei. »Er hat gut Trinkgeld gegeben, und du hast dir ein feines Menü schmecken lassen, besonders edlen Grappa inklusive.«

»Wenn du schon alles weißt ...«

»Nicht frech werden, Fabio. Das war nur ein Test. Den hast du bestanden, freu dich lieber drüber.«

Fabio fand seine Sitzhaltung inzwischen doch etwas unbequem.

»Darf ich mich anders hinsetzen?«, fragte er. »Meine Schultern tun mir weh, vielleicht kannst du mir etwas hochhelfen?«

Enno sah ihn einen Moment lang prüfend an, kam aber zu dem Schluss, dass sein Gefangener derzeit keine Gefahr für ihn darstellte. Er stand auf, packte ihn unter den Achseln und zog ihn ein kleines Stück nach oben.

»Bequem genug?« Enno sah ihn spöttisch an und setzte sich wieder.

Fabio nickte.

»Gut, dann erzähl mir mal, was dieser Avvocato von dir wollte.«

Fieberhaft überlegte Domar, mit welcher Halbwahrheit er sich aus der Affäre ziehen könnte, aber als er nach kurzem Nachdenken wieder zu Enno hinsah, schüttelte der nur bedächtig den Kopf.

»Nein, nein, Fabio, bleib lieber bei der Wahrheit. Stell dir nur vor, wie wütend ich werden könnte, wenn du mich in einem Punkt anschwindelst, den ich schon kenne.«

Fabio Domar schluckte. »In Ordnung«, murmelte er, räusperte sich einige Male und begann dann zu erzählen. »Dieser Anwalt ist der jüngere Sohn von Donatella Fanfarone, einer alten Schachtel, die ihre alteingesessene Familie von ihrem Palazzo in Casole aus regiert. Er hat wohl wieder damit angefangen, zum Tod seines Bruders zu recherchieren. Ich weiß nicht, was er darüber nach fast zwei Jahren noch Neues in Erfahrung bringen will oder ob ihm jemand was Entsprechendes gesteckt hat. Jedenfalls hat er mich zu der Firma befragt, die damals nach Aldo Fanfarones Tod die Ferienhäuser südöstlich von Casole gekauft hat, aber leider …«

Enno hob warnend die Augenbrauen.

»Sorry, Enno, aber ich konnte ihm dazu nicht viel sagen. Das ist die Wahrheit! Er wollte wissen, wer hinter der Sopra S.p.A. steckt, aber viel mehr als den Namen der Firma weiß ich doch auch nicht.«

»Immer schön bei der Wahrheit bleiben«, ermahnte ihn Enno.

»Bleib ich doch. Ich hab keine Lust, dass du mich abstichst, das kannst du mir glauben.«

»Das glaub ich dir. Und, wofür hat dir Fanfarone dann den teuren Grappa spendiert? Mir wurde geflüstert, dass er ganz zufrieden mit dir gewirkt hat.«

Wer hatte ihn da nur beobachtet?, überlegte Fabio Domar. Womöglich der Glatzkopf selbst?

»Ich hab ihm erzählt, was ich über die Sopra aufgeschnappt habe. Viel war das aber nicht.«

»Dann erzähl mir das Wenige!«

»Ich hab mal mitbekommen, dass die Firma in der Gegend von Casole ein paar Häuser gekauft hat.«

»Welche Häuser?«

»Hier mal einen alten Bauernhof, dort mal eine pleitegegangene Bar, und zuletzt, glaube ich, ein paar Ferienhäuser im Süden von Casole. Aber was die damit machen ... keine Ahnung! Und wozu sollte mich das auch interessieren?«

»Informationen kann man verkaufen. Wie du zuletzt diesem Avvocato.«

»Du hast natürlich recht: Geld kann ich immer gut brauchen. Deshalb tu ich manchen Leuten gegenüber manchmal so, als wisse ich sonst was. Und darauf ist der Avvocato wohl reingefallen.«

»Rück endlich raus mit der Sprache: Für welche Informationen hat dich dieser Anwalt bezahlt?«

»Ich ... ich habe behauptet, dass ich ein paar Leute kennen würde, die für die Sopra arbeiten.«

Enno sah aus, als würde er seinem Gegenüber gleich den

nächsten Schwinger verpassen, und Fabio beeilte sich fortzufahren.

»Das war aber gelogen, ich habe überhaupt keine Ahnung, wer für diese Firma arbeitet, was die Firma im Schilde führt und wem sie gehört.«

»Für ›keine Ahnung‹ spendiert dir ein Avvocato wie Fanfarone sicher keinen teuren Grappa. Dafür hätte er dich zum Teufel gejagt. Also zum letzten Mal: Was hast du ihm erzählt?«

»Ich ... ich hab ihm schon ein paar Namen genannt, aber ... aber eigentlich hab ich nur die Namen von zwei ehemaligen Kumpels genannt. Die haben mich nach unserem letzten gemeinsamen Ding reingelegt, und jetzt hab ich sie im Gegenzug bei Avvocato Fanfarone angeschwärzt als Handlanger der Sopra S.p.A. Glaub mir, Enno, die beiden haben jeden Ärger verdient – um die ist es nicht schade. Vor allem nicht um Joe, dieses Aas. Der führt sich auf wie ein Ami, tut immer furchtbar wichtig, und wenn er von einem bekommen hat, was er wollte, sieht man ihn nie wieder – und auf sein Geld kann man bis zum Nimmerleinstag warten! Den hab ich angeschwärzt, weil ich ihm eh die Pest an den Hals wünsche – aber ich kann mir beim besten Willen nicht vorstellen, dass der wirklich für diese Firma arbeitet. Sonst hätte ich dem Avvocato doch nie den Namen verraten, glaub mir!«

»Und dafür spendiert er dir einen Grappa? Ich weiß nicht recht ...«

»Ich hab angedeutet, dass ich noch weitere Namen kenne und dass ich ...«

Fabio unterbrach sich. Von einer Liste hatte er eigentlich gar nicht reden wollen, aber jetzt war es schon zu spät.

Enno sah ihn so bedrohlich an, dass er nach kurzem Zögern weitersprach.

»Ja, ich hab ihm versprochen, dass ich eine Liste der Leute zusammenstellen könne, die für die Sopra arbeiten. Das war natürlich Quatsch, aber er hat es mir geglaubt. Dafür gab's den Grappa.«

»Und das war alles?«

»Ja.«

»Und du weißt wirklich nicht, wer hinter der Sopra S.p.A. steckt?«

»Nein.«

»Und auch nicht, wer wirklich für sie arbeitet?«

»Nein.«

Enno schaute ihn noch eine Weile prüfend an, dann erhob er sich und entfernte sich einige Schritte, ohne Fabio Domar aus den Augen zu lassen. Er zückte sein Handy, drückte aufs Display und wenig später erstattete er einen kurzen Bericht. Dann hörte er zu, nickte mehrmals und sagte schließlich: »Geht in Ordnung.« Enno steckte das Handy wieder weg und kehrte zu Fabio zurück. Er reichte ihm die rechte Hand und zog ihn ohne erkennbare Mühe auf die Füße.

»Und jetzt?«, fragte Fabio. »Kann ich jetzt gehen?«

»Gewissermaßen.«

Damit rammte er ihm erst die Linke in den Magen und hieb direkt danach mit seiner Rechten krachend gegen Fabio Domars Schläfe. Dass Enno ihn packte, bevor er zusammensacken konnte, und ihn sich über die Schulter warf, bekam Domar schon nicht mehr mit.

– SETTE –

Enno war natürlich nicht über die Piazza zu seinem Auftraggeber gekommen. Von dort aus führte kein Weg zu dessen Büro, nur die Ladengeschäfte im Erdgeschoss konnte man von der Vorderseite des Hauses her betreten. Also hatte Enno seinen Wagen nach Siena hinein und dann durch die schmale Via de Città manövriert, die hinter dem Gebäude verlief. Übers Handy gab er Dottore Cambio rechtzeitig vorher Bescheid, und der ließ einen seiner Männer das große Holztor öffnen, das in einen schmalen Innenhof führte. Weil auch einige Wohnungen, die noch nicht im Besitz von Cambios Firmengeflecht waren, Fenster auf den Hof hatten, war Ennos »Lieferung« verschnürt und in einer großen Holzkiste verstaut, die nun mit einer Sackkarre ins Haus und in den Aufzug gerollt wurde.

Allerdings ging es nicht ins Büro des Dottore Cambio hinauf, sondern in den Keller des Gebäudes. Hier gab es einige kleinere Räume, die als eine Art Zelle hergerichtet waren und immer wieder für kurze oder etwas längere Zeit ganz unterschiedliche Arten von Insassen beherbergten. Ein Raum war etwas größer, hatte aber wie alle anderen kein Fenster nach draußen, durch das verräterische Schreie hätten dringen können. Und die Tür, die den Bereich zum Treppenhaus hin abschloss, war dick gepolstert und mit mehreren Zusatzsicherungen versehen.

Was genau in diesem Keller vor sich ging, wusste Enno nicht, und er wollte es auch gar nicht so genau wissen. Es roch hier nach Angst, nach feuchten Wänden und einer häufig genutzten Toilette. Ab und zu brachte Enno jemanden hierher, und den Weg kannte er inzwischen auswendig – doch kein einziges Mal war er ohne einen der Männer hergekommen, die wie unsichtbare Bedienstete durch Dottore Cambios Haus huschten, und noch nie hatte er erfahren, was aus denen geworden war, die er hier abgeliefert hatte. Auch diesmal sah Enno zu, dass er schnell wieder verschwand, und atmete tief durch, nachdem hinter ihm das Holztor zum Innenhof geschlossen worden war.

Matteo ließ sein Cabrio gerade entspannt über die Landstraße gleiten, als Lisas Handy klingelte. Heribert von Stoltz war dran, der Verleger von *myJourney*, und er fragte ohne Umschweife, ob sie nicht Zeit und Lust hätte, ihn jetzt gleich in Casole d'Elsa zu treffen. Matteo, der ohnehin noch ein paar Kleinigkeiten besorgen wollte und das ebenso gut in Casole erledigen konnte, war einverstanden.

»Ich würde Sie gern begleiten, wenn Sie in Ihre Ferienwohnung zurückkehren«, sagte er, »und ich würde mich bei der Gelegenheit ein wenig umsehen, ob sich dort womöglich jemand auf die Lauer gelegt hat. Aber damit habe ich es nicht eilig – den kleinen Umweg über Casole können wir auf jeden Fall machen.«

Er setzte sie vor der Osteria ab, die Stoltz als Treffpunkt genannt hatte. An einem der Tische am Straßenrand saß ein grauhaariger Endfünfziger, der ihr zuwinkte. Heribert von Stoltz wirkte etwas müder und molliger als auf den Fotos, die Lisa von ihm im Internet gefunden hatte. Er erhob sich, begrüßte sie galant und rückte seiner Besucherin einen freien Stuhl zurecht. Vor ihm funkelte ein dunkler Rotwein im Glas, aber Lisa bestellte sich nach dem anstrengenden Tag lieber nur ein Wasser und einen Espresso.

Nach ein bisschen Anfangsgeplänkel begann Stoltz zu erzählen, wie gern er hier in der Gegend Urlaub mache und dass er schon ganz gespannt sei auf ihre Reportage über unbekanntere Reiseziele in der Toskana. Dabei vertraute er ihr einige Geheimtipps an, die sie gut für ihre Geschichte brauchen konnte, und plauderte eine Weile ganz beseelt. Dann unterbrach er sich, nahm einen Schluck Wein, setzte das Glas ganz langsam wieder ab und betrachtete Lisa nachdenklich.

»Wie finden Sie denn die Bürgermeisterin von Casole?«

»Sehr nett.«

Stoltz lächelte ein wenig wehmütig.

»Da geht es mir wie Ihnen«, sagte er, und seine Stimme hatte einen schwärmerischen Ton bekommen. »Wobei ›nett‹ nicht das Erste wäre, was mir beim Gedanken an Giulia Casolani in den Sinn käme.«

Die Dottoressa schien einer der Gründe zu sein, aus denen er die Gegend um Casole besonders schätzte. Und wirklich schlich sich ein betrübter Zug in seine Miene, als er hinzufügte: »Leider hat sie diesmal nicht so viel Zeit für mich wie in den vorangegangenen Jahren.« Er seufzte, verstummte, räusperte sich und nahm noch einen Schluck Wein.

»Entschuldigen Sie bitte, Frau Langer.«

Sie winkte ab und trank ihren Espresso.

»Wissen Sie«, setzte er nach einer Weile neu an, »dass es die Bürgermeisterin war, die eine große Toskana-Reportage angeregt und ausdrücklich Sie als Reporterin vorgeschlagen hat?«

»Ja, das hat sie mir erzählt.«

Sie musterte den Verleger, weil sie nicht wusste, ob Stoltz auch die Hintergründe dieses Vorschlags kannte – doch das schien nicht der Fall zu sein.

»Sie haben mit Ihren bisherigen Artikeln für meine Zeitschrift offenbar großen Eindruck auf die Dottoressa gemacht«, sagte er. Und als Lisa seinem Blick auswich, deutete er das falsch. »Nur keine falsche Bescheidenheit, Frau Langer! Mir gefallen Ihre Texte ja auch, und wenn Bürgermeisterin Casolani Sie so sehr lobt, weiß ich wenigstens, dass sie mein Magazin auch wirklich liest.«

Er lachte leise.

»Als ich erfahren habe, dass ein Cousin von ihr in Hamburg lebt und sie Deutsch sehr gut versteht und leidlich spricht, habe ich ihr ein Gratisabonnement eingerichtet.«

Lisa lächelte, und allmählich entspannte sie sich etwas. Heribert von Stoltz schien davon auszugehen, dass es der Dottoressa allein um die Toskana-Reportage ging – von Lisas zweitem Standbein als Krimiautorin wusste er offenbar nichts. Gleichgültig, ob ihr das als freie Mitarbeiterin von *myJourney* geschadet hätte oder nicht: Sie wollte am liebsten auch weiterhin unter ihrem richtigen Namen Artikel schreiben – und Kriminalromane nur unter einem nicht gelüfteten Pseudonym.

Das Gespräch wurde noch sehr munter, und als sich Stoltz am Ende erhob und sich verabschiedete, hatte er sich in seinem Überschwang ein paarmal verplappert. Während der Verleger zur Eisdiele schlenderte, um sich vor dem Abendessen noch etwas Süßes zu gönnen, wandte sich Lisa in die

Gegenrichtung, zur Piazza della Libertà. Sie rief Matteo an, der versprach, in einer Viertelstunde da zu sein.

Die Wartezeit vertrieb sie sich damit, Passanten zu beobachten – und die Informationen über ihren Verleger zu sortieren, die sie zwischen den Zeilen aufgeschnappt hatte: Heribert von Stoltz hatte vor einigen Jahren die Bürgermeisterin kennengelernt, hatte sich in sie verliebt und während seiner bisherigen Urlaube in Casole wohl zumindest für einige Nächte an ihrem flexiblen Privatleben teilhaben dürfen.

Matteo stoppte sein Cabrio direkt neben ihr, und während er danach langsam die Via Alessandro Casolani entlangfuhr, erzählte Lisa ihm, dass Stoltz offenbar nicht den wahren Grund dafür kannte, warum ihm die Bürgermeisterin eine Reportage über die Toskana ans Herz gelegt und dafür gerade sie als Autorin vorgeschlagen hatte.

Als Fabio Domar erwachte, mit Brummschädel und Magenschmerzen, trug er längst Eisenringe an den Hand- und Fußgelenken, die mit Ketten an der Mauer befestigt waren. Er hockte auf einem schmalen Holzbrett und lehnte mit dem Oberkörper am kalten Stein. Die Schwellung an seinem rechten Auge fühlte sich nicht mehr ganz so schmerzhaft an, dafür pochte es hinter seiner linken Schläfe wie verrückt. Langsam hob er die Lider und versuchte zu erkennen, wo er war. Es war dämmrig, und allem Anschein nach saß er in einem Kellerraum. Er schnupperte. Es roch modrig. Er horchte: Einen Moment lang war es noch still, dann raunte eine Männerstimme etwas, das er nicht verstehen konnte, danach waren Schritte zu hören, und schließlich bauten sich zwei Männer vor ihm auf.

Der eine hatte eine fiese Visage, die durch eine breite Narbe unter dem linken Auge nicht hübscher wurde. Sein etwas gedrungener, aber muskulöser Körper steckte in einem billigen grauen Anzug, er trug das schwarze Haar streng zurückgegelt, und aus seinem Mundwinkel hing ein kleiner Plastikstift, vermutlich der Stiel eines Lollis. Der Typ wirkte selbst auf einen Kleinganoven wie Fabio Domar so sehr wie die Karikatur eines Mafioso, dass er sich trotz seiner Schmerzen einen Augenblick beherrschen musste, um nicht zu kichern.

Der andere sah noch finsterer auf den sitzenden Domar herab als sein Kumpan – und das war kein Wunder. Fabio kannte ihn, und dass er hier war, verhieß für ihn nichts Gutes: Joe, der sich wie ein Ami aufführte und ihm, Fabio, noch Geld schuldete. Er hatte ihn dem Avvocato gegenüber als Handlanger von Sopra genannt, nur um ihn in Schwierigkeiten zu bringen. Fabio zerrte an den Ketten, doch die waren straff gespannt und gaben keinen Millimeter nach.

»So, Fabio, du Ratte!«, zischte Joe und trat noch etwas näher an ihn heran. »Hast du mich also angeschwärzt?«

Er verpasste ihm eine Ohrfeige, die aber recht schwach ausfiel. Fabio betrachtete Joes rechte Hand, und der folgte seinem Blick und nickte.

»Ja«, sagte er bitter, »mit der hab ich noch immer Probleme. Das hab ich dir zu verdanken, du ... du ...« Er schien nach einem passenden Schimpfwort zu suchen, begnügte sich dann aber doch damit, die Bezeichnung »Ratte!« zu wiederholen. Dann wandte er sich an die Mafioso-Karikatur.

»Weißt du, Gucci, der Fabio ist einer von denen, die ganz scharf drauf sind, mit dir ein Ding zu drehen, auf die dann aber kein Verlass ist. Einer, der sich aus dem Staub macht, wenn dir ein Wachmann in die Quere kommt und dir mit seinem blöden Schlagstock die rechte Hand halb zertrümmert. Und einer, der dich hinterher an irgendeinen dahergelaufenen Avvocato verrät, um sich ein paar Euro nebenbei zu verdienen.«

Der andere spuckte geräuschvoll vor Fabio aus.

»Hör mal, Joe, du hast mich nach unserem letzten Job übers Ohr gehauen, und du schuldest mir noch immer Geld!«

»Ach, Fabio, lenk nicht ab! Außerdem nennst du mich nicht mehr Joe, verstanden? Ich bin jetzt Collani.«

»Hä?«

»Das ist mein Kollege Gucci«, er deutete auf den anderen, der schweigend nickte, »und ich bin Collani.«

»Aber du heißt doch gar nicht Collani! Du heißt Giuseppe Collina, da fand ich es schon affig, dass ich dich Joe nennen sollte, und du …«

»Halt die Klappe, Fabio! Du nennst mich ab sofort Collani, verstanden?«

Er trat einen Schritt näher, achtete darauf, nicht in die kleine Speichelpfütze des anderen zu treten, und streichelte Fabio mit seiner lädierten rechten Hand die nächste Ohrfeige auf die Wange. Kurz darauf klatschte es um einiges lauter, und Fabios andere Wange brannte wie Feuer. Gucci war schnell einen Schritt nach vorne getreten und hatte dem Gefesselten eine gescheuert, die sich gewaschen hatte.

»So geht das, Collani«, sagte er, als er schon wieder seelenruhig seinen alten Platz eingenommen hatte. »Ohrfeigen übernehme lieber ich, okay?«

»Okay, danke.«

Collani nickte seinem Kumpan zu und wandte sich dann wieder an Fabio Domar.

»Wir sind Gucci und Collani – er achtet auf Mode, und ich mag gutes Design, verstehst du?«

Fabio sah verwirrt vom einen zum anderen. Collani winkte genervt ab.

»So ein Trottel, aber echt! Jedenfalls weißt du jetzt, wie wir genannt werden wollen. Und das merkst du dir mal lieber, wenn du dir nicht gleich die nächste Ohrfeige einfangen willst.«

»Ist ja schon gut, Joe ... ich meine ... Collani.«

Auf dem Flur waren Schritte zu hören, kurz darauf schwang die Tür auf, und ein Mann in einem maßgeschneiderten Anzug betrat den Kellerraum. Gucci und Collani hatten offenbar nicht mit dem Erscheinen des Dritten gerechnet. Sie erschraken, Gucci stellte sich sofort zwischen den Neuankömmling und Fabio, als wolle er vermeiden, dass dieser den Mann erkannte. Collani dagegen verbeugte sich ein ums andere Mal, stammelte eine unbeholfene Begrüßung und zog sich respektvoll bis fast an die Seitenwand des Raums zurück.

»Dott... äh ... Signore ...«, meldete sich Gucci aufgeregt zu Wort, »er ist bei Bewusstsein, und wir haben ihm auch nicht die Augen verbunden. Wir wussten ja nicht, dass Sie dazukommen wollten. Er könnten Sie sehen und ...«

Der andere winkte nur ab und wedelte Gucci zur Seite, der daraufhin den Weg zu dem Gefangenen freigab.

»Hat er euch denn schon erzählt, was wir wissen wollen?«

»Nein«, sagte Gucci, während Collani noch immer aus sicherer Entfernung alles beobachtete. »Er ist eben erst zu sich gekommen.«

Dabei warf er Collani einen schnellen Seitenblick zu, und der nickte erleichtert. Ihr Boss behielt währenddessen den

Gefangenen im Auge und musterte ihn, als versuche er sich zu erinnern, woher er Domar kennen könnte. Aber er schien in seinem Gedächtnis keine passende Erinnerung zu finden.

»Gut«, sagte er schließlich und stellte sich breitbeinig vor Fabio hin.

»Mein Name ist Dottore Pasquale Cambio«, stellte sich der Chef in freundlichem Tonfall vor. Fabio Domar schluckte, weil es vielleicht kein gutes Zeichen für sein zukünftiges Befinden war, wenn sich der Mann nicht nur zeigte, sondern auch seine Identität preisgab. Gucci und Collani wechselten vielsagende Blicke und schienen dasselbe zu denken.

»Du bist hier, weil du dich mit Avvocato Ernesto Fanfarone getroffen und ihm Informationen anvertraut hast, die du ihm besser nicht anvertraut hättest.«

»Aber ich ...«

Cambio hob nur seine rechte Hand, und Fabio verstummte sofort. Inzwischen brach ihm der Schweiß aus, und sein Herz begann zu rasen.

»Du hast ihm zum Beispiel erzählt, dass unser Joe hier ...« Cambio schien zu bemerken, dass der Angesprochene hinter seinem Rücken den Mund öffnete, um zu protestieren, ihn aber gleich wieder schloss, ohne ein Wort zu sagen. »Ich meine natürlich: unser lieber Collani ... dass er für eine Firma namens Sopra S.p.A. arbeiten würde.«

»Aber das war doch nur ein Trick, damit der Avvocato meint, ich würde ihm helfen und es würde sich für ihn lohnen, mich als Informanten zu bezahlen. Außerdem wollte ich Joe eins auswischen, weil er mich nach unserem letzten gemeinsamen Coup betrogen hat und ich ...«

Fabio hatte sehr schnell gesprochen, sonst wäre er niemals so weit gekommen. Schon als er zu seiner Erwiderung

159

ansetzte, hatte sich Cambio an Collani gewandt und ihm ein Zeichen gegeben. Daraufhin hatte Collani seine beschädigte Rechte gehoben und entschuldigend mit den Schultern gezuckt. Die nächste Geste des nun etwas genervt wirkenden Cambio galt Gucci, und der reagierte sofort, trat vor und verpasste Fabio eine schallende Ohrfeige.

Cambio wartete geduldig, bis Fabio fertig gestöhnt hatte.

»Ich würde es vorziehen, wenn du nur sprichst, wenn du gefragt wirst«, sagte er dann. »Um es kurz zu machen: Du hättest dich nicht mit dem Avvocato treffen sollen, du hättest ihm nicht von Collani und auch sonst nichts von Sopra erzählen sollen. Und jetzt wüsste ich gern, was du sonst noch ausgeplaudert hast.«

Fabio sah den Dottore unsicher an.

»Jetzt darfst du sprechen«, sagte der daraufhin.

»Ich weiß doch gar nichts über diese Firma«, jammerte Fabio nun. »Und das hab ich schon alles diesem Enno erzählt.«

»Ich weiß. Aber ich glaube nicht, dass du ihm alles gesagt hast.«

»Doch, natürlich. Dieser Enno hat mir eine Heidenangst eingejagt, und wehgetan hat er mir auch.«

Cambio lächelte mitleidig.

»Nein, Fabio, Enno hat dir nicht wehgetan. Gucci und Collani werden dir wehtun, wenn du weiter so verstockt bist. Also?«

Fabio schluckte und wollte sich den Schweiß von der Stirn wischen, aber die Ketten an den Handgelenken ließen ihm nicht genug Spielraum. Cambio drehte sich zu Gucci um und gab ihm ein Zeichen. Daraufhin nestelte Gucci ein zerknittertes Papiertaschentuch aus seiner Hosentasche und wischte Fabio die Stirn ab.

»Geht's jetzt besser?«, fragte Cambio.

»Mhm, aber ich ...«

Cambio hob warnend eine Augenbraue, und Fabio setzte neu an.

»Ich wollte diesem Enno gerade von der Namensliste erzählen, die ich dem Avvocato versprochen hatte, aber da hat er mich k.o. geschlagen, und aufgewacht bin ich erst hier in dieser ... dieser ... Zelle.«

»Das ist schon in Ordnung so. Jetzt erzählst du eben mir von der Liste. Welche Namen wolltest du da draufschreiben?«

»Irgendwelche Namen halt. Ich weiß ja gar nichts über diese Firma. Ich weiß nicht, wer für die Sopra arbeitet, was sie vorhat und wem sie gehört.«

»Nun, wem sie gehört, kann ich dir sagen«, erwiderte Cambio. »Mir gehört sie.«

»Ich ... ich will das gar nicht wissen, Dottore, ehrlich nicht, glauben Sie mir bitte! Ich hab das gerade auch gar nicht gehört. Und falls doch, dann werde ich es sofort wieder vergessen. Ich schwöre!«

»Jetzt beruhige dich doch, Fabio. Hier in diesem Raum wissen es ohnehin alle. Und du bist ja in diesem Raum, warum solltest du es also nicht auch erfahren?«

»Ich will gar nichts erfahren. Aber ich verspreche Ihnen: Ich werde es niemandem verraten, ganz sicher nicht!«

»Nein, natürlich wirst du das nicht. Sonst hätte ich es dir ja wohl auch kaum anvertraut, nicht wahr?«

Auf Fabios Stirn bildeten sich neue Schweißperlen, und hinter ihr flitzten die wildesten Gedanken hin und her.

»Versuchen wir es noch einmal, Fabio: Welche Namen hast du auf die Liste für den Avvocato geschrieben?«

»Ich ...«

161

Fabio hustete, als hätte er sich verschluckt, aber er wollte nur Zeit gewinnen. Er versuchte seine Panik zu unterdrücken und nachzudenken. Wusste dieser Cambio, dass er die Namensliste schon in den Briefkasten des Avvocato geworfen hatte? Das war eigentlich unmöglich – er hatte sehr darauf geachtet, nicht dabei beobachtet zu werden, und demnach konnte es außer dem Avvocato und ihm niemand wissen. Und der Avvocato würde es diesem Dottore ja wohl kaum gesagt haben. Fabio nahm allen Mut zusammen und schüttelte langsam den Kopf. Cambio sah ihn fragend an.

»Dottore, ich habe keine Namen auf irgendeine Liste geschrieben. Ich hatte es vor, aber da hat mich dieser Enno schon entführt. Und außerdem kenne ich keine Namen, die mit dieser Firma zu tun haben. Joe habe ich aus Rache anschwärzen wollen – ich konnte doch nicht wissen, dass er wirklich für Sie ... ich meine, für die Sopra ... ich meine ...«

»Welche Namen hättest du noch draufgesetzt, Fabio? Das hattest du dir sicher schon zurechtgelegt, als du dem Avvocato die Liste versprochen hast, oder?«

»Ja, schon, aber ...«

»Welche Namen?«

Fabio nannte einige der Galgenvögel, die er dem Anwalt als angebliche Sopra-Mitarbeiter auftischen wollte. Es waren harmlose Ganoven, die sich in Kaschemmen wie jener herumtrieben, aus der ihn Enno abgeholt hatte. Manche hatte er Fanfarone gemeldet, damit die Liste mehr hermachte. Andere hatten nicht draufgestanden, kamen ihm jedoch gerade als passend in den Sinn. Aber vor allem ließ er drei Namen weg, die tatsächlich auf der Liste standen – und von denen er wusste, dass sie mit der Sopra zu tun hatten. Die Träger dieser drei Namen kannte er nicht persönlich, und womöglich versteckte sich einer der drei ausgerechnet hinter dem Pseudonym Gucci – vielleicht Giuseppe Camucci, der ihm von seinen Kontaktleuten als sehr gefährlich und eiskalt beschrieben worden war.

Dottore Cambio hörte Fabio geduldig zu, und als dessen Aufzählung zu Ende war, wartete er noch einen Moment.

»Das waren alle?«

Fabio nickte eifrig.

»Und weißt du sonst noch was über die Sopra S.p.A.?«

»Nein, und bitte, Dottore: Ich weiß ja eigentlich überhaupt nichts über diese Firma. Überhaupt nichts!«

»Gut. Dann danke ich dir herzlich und darf mich empfehlen.«

Er wandte sich ohne ein weiteres Wort ab, gab seinen beiden Helfern im Hinausgehen ein knappes Zeichen, und dann fiel auch schon die Tür hinter ihm ins Schloss. Gucci und Collani näherten sich von beiden Seiten dem Brett an der Wand, und Fabio holte erleichtert Luft, weil sie nun ja wohl seine Fesseln lösen würden. Doch es folgten nur noch wenige Atemzüge. In Collanis Hand blitzte ein Messer auf, und er schob es mit einer geübten Bewegung bis zum Heft in Fabio Domars fetten Wanst.

Auf dem Weg zu Lisas Unterkunft fuhr Matteo wie auf rohen Eiern, um sein schönes Cabrio nicht durch die vielen Schlaglöcher zu beschädigen. Dabei schaute er sich immer wieder in alle Richtungen um, als gleiche er das Bild, das sich ihm gerade bot, mit seinen Erinnerungen ab. Und wirklich hielt er auf halbem Weg an und deutete nach rechts in den Wald.

»Sehen Sie das, Lisa?«

Sie kniff die Augen zusammen, konnte aber außer knorrigen Bäumen und struppigem Unterholz nichts Ungewöhnliches erkennen. Matteo lächelte, stieg aus und hielt auf eine Lücke im Gebüsch zu. Dahinter bückte er sich, hob einen abgerissenen Ast auf und hielt ihn so an einen Baum, dass Lisa erkennen konnte, wo sich der Ast zuvor befunden hatte. Dann kam er wieder zurück und hielt ihr die Bruchstelle des Asts hin.

»Das ist noch ganz frisch«, erklärte er. »Und dahinter sind einige Reifenspuren zu sehen, die ebenfalls von heute stammen könnten. Hier scheint jemand seinen Wagen untergestellt zu haben, wir sollten vorsichtig sein – das Auto ist zwar weg, aber vielleicht wurde ja jemand zurückgelassen, der Sie beobachten soll.«

Matteo erklärte ihr, was er nun vorhatte: Er würde Lisa vor ihrer Ferienwohnung absetzen und zum Schein gleich wieder wegfahren. In Wirklichkeit würde er aber sein Cabrio irgendwo versteckt abstellen und sich in einem Bogen zurück zum Haus und einmal um das Grundstück herumschleichen.

»Dann sollten wir wissen, ob die Luft rein ist.«

»Und wenn da draußen jemand auf mich wartet?«

Matteo lachte grimmig.

»Den bringe ich Ihnen dann gleich mit.«

Alles lief ab wie geplant. Lisa stieg aus und gab sich Mühe, auf dem Weg ins Haus nicht allzu ängstlich zu wirken – nicht, dass sie einen heimlichen Beobachter noch misstrauisch machte, der dann womöglich seine Umgebung aufmerksamer als sonst mustern und womöglich Matteo bemerken würde, bevor der ihn überwältigen konnte.

Der Schlüssel hakte ein wenig, aber das musste nichts heißen, das kannte sie schon. Sie trat ein, drückte die Tür hinter sich gleich wieder zu und schaltete das Licht ein, das sie im Wohnzimmer auch tagsüber gut brauchen konnte. Der Raum war gemütlich eingerichtet, aber Tageslicht kam hier nur durch einige schmale Oberlichter herein und durch die Milchglasscheibe, die in den oberen Teil der Tür eingelassen war. Lisa sah sich um, konnte aber nichts Auffälliges entdecken. Tassen und Teller vom eiligen Frühstück standen noch immer auf dem Tisch, und durch den geöffneten Vorhang zur Küche hin sah sie das ungespülte Geschirr vom Vorabend.

Weder in der Küche noch im Bad stieß sie auf etwas, das gegenüber dem heutigen Morgen verändert schien. Nun wusste sie natürlich nicht mehr ganz exakt, wie sie ihren Bademantel aufgehängt oder wo sie ihre Haarbürste abgelegt hatte, aber zumindest fiel ihr nichts auf, was anders gewesen wäre.

Im Schlafzimmer lagen die Kleidungsstücke weniger ordentlich herum, als sie das sonst von sich kannte – aber heute früh war es auch besonders hektisch gewesen. Im Schrank schien nichts verändert worden zu sein, und die Reisetasche war so verschlossen, wie sie sie hinterlassen hatte. Ganz still stand sie dann eine Weile da und musterte die Bettdecke, das Nachttischchen, den Boden.

Sie begann sich zu ärgern. Warum fiel ihr nichts auf? Worauf ließ sie ihre Hauptfigur im Krimi immer achten? Lisa dachte nach, aber sie kam nicht gleich drauf – es war eben eine Sache, sich im stillen Kämmerchen eine talentierte Spürnase auszudenken, und eine andere, selbst nach etwas zu suchen, von dem man weder wusste, was es war, noch, ob es überhaupt etwas zu finden gab.

Auf einmal hatte sie eine Idee.

Sie trat einen Schritt zurück und bückte sich. Mit den Fingern fuhr sie eine schmale Spur auf dem leicht verstaubten Boden nach und entdeckte eine zweite, die parallel dazu verlief, so als hätte jemand etwas über den Boden gezogen. Lisa ging auf die Knie und schaute unters Bett. Dort lag ihr Koffer, wie er zuvor gelegen hatte, aber die beiden Striche im Bodenstaub passten genau zu den Kunststoffkufen des Gepäckstücks.

Hatte jemand den Koffer unter dem Bett hervorgezogen und ihn dann wieder an seinen alten Platz geschoben?

Lisa packte den Griff und zog den Koffer unter dem Bett hervor. Die Verschlüsse waren eingerastet, und natürlich waren daran nicht mehr Kratzer und Schrammen zu sehen als sonst. Lisa öffnete ihn. Der Laptop lag obenauf, und Lisa hätte nicht beschwören können, ob er vorher genauso dagelegen hatte oder ob er ein paar Zentimeter in diese oder jene Richtung verrückt worden war. Sie klappte das Gerät auf. Sofort erschien das Eingabefeld für das Passwort. Sie berührte verschiedene Stellen des Laptops mit den Fingern, aber nirgendwo kam ihr das Gerät so warm vor, als habe es kürzlich jemand eingeschaltet und benutzt.

Sie klappte den Laptop wieder zu, schloss den Koffer und schob ihn zurück unters Bett. Immerhin war der Computer nicht gestohlen worden, und weil es sich um ein ziemlich neues Modell handelte, erschien Lisa allein dadurch der Verdacht etwas geringer, dass sich in dieser Wohnung Diebe aufgehalten haben könnten.

Noch einmal schaute sie sich genau um. Auf dem Nachttisch lag der Krimi, den sie gerade las. Auf der zurückgeschlagenen Bettdecke lagen die Kleider, die sie heute früh in der Eile achtlos hatte fallen lassen. Sie versuchte sich zu erinnern, was sie dort alles hingeworfen hatte und wie es wohl auf dem Bett gelandet war, aber die Dinge, die ihr noch einfielen, waren alle so vor ihr ausgebreitet, wie sie sie dort vermutlich hingepfeffert hatte. Als sie erneut das Nachttischchen überprüfte, blieb ihr Blick kurz an dem Lesezeichen hängen, das die Stelle markierte, bis zu der sie am Vorabend in ihrem Krimi gelesen hatte.

Sie stutzte.

Lisa genoss es, abends so lange zu lesen, bis sie kaum mehr die Augen offen halten konnte. Und dann, das hatte sie sich angewöhnt, steckte sie das Lesezeichen ins Buch, drückte es wie in einem kleinen Ritual ganz dicht an die Stelle, an der die Seiten gebunden waren, und ließ es am oberen Ende etwa drei Finger breit aus dem Buch ragen. Doch jetzt stand das Lesezeichen höchstens einen Zentimeter aus dem Buch hervor, und es steckte schräg zwischen den Seiten. Lisa nahm den Krimi in die Hand und blätterte ihn auf. Tatsächlich, das Lesezeichen lag an der falschen Stelle im Text.

Dann fiel ihr ein, dass sie morgens noch schnell den BH gewechselt hatte – doch auf dem kleinen Haufen mit gewechselten Kleidungsstücken lag kein BH.

Die Türklingel riss sie aus ihren Gedanken. Sie ließ Matteo herein. Er hatte draußen nichts Verdächtiges bemerkt, aber als Lisa ihm ihre Beobachtungen schilderte, wirkte er besorgt und wählte Freds Nummer. In knappen Worten beschrieb er ihm, was sie am Zufahrtsweg und in Lisas Ferienwohnung vorgefunden hatten, dann hörte er eine Weile zu und beendete das Gespräch mit einem kurzen »Ja, gut.«

»Und, was hat Fred gemeint?«, fragte Lisa, die Matteo schon während des Telefonats gespannt beobachtet hatte.

167

»Ich nehme Sie mit. Am besten packen Sie jetzt gleich. Fred meinte, dass ihm unter den gegebenen Umständen nicht mehr ganz wohl dabei sei, wenn Sie hier draußen allein übernachten, während wir mit unseren Recherchen womöglich richtig Staub aufwirbeln.«

»Also glaubt er auch, dass jemand in meiner Wohnung war?«

»Na, das glauben wir ja wohl alle – und eigentlich wissen wir es ziemlich sicher. Sie sind doch davon überzeugt, dass Sie das Lesezeichen an einer anderen Stelle ins Buch gesteckt hatten, oder?«

Lisa nickte.

»Na also. Und dass einer Ihrer BHs fehlt ... na ja, das deutet ja schon darauf hin, dass zumindest einer der Typen, die hier herumgestöbert haben, sich mit Ihnen noch ganz andere Dinge vorstellen kann, als Sie nur zu observieren.«

Sie bekam eine Gänsehaut und schwieg.

»Ich kann mir gut vorstellen, dass Sie selbst auch keine große Lust mehr haben, hier allein zu bleiben.«

»Und wohin bringen Sie mich?«, fragte sie.

»Fred wollte noch mit der Bürgermeisterin sprechen, vielleicht kommen Sie bei ihr unter. Aber er wird auf jeden Fall etwas Passendes finden.«

Lisa brauchte nicht lange, um ihre Sachen im Koffer und in der Reisetasche zu verstauen, und als sie ihre beiden Gepäckstücke ins Wohnzimmer brachte, stand Matteo an der Spüle und machte gerade die letzte noch schmutzige Pfanne sauber. Sie half ihm beim Abtrocknen, dann packten sie noch die Lebensmittel aus dem Kühlschrank in eine Tüte, und Matteo füllte einen Karton mit Weinflaschen.

»Nur für den Fall, dass Sie nicht mehr hierherkommen«,

sagte er. »Außerdem scheint Ihr Wein ganz gut zu sein – so etwas taugt immer als Mitbringsel für eine Gastgeberin wie die Bürgermeisterin.«

Matteo schulterte die Reisetasche, klemmte sich den Weinkarton unter den linken Arm und packte den Koffer mit der rechten Hand. Lisa schloss hinter ihnen ab und öffnete den Kofferraum ihres geliehenen Autos. Matteo schaffte ihr Gepäck hinein, stellte den Weinkarton in den Fußraum vor der Rückbank und lehnte sich dann gegen den klapprigen Kombi ihres Vermieters.

»Macht es Ihnen etwas aus, wenn wir noch kurz hier warten?«, fragte er sie.

Zwar wäre Lisa lieber sofort losgefahren, trotzdem schüttelte sie den Kopf und lehnte sich neben Matteo ans Auto. Fünf Minuten lang standen sie schweigend beieinander und betrachteten die Landschaft.

»Fehlt Ihnen Ihr alter Beruf?«, fragte Lisa schließlich und musterte Matteo mit einem interessierten Seitenblick. Der zuckte nur mit den Schultern, und statt einer Antwort nestelte er einen zerknitterten Tabakbeutel hervor, nahm aus einer schmalen Schachtel ein Papierchen und begann seelenruhig eine Zigarette zu drehen. Sie geriet ihm etwas krumm, und er steckte sie sich auch nicht an, sondern schob sie in die Brusttasche seines Hemdes. Sofort begann er die Prozedur von vorn, und als er seine dritte Selbstgedrehte in der Hemdtasche verschwinden ließ, nickte Lisa und lächelte wehmütig.

»Entschuldigen Sie die Frage«, sagte sie. »Ich hätte auch so draufkommen können, dass er Ihnen fehlt. Aber immerhin machen Sie ja inzwischen etwas Ähnliches. Für Fred zu arbeiten ist, glaube ich, nicht das Schlechteste.«

169

»Wir werden sehen«, brummte Matteo und legte sich das nächste Papierchen zurecht. »Sie kennen sich schon länger, richtig?«

»Na ja ... länger trifft's nicht so ganz. Wir haben uns voriges Jahr kennengelernt, als ich auf Mallorca ...«

Lisa unterbrach sich. Sie hatte Matteo gestern zum ersten Mal getroffen und kannte ihn noch nicht wirklich, und sie wusste auch nicht, wie gern es Fred sah, wenn sie seinen Mitarbeitern gegenüber Geschichten aus seiner Vergangenheit ausplauderte. Aus dem Augenwinkel bemerkte sie, wie Matteo kurz zu ihr hersah und ein flüchtiges Grinsen über sein Gesicht huschte, ehe er noch einmal nickte und sich weiter um die Zigarette kümmerte, die er gerade in Arbeit hatte. Kurz darauf klingelte sein Handy. Fred war dran, und er teilte ihnen mit, dass Dottoressa Casolani gerade eines ihrer Gästezimmer für Lisa herrichten ließ, dass sie ihren Gast aber vorher noch kurz im Rathaus empfangen wolle.

Andrea Fanfarone tigerte ratlos vor der Eisdiele von Elisa Brugali auf und ab, ohne sich entscheiden zu können, ob er Pistazie, Vanille, Haselnuss oder Banane bestellen sollte. Wie immer würde er zwei Kugeln nehmen, auf keinen Fall mehr, und auf keinen Fall eine andere Sorte als die genannten vier. Aber welche sollte er sich heute gönnen?

Elisa hatte ihn längst bemerkt, tat aber so, als sähe sie ihn nicht, und konzentrierte sich stattdessen auf einen anderen Kunden. Einmal hatte sie Andrea freundlich herbeigerufen und ihm angeboten, dass sie ihm als Stammkunden gerne auch mal vier Kugeln zum Preis von zwei geben könne – woraufhin Andrea knallrot angelaufen war, angestrengt auf seine Schuhspitzen gestarrt und etwas Unverständliches vor sich hin gemurmelt hatte. Dann war er schnell in der nächsten Seitenstraße verschwunden und hatte sich mehrere Tage nicht vor der Eisdiele blicken lassen. Also ließ Elisa ihn von diesem Tag an in Ruhe, beachtete ihn nicht weiter und ließ ihm alle Zeit, sich unter seinen liebsten Sorten für die beiden Kugeln des Tages zu entscheiden.

Elisa wusste, dass Andrea in sie verliebt war. Das war schon in der Schule so gewesen, wo sie dieselbe Klasse besucht hatten. Andrea war zu schüchtern gewesen, sie um ein Date zu bitten – und das hatte es Elisa erspart, ihm einen Korb zu geben. Denn Andrea war zwar recht hübsch und auch freundlich, aber leider nicht der Allerschlaueste – und als Abkömmling der wichtigsten Familie am Ort nicht gerade mit der pflegeleichtesten Verwandtschaft ausgestattet.

Jetzt schien sich Andrea für diesen Spätnachmittag aber endlich ein Herz zu fassen. Er schloss die Augen, nickte mehrmals und begann zu lächeln. Dann öffnete er die Augen, fixierte Elisa und machte die ersten Schritte auf sie zu – und verharrte schon nach wenigen Metern wie festgefroren. Von der Piazza della Libertà her kamen zwei ungleiche Autos angefahren, bogen auf der Höhe von Elisas Eisdiele links ab und blieben auf dem Platz vor dem Rathaus stehen.

Andrea hatte plötzlich keine Augen mehr für Elisa und ihre Eisdiele: Er wich ein paar Schritte zurück und drückte sich gegen die Wand des Nachbarhauses, und dabei behielt er ganz fest die beiden Autos und ihre Fahrer im Blick.

Nun sah auch Elisa in diese Richtung. Der erste Wagen

war ein schickes Cabrio, aus dem jetzt ein Mann sprang, der durchaus nach ihrem Geschmack war: schlanke, aber durchtrainierte Figur, Dreitagebart, moderne Kurzhaarfrisur. Er mochte in den Dreißigern sein und hatte offensichtlich gute Manieren, denn jetzt eilte er zur Fahrertür des zweiten Fahrzeugs und hielt der Frau die Tür auf, die aus dem hinteren Auto ausstieg. Ihr Wagen war ein ziemlich ramponierter alter Kombi, wie ihn Giuseppe Calma manchmal fuhr – sie kannte seine Nummer nicht auswendig, aber es war ein Wagen von hier, und einen so alten Fiat Duna fuhr ihres Wissens sonst niemand mehr in der Gegend.

Die Frau mochte gut zehn Jahre älter sein als Elisa, aber in der Gunst ihres Begleiters konnte sie die Jüngere vermutlich trotzdem ausstechen, so sportlich und selbstbewusst, wie sie wirkte. Die beiden unterhielten sich lebhaft und steuerten auf den Rathauseingang zu, da stellte sich ihnen Mario Comes in den Weg. Der Assistente der Gemeindepolizei hatte gerade neben seinem weiß-rot-lackierten Motorroller gestanden und einen kleinen Plausch mit einem Ladenbesitzer gehalten, als er bemerkte, wie die beiden Wagen außerhalb der markierten Stellplätze geparkt wurden. Also schnitt er den beiden Neuankömmlingen den Weg ab und stellte sie zur Rede – Notizblock und Stift hatte er unterwegs schon gezückt, nun machte er Anstalten, die Personalien der beiden zu notieren. Doch dann zögerte er, denn zumindest die Frau schien er zu kennen, und sie schien ihm zu gefallen, so linkisch, wie er sich jetzt vor ihr verbeugte, und so aufgesetzt, wie er jetzt lachte und mit ihr Small Talk versuchte. Elisa verstand auf diese Entfernung zwar kein Wort, aber sie konnte sich gut vorstellen, zu welchen Peinlichkeiten sich Mario gerade verstieg – er

172

war schon als Polizist keine Leuchte, aber als Charmeur war er ein Totalausfall.

Andrea stand noch immer wie angewurzelt da und ließ die drei nicht aus den Augen. Ab und zu sprang der Adamsapfel in seinem schmalen Hals auf und ab – ein untrügliches Zeichen dafür, dass er äußerst angespannt war.

Der Mann und die Frau setzten ihren Weg zum Rathaus fort, gefolgt von Mario. Kurz darauf waren alle drei im Gebäude verschwunden, und Andrea lief in die Richtung des familieneigenen Palazzos davon.

»Ah, liebe Lisa, seien Sie herzlich willkommen!«

Die Bürgermeisterin sprang auf, als ihre Sekretärin die beiden Besucher in ihr Büro brachte, und kam ihnen lächelnd entgegen. Lisa stellte Matteo und Giulia Casolani einander vor. Dann fiel der Blick der Bürgermeisterin auf Mario Comes, der im Schlepptau ihrer Gäste ebenfalls den Raum betreten hatte und nun zwei Schritte hinter den anderen wartete.

»Ach, wie schön«, flötete sie übertrieben erfreut und zwinkerte Lisa dabei kurz zu, »dass Sie auch meinen wackeren Assistente Comes mitgebracht haben. Seine Angelegenheit ist sicher wie immer von höchster Dringlichkeit, deshalb entschuldigen Sie mich bitte einen Moment. Assistente, was gibt es denn so Eiliges?«

»Ich fürchte«, antwortete Lisa an seiner Stelle, »wir haben Assistente Comes in eine unangenehme Situation gebracht, weil wir auf dem Weg zu Ihnen so in Eile waren, dass wir nicht erst auf einen freien Parkplatz vor dem Rathaus warten wollten, sondern unsere Autos einfach so abgestellt haben.«

Für einen Augenblick zuckten die Mundwinkel der Bürgermeisterin, dann hatte sie sich wieder im Griff. Sie dankte Lisa mit einem Nicken und wandte sich an den Polizisten.

»Dann trifft es sich ja noch besser, als ich dachte, dass Sie hier sind, Assistente!«

Comes war sichtlich irritiert und sah fragend die Bürgermeisterin an.

»Signorina Lisa wird etwas länger bei mir bleiben«, fuhr Giulia Casolani lächelnd fort, »deshalb ... Moment ...«

Sie war mit ein paar schnellen Schritten hinter ihrem Schreibtisch und zog etwas aus einer Schublade. Als sie nun vor den Polizisten trat, hielt sie ihm einen bedruckten Karton hin, der mit einem Stempel und einer schwungvollen Unterschrift versehen war.

»Diese Sondergenehmigung für zeitlich unbeschränktes Parken ist für Signorina Lisa, und Sie, mein lieber Assistente, lassen sich von ihr die Wagenschlüssel geben, stellen das Auto auf dem Parkdeck ab und legen die Sondergenehmigung hinter die Windschutzscheibe. Da Sie ja nun Bescheid wissen, würde es dieses Dokument ja genau genommen nicht mehr brauchen – aber wir wollen doch, dass alles seine Ordnung hat, nicht wahr?«

Assistente Comes nickte so schneidig, dass kein Zweifel daran bestand, dass vor allem er selbst alles geordnet und geregelt haben wollte, und für einen Moment erwartete Lisa, das Zusammenknallen seiner Absätze zu hören. Doch Comes wandte sich nur zu ihr um, deutete eine Verbeugung an und hielt ihr die offene Hand hin. Lisa legte ihren Wagenschlüssel auf die Handfläche.

»Das ist aber nett von Ihnen, Assistente. Mein Auto ist das Ältere, der Kombi.«

Comes war anzusehen, dass er lieber das Cabrio zum Parkplatz gefahren hätte, aber er nickte erneut, machte eine tapfere Miene und war auch schon kurz darauf aus dem Büro der Bürgermeisterin verschwunden.

»Hat er Ihnen gleich einen Strafzettel verpasst?«, fragte die Bürgermeisterin, als der Uniformierte die Tür hinter sich zugezogen hatte.

»Nein«, antwortete Lisa und lächelte. »Als er mich erkannt hat, brachte ihn das ziemlich aus dem Konzept.«

»Ja, ich hatte auch den Eindruck, dass Sie ihm sehr gefallen. Aber sobald er seine Sprache wiedergefunden hat, kann Falschparken richtig teuer werden. Assistente Comes ist unerbittlich in seinem Kampf gegen das Verbrechen ...«

Die Dottoressa wurde wieder ernst.

»Fred hat mir gesagt, dass jemand in Ihre Ferienwohnung eingebrochen ist – wurde etwas gestohlen?«

»Nein, ich vermisse nichts.«

»Hm ... Dann müssen wir wohl davon ausgehen, dass das mit unseren Recherchen zu diesen Ferienhäusern zu tun hat. Sie wohnen natürlich bis auf Weiteres bei mir. Ich werde Ihren Vermieter Giuseppe Calma nachher gleich anrufen, damit auch er Bescheid weiß. Soll er Ihnen Ihr Gepäck bringen?«

»Nein, danke, ich hab schon alles dabei.«

»Gut. Dann schlage ich vor, dass Sie sich zu meinem Haus bringen lassen. Soll ich nach jemandem schicken lassen?«

»Nein, das mache ich«, meldete sich Matteo zu Wort. »Ich muss ja ohnehin noch meinen Wagen aus dem Parkverbot wegfahren.«

»O ja, das sollten Sie unbedingt«, gab ihm die Bürgermeisterin lachend recht. »Wissen Sie, wo ich wohne?«

»Fred hat mir die Adresse durchgegeben, danke.«

»Tja, der gute Fred denkt immer an alles ... Am besten ruhen Sie sich etwas aus, Lisa. Bis Sie bei mir daheim sind, sollte das Zimmer vorbereitet sein. Gleich daneben ist ein Gästebad, und bitte fühlen Sie sich in meinem Haus, als wäre es Ihres. Ich werde hier noch eine Weile aufgehalten werden, aber sobald ich kann, komme ich nach Hause. Und dann erzählen Sie mir bei einem Glas Wein, was Sie schon alles herausgefunden haben, ja?«

Sie verabschiedeten sich voneinander, Matteo fuhr zum Wohnhaus der Dottoressa, und kaum war Lisa ausgestiegen, da trat auch schon eine ältliche Dame in grauem Kleid und geblümter Schürze aus der Haustür und begrüßte sie strahlend. Matteo lud ihr Gepäck aus, doch die ältliche Dame lehnte es rundweg ab, dass er die Sachen ins Haus trug.

»Nein, junger Mann, das schaffen wir Frauen schon noch allein.«

Donatella Fanfarone war geradezu versunken in ihrem schweren Sessel und schnarchte leise vor sich hin. Andrea stand zunächst unschlüssig vor ihr. Er war so schnell in den Palazzo geflitzt, wie er konnte, und seine eiligen Schritte hallten in dem alten Kasten schrecklich laut wider – doch seine Großmutter hatte selbst dieser Lärm nicht geweckt. Erst dachte er daran, einfach zu warten, bis sie von selbst aufwachte, aber dann hatte er wieder die Deutsche vor Augen, wie sie in Begleitung eines Fremden und des Assistente Comes ins Rathaus ging. Wer wusste schon, wie lange sie dort bleiben würde? Und was seine Großmutter ihm an den Kopf werfen würde, wenn er ihr nicht sofort davon berichtete, das wollte er sich lieber nicht ausmalen.

176

Also beugte er sich ein wenig nach vorn, spitzte die Lippen und pustete ganz sanft ins Gesicht der Alten. Eines ihrer faltigen Lider zuckte kurz, sonst regte sich nichts. Andrea beugte sich noch etwas weiter nach vorn und pustete stärker. Jetzt hob sie ihre linke Hand und wedelte vor ihrem Gesicht herum, als wollte sie eine Fliege verscheuchen, ließ die Hand dann aber wieder sinken und schlief ruhig weiter.

Gerade, als Andrea drauf und dran war, sich noch näher an seine Großmutter heranzuwagen und sie womöglich sogar kurz anzustupsen, hörte er von der Tür her ein Räuspern. Er schrak zurück und blickte in die Richtung, aus der das Geräusch gekommen war. Dort stand Edoardo in seiner üblichen Livree, die Hände hinter dem Rücken verschränkt, die Augenbrauen fragend erhoben, den strengen Blick unverwandt auf den Lieblingsenkel seiner Herrin gerichtet.

»Ich ... äh ... Edoardo, könnten Sie vielleicht meine Nonna wecken? Ich ... äh ...«

»Ist es denn wichtig, junger Herr?«, fragte der Kammerdiener, während er sich gemessenen Schrittes näherte.

»Das weiß letztlich wohl nur meine Nonna, aber ... aber ich will mir halt nicht vorwerfen lassen, ich hätte sie nicht schnell genug informiert. Wenn Sie verstehen ...?«

Edoardo deutete mit ernster Miene eine Verbeugung an.

»Selbstverständlich, junger Herr, ich verstehe.«

Er trat direkt neben den Sessel und klopfte zweimal halblaut gegen den Rahmen aus dunklem Massivholz. Dann ließ er eine Pause, und als sich die alte Frau nicht regte, klopfte er erneut. Wieder geschah nichts, daraufhin beugte sich der Kammerdiener zu der Frau hinunter, bis sein Mund auf Höhe ihres rechten Ohrs angekommen war.

»Signora«, raunte er, »entschuldigen Sie bitte die Störung, aber Ihr Enkelsohn Andrea ist hier. Er möchte Ihnen etwas mitteilen. Es scheint dringlich zu sein.«

Nun endlich kam Bewegung in Donatella Fanfarone. Erst blinzelte sie, schaute zu Edoardo hin, lächelte selig, als sie ihn erkannte, räusperte sich dann lautstark, nahm ihren Enkel in Augenschein und setzte sich schließlich mühsam in ihrem Sessel auf.

»Na, so was«, knarzte die dünne Stimme der Alten, und sie musste sich erneut räuspern, bevor sie weitersprechen konnte. »Da bin ich wohl ein wenig eingenickt ...«

Andrea Fanfarone schluckte und hoffte inständig, dass seine Großmutter die Neuigkeit, die er ihr brachte, als ähnlich wichtig einstufte wie er.

»Und, Andrea«, krächzte sie und sah ihn forschend an. Ihr Blick wurde mit jeder Sekunde etwas wacher und fester. »Was hast du mir zu berichten?«

»Diese Deutsche«, begann er nach kurzem Zögern, und schon hatte er alles über den Haufen geworfen, was er sich auf dem Weg zu seiner Großmutter an Formulierungen zurechtgelegt hatte. »Diese Deutsche ist vorhin wieder in die Stadt gekommen, wieder in diesem alten Auto mit dem alten Kennzeichen, von dem ich dir schon erzählt habe.«

»Gut«, sagte die Alte und lehnte sich in ihrem Sessel zurück. Sie warf Edoardo, der noch immer kerzengerade neben ihr stand, einen genervten Blick zu. »Hat sie sich wieder ein Eis geholt, Andrea?«

»Nein, diesmal nicht. Ich wollte mir eins holen, aber ich konnte mich nicht entscheiden, und als ich mich dann doch ...«

»Andrea, bitte!«

»Ich will's dir doch nur der Reihe nach erzählen, Nonna! Als ich mich dann endlich entschieden hatte, kam sie angefahren. Sie hat ihre alte Karre einfach abgestellt, an einer Stelle, wo Parken eigentlich gar nicht erlaubt war. Und der Mann mit dem Cabrio hat es genauso gemacht.«

Donatella Fanfarone seufzte und rollte mit den Augen.

»Welcher Mann mit welchem Cabrio?«

»Er ist vor ihr hergefahren und hat auch im Parkverbot geparkt. Da ist natürlich Assistente Comes sofort angekommen und hat ihnen eine Standpauke gehalten.«

Ein Stöhnen entrang sich der dürren Brust der Alten.

»So, so, eine Standpauke hat er ihnen gehalten.«

»Ja, wobei ... eigentlich sah er aus, als hätte er es vorgehabt und dann doch bleiben lassen. Ich glaube, die Deutsche gefällt dem Assistente, jedenfalls ist er erst recht aufbrausend auf sie zugegangen – und war dann, als er sie erkannt hat, geradezu höflich.«

»Da hat die Deutsche aber Glück gehabt, Andrea. Und deshalb hast du mich also geweckt? Um mir zu sagen, dass diese Frau falsch geparkt und dafür keinen Strafzettel bekommen hat? Sie hat doch keinen bekommen, oder?«

»Jedenfalls nicht, solange ich sie sehen konnte. Die drei sind nämlich nach kurzer Zeit zusammen ins Rathaus gegangen.«

Jetzt setzte sich die Alte doch wieder etwas aufrechter hin.

»Ins Rathaus sind sie gegangen?«, fragte sie nach.

»Ja, Nonna, alle drei. Vielleicht wollte der Assistente das mit dem Falschparken nicht allein klären und sich im Rathaus Unterstützung holen, was meinst du, Nonna?«

Sie warf Edoardo einen schnellen Blick zu. Dieser sah

weiter geradeaus, aber seine Augenbrauen hatten sich ein klein wenig gewölbt.

»Natürlich, Andrea, so wird es gewesen sein.«

Andrea Fanfarone forschte noch einmal im Gesicht seiner Großmutter nach, ob sie wohl wütend auf ihn war, aber sie wirkte ganz zufrieden. Ihr Blick war milder als vorhin, ja, geradezu mitfühlend, und irgendwann streckte sie die rechte Hand aus, und Andrea kam ihr mit dem Gesicht ein wenig entgegen, damit sie es leichter hatte, ihm sanft über die Wange zu streicheln.

»Kannst du mir den Mann beschreiben, den mit dem Cabrio, dem sie hinterhergefahren ist?«, fragte sie nach einer Pause.

»Mitte dreißig, würde ich schätzen. Ein sportlicher Typ mit kurzen dunklen Haaren.«

Donatella Fanfarone stutzte, dann kramte sie in ihrer Erinnerung, bis sie endlich gefunden hatte, wonach sie suchte.

»War das derselbe Mann, der vorgestern die Bürgermeisterin vom Rathaus abgeholt hat?«

»Er sah ihm ähnlich, ein vergleichbarer Typ, aber es war nicht derselbe.«

»Hast du seine Autonummer aufgeschrieben?«

Andrea wurde blass, Donatella Fanfarone seufzte.

»Also nicht. Na, macht nichts, das finden wir schon noch heraus.«

Ihr Enkel stand vor ihr und sah sie gespannt an.

»War das alles, Andrea, oder ist da noch etwas?«

»Nein, Nonna, das war alles.«

»Gut.«

Sie gab Edoardo einen Wink, woraufhin dieser zu einem Wandschrank eilte und zwei seiner Glastüren öffnete. Weil er davorstand, konnte man nicht sehen, was er tat, aber es wurde ein Korken gezogen, ein Glas vollgeschenkt und ein Korken in die Flasche zurückgedrückt. Im nächsten Moment stand er mit einem stattlichen und großzügig gefüllten Grappaglas vor Donatella Fanfarone. Sie griff energisch danach, setzte das Glas an ihre dünnen Lippen, kippte erst eine Hälfte der klaren Flüssigkeit, schluckte, hielt kurz inne und schüttete dann den Rest in sich hinein. Plötzlich fiel ihr auf, dass ihr Enkel noch immer vor ihr stand, als erwarte er etwas von ihr. Sie musterte ihn überrascht und gab Edoardo das leere Glas zurück, bevor sie ihre nächste Frage stellte.

»Was ist denn noch, Andrea? Du wartest doch auf etwas!«

»Ich ...«

Er sah Edoardo an, als brauche er für seine Antwort dessen Hilfe. Doch der Kammerdiener stand unbewegt an der Seite seiner Herrin und schaute gekonnt ins Nirgendwo.

»Ich bin mir immer noch nicht sicher, ob ...«

»Ob?«

Ein unleidiger Unterton schlich sich in die Stimme der Alten, und Andrea duckte sich ein wenig.

»Jetzt sag schon, Andrea«, setzte sie neu an und versuchte ihrer Stimme einen weicheren Klang zu geben. »Du weißt doch, dass du mir alles sagen kannst.«

Er wusste zwar ganz genau, dass er ihr nicht alles sagen konnte, weil ihr schnell der Geduldsfaden riss. Aber immerhin musste er anerkennen, dass sie sich mit ihm mehr Mühe gab als mit den anderen Familienmitgliedern. Nur mit Onkel Aldo war sie noch freundlicher umgegangen als mit ihm, und der plötzliche Tod ihres Erstgeborenen hatte sie damals sehr getroffen.

»War es denn richtig, dich zu wecken, Nonna? War die Information wichtig genug, um dafür deinen Schlaf zu unterbrechen?«

Ein nachsichtiges Lächeln spielte um ihren Mund, der vom jahrelangen Zusammenkneifen noch faltiger geworden war als der Rest ihres Gesichts.

»Aber ja doch, caro Andrea, aber ja doch.«

Die Erleichterung war dem jungen Mann so deutlich anzusehen, dass sogar Edoardo schlucken musste und für einen Moment Mühe hatte, sein bewährtes Pokerface zur Schau zu tragen. Andrea atmete tief ein und aus, strahlte seine Großmutter befreit an und machte sich auf den Weg zur Tür. Dann machte er noch einmal kehrt, kam zu seiner Nonna zurück, beugte sich vor und hauchte ihr einen eiligen Kuss auf die Wange. Im nächsten Augenblick war er auch schon aus dem Zimmer, und man hörte draußen seine beschwingten Schritte, die sich zügig entfernten.

Donatella Fanfarone saß wie erstarrt da und starrte mit feuchten Augen zum Fenster. Edoardo riskierte ein einziges Mal einen kurzen Seitenblick, aber dann behielt auch er das Fenster am anderen Ende des großen Raums im Blick, als ereigne sich dort gerade das aufregendste Spektakel aller Zeiten.

Nach langer Zeit murmelte die Alte etwas, das selbst Edoardo nur halb verstand. Aber den Rest konnte er sich zusammenreimen. Es war nicht das erste Mal, dass sie diese Sätze wie im Selbstgespräch brummte, nuschelte, flüsterte.

»Caro Andrea«, murmelte sie. »Warum musst du so ein Trottel sein – und warum musste mein Aldo sterben? Immer trifft es diejenigen, die ich am meisten liebe.«

Der Rest war heiseres, halb ersticktes Schluchzen.

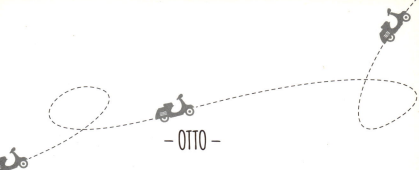

– OTTO –

Lisa hatte darauf bestanden, das meiste Gepäck selbst zu tragen. Sie hatte sich von der Haushälterin das Gästezimmer zeigen lassen, dann geduscht und sich umgezogen. Irgendwann war es ihr, als hätte sie die Türglocke und danach eine Männerstimme im Treppenhaus gehört – aber als sie nach einer Weile ins Wohnzimmer hinunterging, war dort nur die Haushälterin der Dottoressa.

Später stellte sich heraus, dass Lisa doch richtig gehört hatte: Ein Freund war vor der Bürgermeisterin in deren Haus eingetroffen, und sie hatte der Haushälterin vorher Bescheid gegeben, dass es in Ordnung gehe, wenn der Freund in ihrem Schlafzimmer auf sie warte. Das erfuhr sie von Giulia, als sie nach Hause kam und die Haushälterin schon in den Feierabend gegangen war. Sie stellte ihr auch den Mann vor, der ins Erdgeschoss herunterkam, kurz nachdem die Dottoressa das Haus betreten hatte. Es war ein attraktiver Mann Mitte fünfzig, mit grau melierten Haaren und exzellenten Manieren – der Polizeichef der Provinz Siena, Questore Leonardo di Tabile, den Giulia einmal als »einen meiner ältesten Freunde« bezeichnet hatte. Ihre Freundschaft war wohl wieder etwas aufgefrischt worden, und nach der dritten Runde Brunello di Montalcino war auch Lisa klar, dass der »alte Freund« der Bürgermeisterin über Nacht bleiben würde.

Er ging vor den beiden Frauen zu Bett, und Lisa und Giulia saßen noch auf ein letztes Glas zusammen und plauderten über ihre Berufe. Giulia hörte gespannt zu, welche Regionen Lisa schon bereist und beschrieben hatte, und Lisa schüttete sich aus vor Lachen, als Giulia von den Marotten einiger Honoratioren erzählte.

Entsprechend gut gelaunt gingen sie dann auch zu Bett. Und als es im Schlafzimmer der Dottoressa nach einer Weile etwas ruhiger wurde, schlief Lisa endlich ein.

Dass seine Frau nicht neben ihm lag, bemerkte er erst spät in der Nacht, als er aufwachte und im Halbschlaf zur Toilette tappen wollte. Die linke Seite des Bettes war unberührt, und so ging Ernesto Fanfarone stattdessen ins Wohnzimmer, wo noch Licht brannte. Die Glastür der Hausbar war sperrangelweit offen, eine leere Brandyflasche stand auf dem gläsernen Couchtisch und auf dem Boden neben dem ausladenden Sofa eine weitere, die noch zur Hälfte gefüllt war. Daneben lag ein Glas in einer kleinen Pfütze, vermutlich aus verschüttetem Brandy. Direkt über dem Glas hing die ausgestreckte rechte Hand von Lydia Fanfarone. Ihre Finger waren grazil wie einst, und zu der Erinnerung, was sie früher alles mit diesen Fingern angestellt hatte, überkam ihn ein wohliger Schauer.

Doch das war lange her, und als er das, was einmal die schönste Frau in Casole d'Elsa gewesen war, im heutigen Zustand auf den Polstern liegen sah, platzten alle guten Erinnerungen wie Seifenblasen im Wind. Lydia war eine attraktive junge Frau mit fröhlichem Gemüt gewesen. Sie hatte Ernesto schon bei ihrem ersten Zusammentreffen verzaubert, und sie wusste auch in der Zeit danach, wie sie ihn um den Finger wickeln konnte. Damals, vor zwanzig Jahren, war sie ein junges Landei gewesen und er ein gut aussehender Anwalt mit exzellentem Abschluss und besten beruflichen Aussichten.

Doch das Leben als Eingeheiratete in eine so standesbewusste Familie wie die der Fanfarones hatte ihr mit jedem Jahr mehr zugesetzt. Sie wusste, dass Ernestos Mutter Donatella sie hasste, und sie hasste sie mit jeder Faser ihres Herzens zurück. Letzten Endes saß die Alte jedoch am längeren Hebel, und irgendwann ertrug Lydia die ständigen Sticheleien, Beleidigungen und Zurücksetzungen nur noch, wenn sie genug Alkohol in Reichweite hatte. Seither schienen sie Schnaps und Wein immer noch mehr aufzuschwemmen.

Ernesto Fanfarone schaute auf sie hinunter. Die Haare waren zerzaust, die Ringe unter den Augen tief und dunkel eingegraben, ihr Mund stand weit offen, und ihr leises Schnarchen war das einzige Geräusch in dem großen Raum. Eine ganze Weile stand er da, dann begann er das Glas und die Flaschen aufzuräumen und die kleine Brandylache aufzuwischen. Schließlich beugte er sich über die Couch, schob eine Hand unter die Schultern seiner Frau, die andere unter ihre Oberschenkel. Vorsichtig hob er sie auf und trug sie aus dem Wohnzimmer. Ein paarmal zuckten ihre Lider, sie schluckte trocken, und irgendwann schlug sie die Augen auf. Es dauerte einen Moment, bevor sie begriff, was gerade vor sich ging, dann legte sich ein trauriges Lächeln auf ihr verlebtes Gesicht.

»Ah, Ernesto, wie galant«, hörte Ernesto Fanfarone mit geübtem Ohr aus ihrem mühsamen Lallen heraus. Sie hob den Kopf ein wenig und deutete, als sie nicht hoch genug kam, einen Kuss auf seine Wange einfach dadurch an, dass sie ihre Lippen spitzte. Ernesto nickte ihr wehmütig zu und hatte nun das Schlafzimmer erreicht. Ganz sachte ließ er den aufgedunsenen Körper seiner Frau auf ihre Seite des Bettes sinken. Sie schaffte es, im Hinuntergleiten ihre Hände hinter seinem Nacken zu verschränken, und nun zog sie ihn halb zu sich und versuchte gleichzeitig ihren Kopf zu seinem zu heben. Sie keuchte wegen der ungewohnten Anstrengung, und im Nu war Ernesto von ihrem brandyschwangeren Atem eingehüllt. Er löste ihre Finger in seinem Nacken, deckte sie zu und legte ihre Arme auf der Bettdecke ab. Einen Augenblick lang dachte er noch daran, mit seiner Frau zu reden – doch sie war bereits eingeschlafen.

Für ihn war allerdings für eine ganze Weile nicht mehr an Schlafen zu denken. Also zog er einen Morgenmantel über den Pyjama und ging in seine Kanzlei. Es würde nicht die erste Nacht sein, die er wegen seiner Frau mit Arbeit verbrachte, und wohl auch nicht die letzte.

Im Büro knipste er das Licht an. Die Fensterläden zur Straße hin hatte er schon am Abend geschlossen, und nach Westen hatte er zwar einen grandiosen Blick hinaus, aber dort stand kein Haus in der Nähe, von dem aus man ihn hätte sehen können. Es war so still in seinem Arbeitszimmer wie immer, aber es hatte sich ein ungewohntes Aroma in den vertrauten Geruch des Büros gemischt. Und kurz war es ihm, als wehe ein kühler Luftzug um seine Beine. Ein schneller Blick in die Runde bestätigte ihm, dass alle Fenster verschlossen waren. Also ging er durch die gegenüberliegende Tür in den kleinen Vorraum hinaus, hinter dem sich der Nebeneingang des Hauses befand, den er als direkten Zugang zu seiner Kanzlei nutzte. Auch diese Tür war zu, aber als er die Klinke drückte und testweise zu sich herzog, schwang die Tür wirklich auf.

Ernesto Fanfarone stutzte. Hatte er nicht die Tür vorhin verriegelt, wie er es seit Jahren jeden Abend tat? Zwar war außen nur ein Knauf angebracht, und man brauchte einen Schlüssel, um hereinzukommen – aber nachts wurde zusätzlich abgeschlossen, um es möglichen Einbrechern nicht allzu leicht zu machen. Fanfarone bückte sich und nahm das Schloss in Augenschein. Es war nicht verriegelt, aber es wies außen einige Kratzer auf, die er dort noch nie bemerkt hatte. Also doch Einbrecher?

Zurück im Arbeitszimmer verschaffte er sich einen schnellen Überblick, schaute in die Schrankfächer und Schubladen, in denen sich die wichtigsten Sachen befanden. Aber weder fehlte eine der Akten, mit denen man einige seiner Klienten durchaus hätte unter Druck setzen können, noch schien sich jemand an der Kasse zu schaffen gemacht zu haben. Und so üppig, wie sich dort im Moment die Scheine stapelten, weil zwei seiner zwielichtigeren Klienten am liebsten bar bezahlten, hätte sich das für Einbrecher allemal gelohnt.

Wieder einmal schwor sich Fanfarone, gleich am nächsten Morgen die Bankfiliale neben Elisas Eisdiele aufzusuchen und den größten Teil des Bargelds auf sein Konto einzuzahlen. Dann holte er sich auf den Schreck ein dickwandiges Glas und eine Flasche Whisky aus dem Wandschrank, goss sich großzügig ein und beschloss, sich damit in einen der Sessel seiner Besprechungsecke zu setzen und mit Blick auf die nächtliche Landschaft darüber nachzudenken, was das für ein Einbrecher gewesen sein mochte, der offenbar problemlos durch eine abgeschlossene Tür kam – um dann nichts mitzunehmen.

Langsam und tief in Gedanken versunken steuerte er auf den Sessel zu, der ihm am nächsten stand und ihm seine wuchtige Rückseite zuwandte. Er ging erst an dem Sessel vorüber, nippte an seinem Whisky und schaute sinnierend in die Nacht hinaus. Dann gab er sich einen Ruck, drehte sich um und wollte sich hinsetzen.

Stattdessen blieb er stehen. Das Glas rutschte ihm durch die schwach gewordenen Finger und zersprang mit lautem Klirren auf dem Boden.

In seinem Sessel saß schon jemand.

Loredana gab sich viel Mühe, aber Dottore Cambio war in dieser Nacht nicht recht bei der Sache. Nicht einmal die Schnute, die sie zog und die ihr sonst so verlässlich einen munteren Abend oder ein teures Schmuckstück einbrachte, wollte diesmal wirken. Schließlich raffte sie ihr hauchdünnes Nachtmäntelchen um ihren nackten Körper und trollte sich. Cambio sah ihr noch bedauernd nach, dann stellte er sich ans Fenster und starrte in die Nacht hinaus. Fast eine halbe Stunde stand er so, und während am Ende des Flurs die junge Loredana längst schlief, klingelte sein Handy. Cambio meldete sich mit einem geknurrten »Pronto!«, dann hörte er zu und drückte das Gespräch schließlich weg, ohne noch ein Wort gesagt zu haben.

Assistente Comes war so aufgeregt wie nie zuvor in seinem Leben. Erst hatte ihn der Anruf mitten in der Nacht geärgert. Schließlich brauchte er seinen Schlaf, um sich am nächsten Morgen wieder den Falschparkern, den allzu raum-

greifenden Wirten mit ihren zu weit in die Straße hinein-
gerückten Stühlen und all den anderen entgegenzustellen,
die den Frieden in seinem Ort Casole bedrohten. Doch schon
das Zittern in der Stimme seines Anrufers ließ ihn hellwach
werden. Und als Avvocato Fanfarone ihm mitteilte, was er in
seinem Arbeitszimmer vorgefunden hatte, sprang Comes
schneller in Hemd und Hose als sein Vetter in Pisa, und der
war dort immerhin bei der Berufsfeuerwehr.

Natürlich gab er noch schnell seinen Vorgesetzten in
Siena Bescheid, aber dann stülpte er sich auch schon die
Uniformmütze über den Kopf, sprang auf die Sitzbank seines Motorrollers und flitzte los. Kurz darauf erreichte er
mit leicht schlitterndem Hinterrad die Seitengasse, die zum
Nebeneingang von Fanfarones Haus führte, dem kürzesten
Weg ins Arbeitszimmer des Avvocato. Fanfarone wartete
schon neben der offen stehenden Tür und ging Comes voraus ins Büro. Kaum hatten sie den Raum betreten, als Fanfarone stehen blieb und stumm auf einen der Sessel zeigte,
die am großen Fenster um einen niedrigen Tisch gruppiert
waren.

Comes nickte, atmete tief durch und marschierte kerzengerade zu dem Sessel hin und um ihn herum, um die Leiche,
die seinen bisher aufregendsten Fall darstellte, genauer zu
betrachten. Die eingehende Untersuchung musste allerdings noch ein klein wenig warten, denn bei dem ungewohnten Anblick eines Mordopfers rebellierte der Magen
des Assistente. Er konnte sich gerade noch von dem Toten
abwenden, bevor er sich erst einmal ausgiebig auf den
Boden vor der Fensterfront übergeben musste.

»Tut mir leid, Avvocato«, entschuldigte er sich beim
Hausherrn, als er sich den Mund mit einem Papiertaschen-

tuch abgeputzt und dieses anschließend ausgebreitet auf seine Hinterlassenschaft gelegt hatte. Er griff nach seiner Uniformmütze, die ihm vom Kopf gerutscht war, und setzte sie auf. »Ich mach das gleich weg, wenn Sie mir vielleicht Lappen und Eimer geben würden, aber ...« Er schaute erneut auf die Leiche, schluckte ein paarmal und hatte sich dann einigermaßen im Griff. »Aber zuerst muss ich mir die Leiche etwas genauer anschauen.«

Der Mann, der da vor ihm im Sessel lag, sah furchtbar aus. Sein Gesicht war an mehreren Stellen geschwollen, die Haut blau unterlaufen, und er trug Kleider, die schon bessere Zeiten gesehen hatten: ein an mehreren Stellen eingerissenes Hemd, eine verdreckte Hose, und den Gürtel hätte er gut und gerne vier Nummern größer kaufen können. Der Mann war dick, seine Augen waren weit aufgerissen, und der Mund stand sperrangelweit offen, als habe er im Sterben um Luft gerungen oder einen letzten, gellenden Schrei ausgestoßen. Das gegelte Haar hing ihm wirr ins feiste Gesicht, und er roch streng nach Bier und Exkrementen.

Schon wieder kribbelte es im Magen des Assistente, und Speichel schoss ihm in den Mund. Ruckartig wich er zurück und wandte sich wieder zum Fenster. Aus den Augenwinkeln bemerkte er Avvocato Fanfarone, der sich inzwischen mit einem kleinen Plastikeimer und einem Bodenlappen näherte und ihn besorgt musterte. Comes riss sich zusammen, atmete durch den Mund tief ein und aus, bis es ihm wieder etwas besser ging.

»Danke, Avvocato«, sagte er und deutete auf das Putzzeug. »Stellen Sie den Eimer bitte einstweilen dahin, ich kümmere mich gleich drum. Aber erst muss ich Ihnen noch ein paar Fragen stellen. Können Sie mir antworten, oder ...?«

»Natürlich kann ich Ihnen antworten«, versetzte Fanfarone ein wenig genervt. »Aber können Sie auch fragen?«

Comes räusperte sich und rückte seine Uniformmütze zurecht.

»Zuerst einmal: Kennen Sie den Toten?«

Ernesto Fanfarone zögerte.

»Ja«, gab er schließlich zu. »Ich kenne den Mann. Er heißt Fabio Domar und ist ein kleiner Gauner aus Colle di Val d'Elsa.«

Comes zückte einen winzigen Block und einen Kugelschreiber und notierte sich die Informationen in gestochener Schrift, die ihn allerdings recht viel Zeit kostete. Entsprechend ungeduldig wirkte Fanfarone dann auch, als der Assistente endlich wieder den Blick hob.

»Und was haben Sie mit diesem Fabio Domar zu schaffen, Avvocato?«

»Ich nehme manchmal seine Dienste als Informant in Anspruch. Er weiß viel über andere Gauner, über ganz oder teilweise illegale Geschäfte und solche Dinge.«

Assistente Comes stutzte.

»Und warum müssen Sie solche Dinge wissen?«

»Ich vertrete die unterschiedlichsten Klienten vor Gericht, und ich muss zugeben: Manche von ihnen werden nicht ohne Grund beschuldigt, das Gesetz gebrochen zu haben. Ich arbeite nicht für Leute, die morden oder rauben, aber wenn jemand in kleinerem Rahmen gegen das Gesetz verstoßen hat, versuche ich schon, ihn in einer Verhandlung vor dem Schlimmsten zu bewahren. Und dazu ist es manchmal ganz nützlich, gewisse Dinge zu erfahren, die unter der Hand abgewickelt werden.«

»Verstehe«, sagte Comes und beugte sich wieder über seinen Notizblock. Aber offensichtlich fiel ihm nicht ein, welches Stichwort er in diesem Zusammenhang am besten aufschrieb, also ließ er es bleiben und forderte den Avvocato stattdessen auf, noch einmal ganz genau zu schildern, wann und wie er den Toten entdeckt hatte. Fanfarones Schilderung dauerte knapp zwei Minuten, und es verstrich um einiges mehr Zeit, bis Comes alles notiert hatte. Danach stolzierte der Assistente um den Sessel herum, bückte sich hier mal für einen genaueren Blick auf den Fußboden, inspizierte dort eine Blutspur auf dem Stoffbezug des Sessels und verharrte mit seinem Blick schließlich eine ganze Weile auf dem silbernen Brieföffner, der aus der Seite des Toten ragte.

»Hm«, machte Comes schließlich und winkte Fanfarone herbei.

»Ist das Ihrer?«, fragte er.

Der Anwalt schaute prüfend hin, warf einen kurzen Blick zu seinem Schreibtisch hinüber und zuckte dann mit den Schultern.

»Scheint so.«

Assistente Comes wiegte den Kopf, er wirkte nachdenklich und sah Fanfarone lange an, bevor er weitersprach.

»Das ist eine ernste Sache, Avvocato«, sagte er. »In Ihrem Sessel liegt ein Toter, der vor seinem Tod als Spitzel für Sie gearbeitet hat. Sie haben ihn gefunden, und in seinem Bauch steckt Ihr Brieföffner. Sie wissen schon, wie das auf mich wirken muss?«

Fanfarone verschränkte die Arme vor der Brust.

»Was wollen Sie damit andeuten?«

»Ich will gar nichts andeuten, ich stelle nur fest. Wann genau, sagten Sie, haben Sie den Toten hier vorgefunden?«

Fanfarone deutete auf den winzigen Notizblock in der linken Hand des Assistente.

»Lesen Sie es doch nach! Sie haben es doch vorhin in Ihrer Kinderschrift da hingemalt!«

»Bitte nicht in diesem Ton, Avvocato!«, bellte Comes und stellte sich noch etwas aufrechter hin. Er legte sogar den Kopf ein wenig in den Nacken, um auf den Avvocato, der ein paar Zentimeter größer war als er selbst, gewissermaßen hinunterschauen zu können. »Sie machen sich durch solche Bemerkungen nur noch verdächtiger!«

»Verdächtiger? Sind Sie noch ganz dicht, Comes?«

»Also, ich darf doch bitten! Avvocato, hiermit teile ich Ihnen offiziell mit, dass Sie unter dem dringenden Verdacht stehen, diesen Mann mit Ihrem Brieföffner erstochen zu haben!«

»Aber das ist doch ...«, wollte sich Fanfarone gerade empören, da vervollständigte eine Männerstimme seinen Satz.

»Dummes Zeug!«

Fanfarone und Comes fuhren gleichzeitig herum, und als der Assistente erkannte, wer da auf ihn zustürmte, nahm er sofort Haltung an und salutierte. Auch Ernesto Fanfarone kannte Leonardo di Tabile, aber er hatte keinen Grund, vor ihm zu salutieren. Der Questore von Siena beachtete Comes nicht weiter, sondern steuerte direkt auf den Hausherrn zu und drückte ihm die Hand. Fanfarone bemerkte, dass der Polizeichef nachlässig frisiert war und sich offenbar in aller Eile angekleidet hatte. Als nun auch die Bürgermeisterin im Büro erschien und ebenfalls aussah wie eben aus dem Bett gefallen, musste sich der Anwalt einige Mühe geben, ernst zu bleiben. Assistente Comes schien nichts Ungewöhnliches aufzufallen, er stand parat, um dem Questore Bericht zu erstatten. Doch der unterhielt sich mit Fanfarone und redete ihm beruhigend zu. Erst auf das mehrmalige Räuspern des Uniformierten hin sah er ihn endlich ungnädig an.

»Sie wollen berichten, Assistente?«

Comes schlug die Hacken zusammen und nickte zackig. Die Bürgermeisterin umrundete den Sessel mit dem Toten und musterte alle Details. Fanfarone stellte beruhigt fest, dass sie keinerlei Anstalten machte, sich ebenfalls zu übergeben.

»Dann legen Sie mal los«, befahl Tabile. »Aber behalten Sie Ihre unangemessenen Schlussfolgerungen für sich.«

Assistente Comes blätterte in seinem Blöckchen hin und her, las seine Notizen vor und berichtete den Rest aus dem Gedächtnis. Dabei glühte er so vor Eifer, dass der Questore und die Bürgermeisterin einen kurzen amüsierten Blick wechselten. Als der Assistente zur Beschreibung des Leichnams ansetzte, ging Tabile zum Sessel und betrachtete den Toten. Nachdem Comes alles beschrieben und aufgezählt hatte und nun doch mit seinen Mutmaßungen beginnen wollte, fuhr ihm Tabile ins Wort.

»Gut beobachtet und zusammengefasst, Assistente, sehr gut. Und jetzt wischen Sie bitte das Zeug dort hinten am Fenster weg, danke.«

Damit wandte er sich übergangslos Ernesto Fanfarone zu und zeigte Comes die kalte Schulter. Der Assistente stand noch einen Moment unschlüssig da, ehe er sich trollte und mit spitzen Fingern daranmachte, seine Hinterlassenschaften zu beseitigen.

»Signore Avvocato«, setzte Tabile an. »Entschuldigen Sie bitte, aber ich muss Sie das der Ordnung halber fragen: Sie haben diesen Fabio Domar wirklich nicht erstochen, sondern er war schon tot, als Sie Ihr Büro betreten haben?«

Fanfarone wollte schon aufbrausen, aber der Polizeichef beschwichtigte ihn mit einer Handbewegung.

»Ja, er war schon tot, als ich hereinkam. Ich wollte mich eigentlich genau in diesen Sessel setzen, um ein wenig nachzudenken. Dazu hatte ich mir einen Whisky eingeschenkt, aber als ich den Toten bemerkte, bin ich so erschrocken, dass mir das Glas aus der Hand geglitten ist.«

Er deutete auf die Scherben, die neben dem Sessel in einer bereits halb getrockneten Pfütze lagen. Tabile schaute hin und nickte.

»Arbeiten Sie häufig nachts?«, erkundigte er sich.

»Das kommt durchaus vor. Wobei ich manchmal auch nicht im eigentlichen Sinn zum Arbeiten herkomme, sondern zum Nachdenken.«

»Und worüber haben Sie heute Nacht nachgedacht, wenn ich fragen darf?«

»Über private Dinge.«

»Verstehe. Und ich nehme an, diese privaten Dinge haben nichts mit Fabio Domar zu tun.«

»Nicht das Geringste.«

»Können Sie sich dann erklären, warum Domar ausgerechnet heute Nacht tot bei Ihnen im Sessel liegt?«

»Nein«, antwortete Fanfarone, nachdem er einen Moment gezögert hatte.

Tabile nickte zwar, legte dann aber den Kopf schief, lächelte nachsichtig und wartete. Fanfarone zuckte mit den Schultern.

»Vielleicht habe ich einen Verdacht«, sagte er schließlich.

»Und zwar?«

Fanfarone sah zu Comes hinüber. Es war offensichtlich, dass der Avvocato diese Antwort lieber unter vier Augen beantwortet hätte. Tabile wollte ihm gerade vorschlagen, ihr Gespräch in einem anderen Raum fortzusetzen, da waren von der Straße her Männerstimmen und schnelle Schritte zu hören. Die Tür zur Seitengasse wurde aufgerissen, dann die Tür zum Arbeitszimmer. Im nächsten Moment standen drei Männer und eine Frau im Büro. Angeführt wurde die Gruppe von einem Mann um die fünfzig, der sein tiefschwarzes Haar etwas länger trug und in einen strengen Seitenscheitel gegelt hatte. Er schnarrte einige Befehle und verteilte die anstehenden Aufgaben auf seine Begleiter. Doch als er Leonardo di Tabile erblickte, erstarrte er mitten im Schritt. Dann warf er der Bürgermeisterin einen Seitenblick zu und legte ein schmieriges Lächeln auf.

»Darf ich vorstellen?«, ergriff Tabile das Wort, ohne auch nur im Geringsten verlegen zu wirken. »Die Bürgermeisterin von Casole, Dottoressa Giulia Casolani, und Avvocato Ernesto Fanfarone, unser Gastgeber. Und dies ist der ehrenwerte Felipe Calzolaio, mein geschätzter Stellvertreter, Vice Questore der Polizei Siena und Leiter meiner Kriminalpolizeiabteilung.«

Dabei schlug Tabile einen Tonfall an, aus dem ihm unmöglich ein Strick gedreht werden konnte – der aber zugleich keinen Zweifel daran ließ, dass er seinen Stellvertreter leiden konnte wie Bauchweh und ihn auch in ähnlichem Maß wertschätzte.

»Dottoressa, Avvocato, Questore«, dienerte Calzolaio vor den drei Angesprochenen. »Casole kann sich glücklich schätzen, wenn so kurze Zeit nach dem Fund einer Leiche und mitten in der Nacht schon die Bürgermeisterin nach dem Rechten sieht. Und ein Glücksfall, dass der Signore Questore zufällig ganz in der Nähe war.«

Giulia holte schon Luft zu einer gepfefferten Erwiderung, aber Tabile warf ihr einen Blick zu, der zeigte, dass es sein Stellvertreter nicht wert war, für seine angedeuteten Unverschämtheiten zurechtgewiesen zu werden.

»Wie schön, dass Sie und Ihre Leute inzwischen vor Ort sind. Dann wollen wir Ihnen mal das Feld überlassen, nicht wahr? Assistente Comes weiß über alles bestens Bescheid. Er hat Signore Fanfarone bereits befragt und einen sehr detaillierten Bericht angefertigt, den er Ihnen gern vortragen wird.«

Er schaute zum Fenster, wo sich Comes gerade von den Knien aufgerappelt hatte. Nun sah er Hilfe suchend zu Fanfarone – offenbar hatte er alles aufgewischt, wusste nun aber nicht, wohin mit Eimer und Lappen.

»Nun ja, vielleicht warten Sie lieber, bis er sich die Hände gewaschen hat. Signore Fanfarone wird die Dottoressa und mich jetzt nach draußen begleiten. Wir werden ein Gläschen auf den Schreck trinken. Und sollten Sie uns brauchen, Calzolaio: Sie haben ja meine Handynummer.«

Damit ließ er den Vice Questore stehen wie einen Schulbuben und führte seine beiden Begleiter aus dem Arbeitszimmer.

Kaum war die Tür zwischen Wohnbereich und Arbeitszimmer hinter ihnen ins Schloss gefallen, da blieb Leonardo di Tabile stehen.

»Entschuldigen Sie bitte, dass ich mich so plump in Ihre Wohnung gedrängt habe. Wir können selbstverständlich auch ...« Er sah zu Giulia, die sofort nickte. »... auch zur Dottoressa nach Hause, um uns ungestört weiter zu unterhalten.«

»Nein, nein«, sagte Fanfarone. »Ich mache uns jetzt einen schönen Wein auf, und dann setzen wir uns ins Wohnzimmer. Mir wäre es lieber, ich müsste heute nicht mehr aus dem Haus. Meine Frau schläft oben, und ich würde gern gelegentlich nach ihr sehen.«

»Wunderbar, dann vielen Dank für die Einladung.«

Fanfarone führte seine beiden Gäste ins riesige Wohnzimmer, schuf mit ein paar Handgriffen eine gemütliche Beleuchtung, bot der Bürgermeisterin und dem Questore einen Platz auf dem Sofa an und entschuldigte sich für einen Moment.

Da klingelte Giulias Handy. Sie nahm das Telefonat entgegen und erschrak.

»Oh, tut mir leid, Lisa. Sie habe ich in der Aufregung glatt vergessen! In der Kanzlei von Avvocato Ernesto Fanfarone wurde eine Leiche entdeckt. Leonardo und ich sind gerade in Fanfarones Wohnung und hoffen, von ihm nun etwas mehr über die Hintergründe zu erfahren. Da bitte ich Sie schon, mir bei meinen Nachforschungen zu helfen, und dann lasse ich Sie außen vor, wenn etwas Aufregendes passiert ... Wollen Sie nicht gleich herkommen? Ja? Und bitte rufen Sie mich auf dem Handy an, wenn Sie hier sind – die Hausherrin schläft, und die Türklingel würde sie wecken.«

Sie gab Fanfarones Adresse durch, teilte ihrem Übernachtungsgast mit, wo der Schlüssel für ihren Kleinwagen zu finden war, und fragte noch einmal nach, ob ihr Lisa auch wirklich nicht böse sei.

»Danke«, fügte sie schließlich erleichtert hinzu, »dass Sie mir meine Schusseligkeit nicht übel nehmen!«

Währenddessen hatte man Ernesto Fanfarone in der Küche hantieren gehört, nun kehrte er mit einer entkorkten Flasche Rotwein und drei Gläsern zurück. Er schenkte ein und setzte sich.

»Sie haben vorhin angedeutet, dass Sie einen Verdacht hätten, was der tote Fabio Domar in Ihrem Arbeitszimmer zu suchen hat«, eröffnete Tabile das Gespräch. »Und vor Dottoressa Casolani können Sie offen sprechen – wir haben keine Geheimnisse voreinander.«

Fanfarone musste nun doch schmunzeln, Giulia erwiderte mit einem unbefangenen Lächeln. Nur Tabile räusperte sich, weil er seine Formulierung nun doch etwas ungeschickt fand.

»Ich ...« Fanfarone setzte an, dann brach er ab, prostete stattdessen seinen Gästen zu und trank sein Glas zur Hälfte leer. Er schien sich für das Thema, das er nun anschnitt, stärken zu müssen.

»Wie die Dottoressa weiß, ist mein Bruder vor knapp zwei Jahren auf tragische Weise ums Leben gekommen«, sagte er.

Tabile nickte, weil er bereits im Bilde war.

»Kurz nach seinem Tod hat eine Firma die Ferienhäuser übernommen, die ihn in seinen letzten Monaten finanziell in Schwierigkeiten gebracht haben«, fuhr Fanfarone fort. »Meine Mutter hat mich nun gebeten, weitere Nachforschungen anzustellen, was den Tod meines Bruders betrifft und was diese Firma mit den Ferienhäusern vorhat. Bisher wurden sie augenscheinlich nicht vermietet und wohl nicht einmal vollends fertiggestellt. Und so viel darf ich sagen:

Der Preis, den die Bank für die Ferienhäuser ausgehandelt hat, war recht stolz.«

»Welche Bank?«

»Nun ja, meinem Bruder wurden zum 1. April vor zwei Jahren von seiner Hausbank die Kredite fällig gestellt. Das hat für die Ferienhäuser zu einem Baustopp geführt, auch wenn er seine Firma einstweilen noch über Wasser halten konnte. Wie er das geschafft hat, ist mir schleierhaft, aber mein Bruder Aldo war ein gewiefter Geschäftsmann. Jedenfalls hat die Sopra S.p.A. alle anderen Interessenten überboten, sie hat den Zuschlag erhalten – und seither ist dort draußen nichts weiter passiert.«

Giulia und Tabile sahen sich kurz an.

»Wissen Sie etwa mehr darüber?«, erkundigte sich Fanfarone und wartete nun seinerseits auf eine Erklärung.

»Nicht viel«, entgegnete Giulia. »Die Ferienhäuser werden ab und zu nachts von Lastwagen angefahren. Irgendjemand lädt Kisten ein oder aus, aber wir konnten bisher noch nicht in Erfahrung bringen, wer dahintersteckt. Aber dass die Sopra als Käufer der Anlage irgendwie mit diesen Machenschaften zu tun hat, liegt ja auf der Hand.«

»Wen meinen Sie mit wir?«

»Dazu möchte ich mich momentan nicht äußern. Die Beobachtungen wurden ... nun ja ... nicht gerade auf offiziellen Wegen gemacht, wenn Sie verstehen ...«

Fanfarone nickte nachdenklich.

»Wer auch immer hinter dem steckt, was dort draußen getrieben wird«, fuhr die Bürgermeisterin fort, »es ist den Leuten nicht verborgen geblieben, dass ich Nachforschungen dazu anstellen lasse. Ich habe schon Morddrohungen bekommen, mal mehr, mal weniger verklausuliert.«

»Ach, du meine Güte!«

»Und möglicherweise ist auch jemand, der mir bei diesen Beobachtungen geholfen hat, zu Schaden gekommen. Jedenfalls ist derjenige seither – genauer gesagt, seit März – spurlos verschwunden. Und heute Nacht wird Ihnen ein toter Spitzel ins Büro gelegt.«

Fanfarone schaute zu Boden. Seine rechte Hand zitterte leicht, und als er den Blick wieder hob, sprach aus seinen Augen blanke Angst.

»Ich habe Fabio Domar gestern ...« Er sah auf die Uhr, die inzwischen halb zwei Uhr nachts anzeigte, und verbesserte sich. »... vorgestern, also am Dienstag, in einem Ristorante getroffen. Er wollte mir eine Liste mit Namen geben, die für die Sopra arbeiten.«

»Und dazu ist es nun nicht mehr gekommen?«, fragte der Questore.

»Doch. Domar hat die Liste irgendwann in der Nacht auf Mittwoch in meinen Briefkasten gesteckt. Keiner der Namen darauf sagt mir irgendetwas, und ich hatte heute so viel zu tun, dass ich noch gar nicht dazu kam, weitere Recherchen anzustellen.«

»Können wir die Liste mal sehen?«

»Gern, aber im Moment ...«

Er warf einen Blick zur Tür.

»Die Liste ist in Ihrem Büro?«

Fanfarone nickte.

»Sie wissen schon, dass mein Stellvertreter Ihr Büro durchsuchen lassen wird? Schließlich ist es der Fundort einer Leiche.«

»Warum sagen Sie nicht Tatort?«

»Weil sich dafür zu wenig Blut auf dem Sessel befindet.

Außerdem scheint mir die Klingenbreite Ihres Brieföffners nicht ganz zur Größe der Stichwunde zu passen. Ich gehe davon aus, dass Fabio Domar woanders getötet wurde. Vermutlich hat man ihn mit einem breiten Messer erstochen und hier bei Ihnen die Tatwaffe gegen den Brieföffner eingetauscht.«

»Um mich verdächtig zu machen, nehme ich an.«

»Richtig.«

»Okay, aber Ihr Mitarbeiter wird die Liste höchstens finden, wenn er alles völlig auf den Kopf stellt. Darf er das?«

»Da es sich bei Ihrem Büro nicht um den Tatort handeln dürfte und das sicher auch mein Stellvertreter erkannt hat, wird er nur die direkte Umgebung des Sessels und vermutlich auch Ihren Schreibtisch untersuchen lassen – dort lag doch der Brieföffner üblicherweise?«

»Ja. Aber die Namensliste habe ich nicht dort aufbewahrt. Ich habe sie recht weit hinten in einem Aktenordner abgelegt, der sonst nur den Schriftverkehr mit einem sehr honorigen Klienten enthält.«

»Haben Sie denn erwartet, dass jemand nach der Liste suchen könnte?«

»Ich habe es zumindest für möglich gehalten. Ich bin der Überzeugung, dass mein Bruder nicht durch einen Unfall ums Leben kam. Sie wissen, wann und wo er starb?«

Giulia und Tabile nickten.

»Ich glaube«, fuhr Fanfarone fort, »dass mein Bruder im entscheidenden Moment nach vorne gestoßen wurde, damit ihn die vorbeirasenden Pferde tottrampeln konnten. Und ich könnte mir gut vorstellen, dass dieselben Leute auch mich im Visier haben.«

Für eine Weile legte sich Stille über das Wohnzimmer.

»Werden Sie Ihre Nachforschungen jetzt einstellen?«, fragte die Bürgermeisterin schließlich.

»Nein.«

»Aber dass der tote Domar in Ihrem Arbeitszimmer auch eine Warnung darstellt, ist Ihnen schon klar, oder?«

»Ja. Aber Sie, Dottoressa, haben sich ja auch nicht von Morddrohungen abhalten lassen, weiter nachzubohren.«

»Na ja, dran gedacht habe ich schon, aber es wurmt mich einfach, wenn da irgendwelche Halunken ihre illegalen Schweinereien in meiner Gemeinde durchziehen.«

»Und mir geht es um meinen Bruder. Darum, dass endlich aufgedeckt wird, wie er genau starb und wer daran die Schuld trägt.«

Leonardo di Tabile nickte und streckte seine rechte Hand aus.

»Wir sollten zusammenarbeiten. Sind Sie dabei?«

Alle drei schlugen ein und besiegelten die Abmachung mit einem kräftigen Schluck Rotwein.

»Und, habt ihr alles ausgeliefert?«

»Ja, beide sind an Ort und Stelle.«

»Gut. Ist die Polizei schon da?«

»Im Arbeitszimmer des Avvocato, ja. Dieser Dorfpolizist ist als Erster eingetroffen, dann kam die Bürgermeisterin mit einem Mann, der wohl bei ihr übernachtet hatte. Und schließlich rückte die Kripo an – jedenfalls haben die ausgesehen, als seien sie von der Kripo.«

»Beschreibt mir mal den Mann, der mit der Bürgermeisterin kam. Und den, der bei der Kripo den Hut aufhat.«

Die Beschreibung kam prompt und passte genau auf Questore Leonardo di Tabile und Vice Questore Felipe Calzolaio.

»Und im Palazzo ist noch keine Polizei?«

»Nein, wir haben darauf geachtet, dass uns niemand bemerkt, und dort haben wir das Paket ja auch viel besser versteckt. Ganz so, wie Sie es uns aufgetragen haben, Dottore.«

»Sehr gut. Aber jetzt müsst ihr bitte noch einen draufsetzen. Wer von euch beiden ist denn besser zu Fuß?«

»Gucci kann besser zuschlagen, aber rennen kann ich schneller.«

»Gut, dann sag ich dir jetzt, was ihr gleich tun werdet. Aber lasst euch nicht erwischen!«

Assistente Comes war eingeschnappt. Der Vice Questore hatte sich zwar seine Schilderungen angehört, aber an seinen Schlussfolgerungen war er ebenso wenig interessiert gewesen wie sein Vorgesetzter. Stattdessen hatte er ihn auf die Straße geschickt, wo er Augen und Ohren nach verdächtigen Subjekten offen halten sollte. Und auch wenn der Assistente mutmaßte, dass der Vice Questore ihn einfach aus dem Weg haben wollte: Seinen Auftrag würde er mit dem gewohnten Eifer erfüllen.

Aufmerksam lugte er immer wieder in die dunkelsten Ecken der Straße, die an Avvocato Fanfarones Haus entlangführte. Manchmal schritt er gemächlich auf und ab, dann hörte er vom südlichen Ende der Via San Donato das Motorengeräusch eines näher kommenden Wagens. Es klang nach einem kleineren Auto, das auf den dortigen Parkplatz fuhr, und wirklich verstummte der Motor kurz darauf. Nun war Türenschlagen zu hören, und dann näherten sich Schritte. Comes kniff die Augen zusammen, um zu erkennen, wer da eilig auf ihn zuhielt.

»Ah, Assistente!«, rief Lisa ihm schon zu, noch bevor sie ihn erreicht hatte. »Immer im Dienst, wie beruhigend!«

Comes blinzelte und musterte die junge Frau, ob sie ihn wohl veräppeln wollte, aber ihr Tonfall wirkte freundlich, und sie lächelte ihn so gewinnend an, dass er beschloss, ihr Lob für bare Münze zu nehmen. Entsprechend stolz erwiderte er ihr Lächeln.

Lisa zückte ihr Handy und wollte gerade die Nummer der Bürgermeisterin wählen, um von ihr eingelassen zu werden, da erstarrte Assistente Comes und sah an Lisa vorbei in die Dunkelheit. Sie ließ das Handy sinken und sah in dieselbe Richtung, konnte aber nichts erkennen. Comes dagegen lauschte angespannt. Hatte da gerade nicht etwas geklirrt? Womöglich ein Fenster, das eingeschlagen worden war? Comes ging einen Schritt in die Richtung, aus der das Geräusch gekommen war, dann noch einen – und als er erneut Glas splittern hörte, rannte er los.

Er spurtete durch die schmale Gasse, die zur Via Alessandro Casolani führte, und wandte sich an der nächsten Ecke in Richtung der Piazza della Libertà. Die harten Absätze seiner Schuhe trommelten laut auf den Straßenbelag, das Trommeln hallte von den Hauswänden wider, und als er fast den Palazzo Fanfarone erreicht hatte, schoss ein Stück vor ihm eine dunkle Gestalt auf die Straße und bog vor dem Postamt an der Ecke der Piazza nach Osten hin ab.

Comes legte noch etwas an Geschwindigkeit zu, und als er selbst die betreffende Hausecke erreichte, sah er gerade noch, wie die fliehende Gestalt schon wieder abbog, diesmal in die Via San Niccolò in Richtung Süden. Comes gab alles, aber als er keuchend und mit pochendem Herzen auf der Via San Niccolò stand und sich umsah, war der Fremde verschwunden. Er verfluchte sich insgeheim dafür, dass er nicht auf die Idee gekommen war, den Motorroller für die Verfolgungsjagd einzusetzen – aber dazu war es jetzt zu spät, und der Roller stand noch immer neben dem Hintereingang von Ernesto Fanfarones Haus.

Auf einmal hörte er Motorengeräusch hinter sich, das schnell lauter wurde. Quietschende Reifen zeigten an, dass ein Auto etwas zu schnell über die Piazza della Libertà schlingerte und in die enge Straße einbog, in der er stand. Comes drehte sich um und sah den schnittigen Kleinwagen der Bürgermeisterin auf sich zurasen. Das Auto kam nach einer sportlichen Vollbremsung direkt vor ihm zum Stehen, und Lisa Langer beugte sich auf der Fahrerseite aus dem kleinen Flitzer.

»Haben Sie jemanden gesehen?«, fragte sie.

»Der Unbekannte ist zu dieser Straße gerannt, aber jetzt habe ich ihn leider aus den Augen verloren.«

»Okay, dann fahre ich weiter die Straße entlang …«

»… und ich schau zwischen den Häusern nach«, ergänzte Comes und lief los. Als Lisa hinter ihm mit durchdrehenden Reifen anfuhr, fiel ihm ein, dass Lisa die Via Alessandro Casolani, eine Einbahnstraße, entgegen der erlaubten Fahrtrichtung genommen haben musste, um von Fanfarones Haus hierherzukommen. Einen Moment lang blieb er stehen und dachte nach, aber eine Anzeige wäre selbst ihm in diesem Moment unangemessen erschienen, also rannte er weiter. Er suchte die kurzen Gassen zwischen den Gebäuden ab, aber es war niemand zu sehen. Lisa kehrte im Auto der Bürgermeisterin zurück: Auch sie hatte offenbar keine Spur des Flüchtigen entdeckt, fuhr aber gleich wieder los, um zur Sicherheit noch eine Runde um die Altstadt zu drehen.

»Aber bitte beachten Sie die Einbahn...«, rief Comes noch, verstummte jedoch mitten im Wort, weil Lisa schon außer Rufweite war. Der Assistente beugte sich vor und stützte sich mit beiden Händen auf den Oberschenkeln ab. Während er wieder zu Atem kam, dachte er darüber nach, was der logische nächste Schritt war. Er hatte vorhin Glas splittern hören – das deutete auf eine eingeschlagene Fensterscheibe hin. Fensterscheiben wurden von Einbrechern eingeschlagen, und das Geräusch war ungefähr aus der Richtung des Palazzo Fanfarone gekommen. Und war nicht heute Nacht schon jemand in ein Haus eingebrochen, in dem ein Mitglied dieser Familie lebte?

Er warf sich wieder in Positur und ging in der vollen Würde seines bedeutenden Amtes den Weg, den er gerade gerannt war, deutlich langsamer zurück. Am Palazzo Fanfarone inspizierte er erst die Haustür, dann die vergitterten Fenster an der schmalen Gasse, die seitlich am Anwesen entlangführte. An der hinteren Mauer stand die hölzerne Pforte etwas offen, die vor allem für Lieferanten gedacht war, die hier ihre Waren ausluden und in die rückwärtig gelegenen Lagerräume des Palazzo brachten.

Erst lugte Comes durch den Spalt, doch er konnte dahinter nichts Verdächtiges entdecken. Also schob er die Gartenpforte noch ein wenig weiter auf. Zum Glück waren die Scharniere gut geölt, und es gab kein lautes Knarren oder Quietschen, das ihn vielleicht verraten hätte. Vorsichtig setzte der Assistente einen Fuß vor den anderen und folgte dem Weg, der schnurgerade zum Hintereingang des Palazzo führte. Auch diese Tür stand einen Spalt weit offen, und daneben fand er, was er gesucht hatte: Hier war ein Fenster eingeschlagen und das Glas so aus dem Rahmen gestoßen worden, dass ein Einbrecher durchs Fenster klettern konnte, ohne sich zu verletzen. Direkt unter dem Fenster lag ein Holzscheit, mit dem die Scheibe vermutlich eingeschlagen worden war, und als sich Comes durch die leere Öffnung beugte, sah er drinnen auf dem Fußboden die Scherben liegen.

Einen Moment lang ließ ihn die Kombination aus eingeschlagenem Fenster und offen stehender Tür stutzen, aber dann hatte er sich die Situation auch schon zusammengereimt: Der Einbrecher war durch das Fenster eingestiegen und hatte danach für seine Flucht die Tür von innen geöffnet. Sehr zufrieden mit seiner Schlussfolgerung wandte sich der Assistente zur Tür und konzentrierte sich auf das, was er nun womöglich im Inneren des Palazzo vorfinden würde.

Mucksmäuschenstill drückte er sich durch die Tür, zückte sein Handy und aktivierte die Taschenlampenfunktion. Das Licht schälte einen Raum aus der Dunkelheit, an dessen Wänden sich Regale mit unterschiedlichsten Vorräten reihten. In einer Ecke lehnten diverse Putzutensilien, davor standen Eimer in verschiedenen Größen. Noch einmal ließ Comes den Strahl seiner Handylampe über die Wände gleiten, dann inspizierte er den Boden etwas genauer.

In der Tat entdeckte er hier Schleifspuren, die gut einen Meter vom eingeschlagenen Fenster entfernt begannen, durch eine offen stehende Tür in den benachbarten Raum führten und dort vor einer ungewöhnlich großen Gefriertruhe endeten. Comes sah sich um: Überall standen Geräte in Übergröße – Kühlschränke, Waschmaschinen, zwei Gefriertruhen. Comes kam mit einem normalen Kühlschrank aus, und das eingebaute Gefrierfach war meistens nicht einmal zur Hälfte gefüllt. Aber offenbar erforderte die Lagerhaltung für die Familie Fanfarone und ihre Bediensteten mehr Platz.

Auch an der Seitenwand der großen Gefriertruhe gab es Spuren. Comes untersuchte die Außenseite der Truhe sorgfältig, und bevor er den Griff berührte, suchte er in seiner Hosentasche nach Einweghandschuhen, doch er hatte keine einstecken. Egal, dachte er, es würde auch so gehen. Er streckte die Hand langsam aus und bekam schließlich den Griff zu fassen. Ein metallisches Klacken zeigte an, dass der Verschluss der Gefriertruhe entriegelt war, und wie in Zeitlupe klappte Comes den Deckel der Truhe auf.

Kalte Luft schwappte ihm entgegen, und mit ihr ein unangenehmer Geruch, den er nicht eindeutig zuordnen konnte. Doch als er mit dem Handy ins Innere der Truhe leuchtete, brauchte es keinen Geruch mehr, um den Magen von Assistente Comes erneut rebellieren zu lassen. Gebettet auf Tiefkühlgemüse, Suppenknochen, Pommes frites und Bratenstücken lag vor ihm die gefrorene Leiche eines Mannes. Erst starrte Comes wie gebannt auf den Toten, dann bemerkte er einige unappetitliche Details an dem Leichnam, und schon zuckte der Assistente zurück und verbrachte die nächsten Minuten gebeugt in einer Ecke des Raums.

Vice Questore Calzolaio hatte fürs Erste »vergessen«, seinen Vorgesetzten zu informieren. Endlich einmal wollte er ein Mordopfer inspizieren, ohne dass ihm Tabile zuvorkam. Gut, dass er diesem dämlichen Dorfpolizisten Comes eingeschärft hatte, unbedingt ihn anzurufen, falls er etwas Verdächtiges bemerken sollte – und so war Calzolaio keine drei Minuten nach dem Anruf des Assistente zur Stelle. Im Büro des Avvocato hatte er einen Kollegen zurückgelassen, dort war inzwischen auch die Kriminaltechnik eingetroffen. Seine beiden anderen Leute hatten ihn in den Palazzo begleitet, und die Techniker hatten bereits Verstärkung geordert.

Der Assistente stand kreidebleich neben der Hintertür und wies stumm nach drinnen. Calzolaio befürchtete das Schlimmste, und wirklich lag auch hier derselbe saure Geruch in der Luft, der ihm schon im Anwaltsbüro aufgefallen war. Eine riesige Gefriertruhe stand offen, und darin lag die Leiche eines Mannes. Calzolaios Mitarbeiterin beugte sich über den Toten.

»Ich hoffe, das andere Zeug in der Truhe ist frischer als unsere Leiche«, bemerkte sie trocken. »Für die ist das Mindesthaltbarkeitsdatum jedenfalls schon länger abgelaufen.«

Sie deutete auf einige Stellen, die wie angetaut wirkten, und dann auf einige andere, aus denen man schließen konnte, dass der Mann vor ihnen schon geraume Zeit tot war.

»Frisch scheinen nur die Schleifspuren auf dem Boden zu sein.«

Der Vice Questore nickte.

»Du meinst also, dass die Leiche irgendwo anders gelagert war und man ihn erst heute Nacht hierhergebracht hat?«

Sie nickte. »Mal sehen, was die Kollegen von der Kriminaltechnik hier noch an Spuren sichern können. Ich vermute mal, dass unser hiesiger Kollege alles schön mit seinen Händen angefasst hat. Und dann hat er uns auch noch das da hinterlassen, schon wieder!«

Sie deutete in die Ecke, aus der der saure Geruch drang.

»Assistente!«, rief Calzolaio, und im Nu stand Comes vor ihm. »Wischen Sie Ihre Sauerei weg! Und gewöhnen Sie sich diese ständige Kotzerei ab, das ist ja ekelhaft!«

Comes wollte schon anmerken, dass er nun wirklich nichts mehr bei sich behalten hatte und schon deshalb kein weiteres Erbrechen mehr zu befürchten war. Aber dann schwieg er doch und salutierte nur, so schneidig es seine Verfassung zuließ, trollte sich in den Nebenraum und suchte das nötige Putzzeug zusammen. Wenig später trafen die ersten Kriminaltechniker ein, kurz darauf folgte Questore Leonardo di Tabile. Assistente Comes kam ihnen mit einem Eimer entgegen, den er am ausgestreckten Arm so weit wie möglich von sich weghielt.

»Oh«, sagte Tabile, »schon wieder eine Leiche?«

Comes nickte und eilte weiter. Der Questore ging ins Haus. Im ersten Raum hatten die Kriminaltechniker ihre Utensilien ausgebreitet, im zweiten sicherten sie Spuren, und in der Tür zu einem dritten Raum stand Vice Questore Calzolaio und versuchte, eine aufgebrachte alte Dame zu beruhigen. Tabile steuerte auf die beiden Letzteren zu und verschaffte sich im Vorübergehen einen Überblick über die Leiche in der Gefriertruhe und die Schleifspuren. Die Alte bemerkte ihn recht schnell und hatte von nun an keine Augen mehr für Calzolaio, und auch Tabile kümmerte sich nicht weiter um seinen Stellvertreter.

»Signora Donatella«, begrüßte er die alte Dame und streckte ihr die Hand entgegen. Sie ergriff sie zögernd, und er konnte die kalte und trockene Haut spüren. Er drückte kaum zu, als habe er Angst, die pergamentartige Hülle könne reißen oder die morschen Knochen darunter könnten brechen. »Was für ein Drama, und ich kann mich nur dafür entschuldigen, dass meine Leute Sie mitten in der Nacht wegen einer so schrecklichen Geschichte aufschrecken mussten! Ich hoffe doch, dass die Beamten mit der nötigen Rücksichtnahme tätig geworden sind?«

Donatella Fanfarone rollte vielsagend mit den Augen, was auch der Vice Questore registrierte. Er setzte gerade zu seiner Verteidigung an, als Tabile ihm brüsk das Wort abschnitt.

»Lassen Sie es gut sein, Calzolaio. Gehen Sie wieder an Ihre Arbeit, und halten Sie wenigstens von nun an die Kollegen dazu an, etwas behutsamer zu Werke zu gehen. Und über die Unstimmigkeiten, was die Reihenfolge in der Alarmkette betrifft, reden wir später.«

Der Stellvertreter entfernte sich wie ein geprügelter Hund, und gleich darauf waren einige geraunzte Befehle von ihm zu hören, die verrieten, dass er sich für die Demütigung von eben an seinen Untergebenen schadlos hielt.

»Hierarchien sind offenbar nicht jedermanns Sache«, sagte er leichthin. »Aber das muss Sie natürlich nicht kümmern. Wie geht es Ihnen denn, Signora Donatella?«

Die alte Frau stützte sich schwer auf ihren Gehstock, und hinter ihr konnte er im Halbdunkel ihren Kammerdiener erkennen, der dafür gewappnet war, ihr beizuspringen, wann immer sie ihre verbliebenen Kräfte im Stich lassen würden.

»Man kommt zurecht«, versetzte sie knapp. »Nur meinen Schlaf brauche ich regelmäßig, das heißt, für morgen sollte ich mir nicht viel vornehmen.«

»Es tut mir wirklich leid. Nicht jeder meiner Beamten scheint Ermittlungen in einem Haus wie dem Ihren gewachsen zu sein. Ich werde meinen Stellvertreter dementsprechend zur Verantwortung ziehen, seien Sie gewiss.«

»Das bringt mir meinen Schlaf auch nicht zurück, aber sei's drum.«

»Hat mein Stellvertreter Sie über die Situation in Kenntnis gesetzt?«

»In meiner Gefriertruhe liegt ein Toter, und es sieht aus, als sei er schon tot gewesen, als er hineingelegt wurde. Und das dürfte in dieser Nacht der Fall gewesen sein.«

»Gut«, sagte Tabile, der das alles selbst erst in diesem Moment erfuhr. »Dann hat er das wenigstens hinbekommen. Kennen Sie den Toten?«

Die Alte zuckte mit den Schultern, woraufhin Tabile sich an einen Beamten hinter sich wandte und diesem zu verstehen gab, dass er mit dem Handy ein Foto von der Leiche machen und ihm das Gerät bringen solle. Der Auftrag wurde sofort erledigt, aber abgesehen von einem kleinen Schreck beim ersten Anblick des tiefgefrorenen Gesichts des Toten zeigte Donatella Fanfarone keine Regung. Sie studierte die Züge des Mannes aufmerksam, schüttelte dann aber den Kopf.

»Nein, diesen Signore kenne ich nicht. Wobei ich eher vermuten würde, dass er gemeinhin nicht mit Signore angesprochen wurde.«

Tabile schaute ebenfalls auf das Display, und er musste ihr recht geben: Das Gesicht wirkte nicht sehr vertrauenerweckend, eine Gaunervisage, zumindest soweit es die Verfärbungen der Haut noch erkennen ließen.

»Schicken Sie mir das bitte auf mein Diensthandy«, kommandierte er, und wenig später signalisierte sein Gerät, dass das Foto bei ihm angekommen war.

»Können Sie sich erklären, warum jemand diesen Toten in Ihre Gefriertruhe gelegt hat?«

»Beim besten Willen nicht, nein.«

»Und das ausgerechnet in derselben Nacht, in der ...«

Tabile unterbrach sich, weil ihm einfiel, dass Donatella Fanfarone vielleicht noch gar nicht wusste, dass auch im Büro ihres Sohnes eine Leiche deponiert worden war. Doch die Alte starrte ihn ungnädig an.

»Was ist heute noch passiert?«, fragte sie, als Tabile noch überlegte, wie er jetzt unauffällig das Thema wechseln konnte.

»Das ... Das würde ich Ihnen ungern hier zwischen Tür und Angel sagen. Könnten wir vielleicht in den Salon hinauf? Wir setzen uns, Sie trinken ein Gläschen Grappa, und ich erzähle Ihnen alles in aller Ruhe.«

»Ich bin alt, aber nicht blöde«, wies sie ihn scharf zurecht. »Und wann ich einen Grappa trinke, das kann ich noch ganz gut allein entscheiden. Also?«

Sie war etwas lauter geworden, und als Tabile sich kurz zu den anderen Polizeibeamten umdrehte, bemerkte er den Blick seines Stellvertreters, der spöttisch auf ihm ruhte.

»Wenn wir bitte wenigstens ein Stück von meinen Kollegen weggehen könnten?«, schlug Tabile vor und machte Anstalten, an der Signora und ihrem Diener Edoardo vorbei weiter in den Nebenraum zu gehen. Edoardo stellte sich dem Questore in den Weg, aber auf einen genervten Wink seiner Herrin trat er wieder zur Seite. Die drei zogen sich bis zur nächsten Tür zurück, und Tabile hoffte, dass er sich inzwischen die richtigen Worte zurechtgelegt hatte. Doch bevor er beginnen konnte, kam durch den dämmrigen Flur hinter der Tür eine Gestalt auf sie zu. Signora Donatella drehte sich um und erkannte ihren Sohn Ernesto, der förmlich auf seine Mutter zuflog und sie in den Arm nahm. Die

Alte stand stocksteif da, bis er sie wieder losließ und einen Schritt zurücktrat.

»Geht es dir gut, Mutter? Ich habe gerade gehört, dass auch hier ein Toter gefunden wurde. Meine Güte, wer tut denn so etwas?«

Donatella Fanfarone war nun noch ein wenig blasser geworden. Sie sah fragend zwischen dem Questore und ihrem Sohn hin und her, ihr Griff um den Stock wurde etwas fester, Edoardo huschte herbei und ergriff ihren freien Arm.

»Ernesto …« Im ersten Anlauf war ihre Stimme nur ein jämmerliches Krächzen. Sie räusperte sich und setzte neu an. »Wo, bitte, wurde denn noch ein Toter gefunden?«

Ernesto Fanfarone sah den Questore fragend an, aber der zuckte nur mit den Schultern.

»Oh, Mutter, das tut mir leid. Hat dir das denn noch niemand gesagt? In meiner Kanzlei wurde heute Nacht ebenfalls ein Toter gefunden. Ein kleiner Gauner, der mir ab und zu Informationen über seine Komplizen und Konkurrenten verkauft hat. Er wurde erstochen und in einen meiner Besuchersessel gelegt.«

Die Alte blinzelte, sagte aber nichts. Ihrem Sohn schien eine Idee zu kommen.

»Kann ich den Toten mal sehen?«, fragte er Tabile und wollte sich schon auf den Weg in den Nachbarraum machen. Der Questore hielt ihn auf, zog sein Handy hervor und holte das Foto aufs Display, das ihm sein Mitarbeiter geschickt hatte. Fanfarone musterte das Gesicht, dann schüttelte er bedauernd den Kopf.

»Den kenne ich nicht, tut mir leid.«

»Wir werden schon herausfinden, wer er war«, sagte Tabile.

Ein Ächzen ließ ihn und Ernesto Fanfarone wieder zu der Alten hinschauen. Sie hielt sich nun nur noch mit einiger Mühe auf den Beinen, ihre Hand umklammerte den Griff des Stockes so fest, dass die Knöchel weiß hervortraten, und die andere Hand zitterte leicht. Ihre Stimme aber war erstaunlich fest.

»Edoardo«, sagte sie. »Ich glaube, ich nehme jetzt doch einen Grappa.«

– NOVE –

Das Haus der Bürgermeisterin war trotz der späten Stunde taghell erleuchtet. Als der Questore wegen des zweiten Leichenfundes in den Palazzo Fanfarone gerufen worden war, hatte die Dottoressa vor dem Haus des Avvocato auf Lisa gewartet. Als sie schließlich eintraf, hatten sich beide Frauen viel Neues zu erzählen. Die Geschichten reichten für die Fahrt zu Giulias Haus und danach noch für zwei Tassen starken Kaffee. Schließlich stieß Leonardo di Tabile zu ihnen und zeigte ihnen eine Kopie der Liste, die der ermordete Fabio Domar für Avvocato Fanfarone zusammengestellt hatte. Die Namen darauf sagten weder Tabile etwas noch dem Avvocato selbst. Womöglich war Fanfarone von Domar reingelegt worden, zumindest war das seine eigene Vermutung. Giulia Casolani überflog ebenfalls die Liste, ohne dass ihr einer der darauf genannten Männer bekannt vorgekommen wäre.

Dann schilderte Tabile die bisher bekannten Details zur zweiten Leiche. Er zeigte das Foto des Toten auch den beiden Frauen, aber keine von ihnen hatte den Mann je zuvor gesehen. Erst Fred, der sofort nach dem Anruf der Bürgermeisterin in Florenz losgefahren war, konnte ihnen mehr zur Identität des Leichnams in der Gefriertruhe des Palazzo Fanfarone sagen.

»Scheiße!«, entfuhr es ihm beim Anblick des Bildes. »Das

ist Florin – mein albanischer Mitarbeiter, der seit Mitte März spurlos verschwunden ist. Die Pfote, die Ihnen als Geschenk verpackt vor die Tür gelegt wurde, stammte von seinem Hund.«

»Also wurde er doch entführt und ermordet«, stellte Giulia Casolani fest.

»Und wenn der Tod von Florin und der dieses Spitzels in Fanfarones Büro mit den leer stehenden Ferienhäusern beziehungsweise mit der Sopra zu tun hat, der die Anlage gehört, muss dort draußen mehr vor sich gehen als die paar Lastwagenladungen, die abgeladen und nach einer Weile wieder weggebracht werden.«

»Aber was kann das sein?«

Fred starrte finster vor sich hin. Dann hieb er mit der rechten Faust in seine linke Hand.

»Mir reicht das jetzt«, knurrte er. »Ich knöpfe mir diese beiden Pappnasen vor, die wir schon bei den Ferienhäusern beobachtet haben und die sich seit Ihrer Ankunft, Lisa, ständig in der Nähe Ihrer Unterkunft herumgetrieben haben. Ich wette, dass die zwei auch bei Ihnen eingebrochen sind – und ich wette außerdem, dass diese beiden Typen ganz genau wissen, wer hinter der Sopra steckt. Weil sie nämlich selbst für diese Leute arbeiten. Ich werde ein paar meiner Mitarbeiter mitnehmen und mir den einen Kerl schnappen, und Matteo soll sich mit zwei anderen meiner Männer um dessen Kumpan kümmern. Es wäre doch gelacht, wenn wir diese Burschen nicht zum Reden bringen.«

»Und was kann ich tun?«, fragte Lisa. »Ich bin leider nicht besonders gut darin, Ganoven niederzuschlagen oder mit der Waffe zu bedrohen.«

»Sie könnten bei mir bleiben«, schlug die Bürgermeisterin vor. »Wir recherchieren im Internet, und Fred gibt uns alle Infos durch, die er den Gaunern entlockt hat.«

Lisa sah enttäuscht aus.

»Und wie wäre es, wenn ihr beide mit mir nach Siena kommt?«, meinte Leonardo di Tabile. »Inzwischen ermitteln meine Beamten ja in zwei Mordfällen, und damit rückt auch die Sopra mitsamt ihren Machenschaften ganz offiziell ins Visier der Polizei. Du, Giulia, und Sie, Lisa, begleiten mich in mein Büro. Ich ordne ein, zwei Beamte ab, die mit euch nach Querverbindungen suchen – und Signore Fred hält euch dort auf dem Laufenden.« Er strahlte Lisa an. »Na, klingt das besser?«

»Ja, so können wir es meinetwegen gern machen«, sagte sie. Einerseits klang das wirklich verlockender, als nur im Haus der Bürgermeisterin ein bisschen im Internet herumzusurfen – andererseits war der Questore selbst so offensichtlich von seinem Vorschlag begeistert, dass sie ihm die Freude nicht verderben wollte. »Aber bekommen Sie da denn keinen Ärger? Ich meine, Sie lassen die Dottoressa und mich, zwei Außenstehende, an Rechner Ihrer Behörde?«

»Das lassen Sie mal meine Sorge sein. Wen ich für unsere Arbeit als hilfreich erachte, steht immer noch in meinem Ermessen.«

Bald darauf machten sich alle auf den Weg, um der Sopra, ihren Machenschaften und ihren Strippenziehern auf die Schliche zu kommen.

Die Stimmung im ersten Stock des alten Gebäudes an der Piazza del Campo in Siena war weit weniger zuversichtlich. Dottore Pasquale Cambio tigerte fluchend und schimpfend zwischen seinem Schreibtisch und dem Fenster hin und her.

Sein Informant bei der Sieneser Questura hatte ihm mitgeteilt, dass sich Questore Leonardo di Tabile auch mit kleinen Tricks nicht von den Ermittlungen in den mittlerweile zwei Mordfällen fernhalten ließ. Seine Freundin, die Bürgermeisterin von Casole d'Elsa, war ebenfalls vor Ort gewesen. Außerdem hatte sich Ernesto Fanfarone von der Leiche in seinem Arbeitszimmer keineswegs einschüchtern lassen. Ganz im Gegenteil: Er wollte nun mit der Polizei und mit der Bürgermeisterin zusammenarbeiten, die nach wie vor nicht davon abließ, in der Angelegenheit der leer stehenden Ferienhäuser herumzuschnüffeln.

Cambio griff nach der Tasse, die halb geleert auf seinem Schreibtisch stand. Er nippte am Kaffee, der beim angestrengten Nachdenken über die nächsten Schritte fast kalt geworden war. Diese dämliche Bürgermeisterin! Dieser blöde Anwalt! Diese halsstarrige Alte! Warum nur mussten sie es ihm so schwer machen, seine Geschäfte abzuwickeln?

Dann stellte er seine Kaffeetasse so hart auf der Fensterbank ab, dass einige Spritzer über den Rand schwappten. Er hatte sich entschieden, was zu tun war. Wenn möglich vermied er so etwas, doch diesmal, davon war er überzeugt, diesmal würde es sich nicht vermeiden lassen.

Cambio nahm den Telefonhörer, drückte eine kurze Ziffernfolge und zitierte Gucci und Collani zu sich ins Büro.

Luca war leichte Beute für Matteo und die beiden Männer, die ihn begleiteten. Während Matteo vorn an der Haustür klopfte, schlüpften die anderen durch einen Hintereingang ins Gebäude. Der verschlafene Bewohner trat hinter die Haustür und fragte von innen, wer ihn denn da mitten in der Nacht störe, doch da hörte Matteo schon Schritte im

Flur und kurz darauf mehrere dumpfe Schläge. Als einer von Freds Mitarbeitern von innen die Tür öffnete, lag Luca bereits bewusstlos am Boden und wurde gerade von dem anderen verschnürt. Minuten später waren sie auf dem Weg zu einem einsam gelegenen Bauernhaus nordöstlich von Casole d'Elsa, wo sie Luca und seinen Kumpan befragen wollten.

Auf Enno mussten sie etwas länger warten. Er hatte wieder Besuch von Alice, der Bedienung aus dem Ristorante unter seiner Wohnung. Die beiden schliefen eng umschlungen, als Fred und seine Begleiter unbemerkt in die Wohnung kamen. Die Männer blieben einen Moment lang im Flur stehen, um sich zu orientieren. Modriger Geruch stieg ihnen in die Nase, die Wohnung schien nicht im besten Zustand zu sein. Aus dem Schlafzimmer war leises Schnarchen zu hören. Langsam setzten sich Fred und seine Leute wieder in Bewegung, aber dann trat einer der Männer im Dunkeln gegen eine Flasche, die im Flur zwischen den eilig abgestreiften Kleidern des Liebespaars herumgelegen hatte. Sie kullerte mit einem leisen Geräusch einige Zentimeter über den Holzboden. Alle hielten den Atem an, um sich nicht zu verraten, doch Enno wurde schon vom leisen Kullern der Flasche schlagartig wach, und noch im Aufspringen griff er nach der Pistole, die er unter dem Bett versteckt hatte. Nackt huschte er ins Nebenzimmer, wo er sich hinter der Tür auf die Lauer legte.

Fred blieb stehen und kommandierte seine Begleiter mit knappen Gesten in die übrigen Räume. Zwei Männer drangen ins Schlafzimmer ein, wovon die nackte Frau unter der zerwühlten Bettdecke wach wurde. Sie kreischte aus Leibeskräften, und als einer von Freds Helfern ihr den Mund zuhalten wollte, biss sie ihm die Hand blutig. Erst mit vereinten Kräften konnten sie die Frau, die wie eine Furie um sich schlug, überwältigen und ruhigstellen.

Dann hörte Fred aus dem Raum neben dem Schlafzimmer ein ersticktes Ächzen, wo Enno den dritten Mann außer Gefecht gesetzt hatte. Fred konnte seinem Widersacher mit einem gezielten Fausthieb die Waffe aus der Hand schlagen, doch Enno landete mit bloßen Fäusten zwei gut gezielte Treffer in Freds Gesicht, die ihn rückwärts durchs Zimmer taumeln ließen. Schon setzte Enno zum Sprung an, aber noch im Fallen konnte Fred ein wenig zur Seite ausweichen, weswegen der andere hart auf dem Fußboden landete. Fred rollte sich herum und verpasste seinem Gegner einige harte Schläge, die beiden rangen miteinander und versuchten sich gegenseitig die Luft abzudrücken. Dabei geriet Fred ins Hintertreffen: Enno drückte den rechten Unterarm hart gegen seinen Hals und nahm ihm so die Luft zum Atmen.

Fieberhaft überlegte Fred, wie er sich aus dieser misslichen Lage befreien konnte, da sackte Enno auch schon zusammen und blieb kraftlos auf seinem mächtigen Brustkorb liegen. Einer von Freds Männern war im richtigen Moment gekommen und hatte Enno mit einem Baseballschläger niedergestreckt.

Solche Aufräumarbeiten mochten Gucci und Collani. Cambios Auftrag hatten sie ungerührt entgegengenommen, aber als sie nebeneinander im Auto saßen, klatschten sie grinsend miteinander ab, bevor sie durch das Holztor auf die enge Via de Città einbogen und davonfuhren. Die Sonne war noch nicht zu sehen, aber im Osten hellte sich der Himmel schon etwas auf. Für das Überprüfen ihrer Waffen brauchte Collani ohnehin nicht viel Licht, damit war er so vertraut, dass er alles Nötige auch im Dunkeln checken konnte.

Die Straßen waren so früh am Morgen noch erfreulich leer, und so hatten die beiden ihr erstes Ziel viel schneller erreicht als gedacht. In Mensanello war schon tagsüber nichts los, aber jetzt lag alles noch im Tiefschlaf. Gucci stellte den Wagen so weit von Lucas Haus entfernt ab, dass sie ihn nicht durch das Motorengeräusch oder das Holpern der Räder über den unebenen Straßenrand wecken würden. Wie in einer routinierten Ballettaufführung drückten sie gleichzeitig ihre Autotüren auf, glitten gleichzeitig hinaus und näherten sich wie in einem unhörbaren Rhythmus von zwei Seiten dem Hintereingang von Lucas Haus. Collani gönnte sich ein Lächeln, wie er sich und Gucci als Spiegelbilder in den dunklen Fenstern links und rechts der Tür sah, so gekonnt auf das Gebäude zuschleichend.

Aber das Lächeln erstarb schon in der nächsten Sekunde auf seinen Lippen: Die Hintertür stand einen Spalt offen. Gucci und Collani schauten sich überrascht an, dann verständigten sie sich mit militärisch präzisen Gesten über das weitere Vorgehen, und als sie kurz darauf in Lucas Schlafzimmer standen, stand fest: Sie waren zu spät gekommen, Luca war bereits weg.

Während in Mensanello nicht eindeutig zu erkennen war, ob Luca sich aus dem Staub gemacht hatte oder entführt worden war, ließ der Zustand von Ennos Wohnung in Colle di Val d'Elsa keine Zweifel: Hier war gekämpft worden. Auf der zerwühlten Bettdecke im Schlafzimmer fanden sich Blutspuren, und im Wohnzimmer nebenan war so viel Inventar verschoben und zerdeppert, dass man sich gut vorstellen konnte, wie viel Mühe Enno seinen Widersachern bereitet hatte.

Doch all das machte den Anruf, den sie nun zu tätigen hatten, nicht leichter.

Der Pförtner der Questura in der Via del Castoro in der Altstadt von Siena hatte zwar überrascht dreingeschaut, als sein oberster Vorgesetzter in Begleitung zweier Frauen zu so früher Stunde das Gebäude betreten hatte, aber dann verkniff er sich doch jeden Kommentar und legte nur kurz die Finger an seine Mütze. Er war bisher immer gut damit gefahren, sich nicht darum zu kümmern, was die hohen Herrschaften so trieben. Also wartete er auch diesmal nur, bis die Schritte der beiden Frauen und des Questore verklungen waren, und widmete sich wieder seinem Zahlenrätsel.

Leonardo di Tabile hatte ihnen noch im Wagen eingeschärft, die Questura so selbstverständlich zu betreten, als gingen sie hier jeden Tag ein und aus, und selbst der Pförtner sagte nichts weiter, als sie an ihm vorbei zum Treppenhaus eilten. Und doch waren Lisa und Giulia froh, dass sie schließlich die gepolsterte Tür von Tabiles Büro hinter sich zudrücken konnten. Der Questore fuhr erst den Rechner an seinem Schreibtisch hoch und startete danach im Nachbarraum zwei weitere PCs. Die Verbindungstür ließ er offen, an allen drei Arbeitsplätzen loggte er sich ins Intranet der Polizei ein. Kurz darauf beugte er sich ebenso wie Giulia und Lisa über die Tastatur und tippte eine Suchanfrage nach der anderen ein.

Tabile hatte schon oft nach Verbindungen gesucht, die

zur Sopra S.p.A. führten, aber außer der Postanschrift jenes Büros in Florenz hatte er bisher nie etwas gefunden. Das war auch jetzt nicht anders, also schaltete er seine Kaffeemaschine ein, bat seine beiden Helferinnen zur Besprechungsecke mit Blick auf den Dom und wartete mit ihnen bei Espresso und Cantuccini darauf, dass Fred anrufen und sie mit neuen Informationen und Ansatzpunkten für die weitere Recherche versorgte.

Früher als in der Questura klingelte das Telefon knapp hundert Meter nordöstlich, in Dottore Pasquale Cambios Büro. Doch Cambio hätte auf diesen Anruf nur zu gern verzichtet: Luca und Enno waren spurlos verschwunden, allem Anschein nach entführt – und nun womöglich in der Hand jener Männer, die der Bürgermeisterin für ihre Recherchen zur Sopra behilflich waren. Damit war genau das eingetreten, was Gucci und Collani eigentlich mit allen Mitteln hätten verhindern sollen.

Wütend pfefferte Cambio den Hörer seines altmodischen Telefons zurück auf die Gabel und fegte die Stifte, die daneben auf dem Schreibtisch lagen, mit einer schnellen Bewegung auf den Boden. Einen Kugelschreiber, der gegen einen Schrank geprallt und daraufhin direkt vor die Spitze seines blank gewienerten Halbschuhs gekullert war, kickte er kraftvoll zurück an den Schrank, wo er mit einem hässlichen Geräusch zerbrach.

Dann atmete Cambio einige Mal tief ein und aus, stellte sich ans Fenster, schaute auf die langsam erwachende Piazza hinunter, massierte sich die Nasenwurzel und versuchte sich darüber klar zu werden, was Enno und Luca überhaupt über ihn ausplaudern konnten.

Wussten sie überhaupt, dass er hinter der Sopra S.p.A. steckte? Gesagt hatte er es ihnen nie, und Luca gegenüber hatte er nicht einmal seinen Namen erwähnt – nur Enno wusste, wie der »Dottore« mit vollem Namen hieß. Doch wenn ihnen jemand die Information steckte, dass die Ferienhäuser, zu denen er sie in zahllosen Nächten mit einem Lastwagen geschickt hatte, einer Firma namens Sopra S.p.A. gehörten ... Und wenn sie sich dann daran erinnerten, dass er die beiden mit Aktionen beauftragt hatte, die ja nur den Zweck haben konnten, die Bürgermeisterin von ihren Recherchen zu den Ferienhäusern abzubringen ... Selbst so schlichte Gemüter wie Enno und Luca würden dann eins und eins zusammenzählen.

Enno und Luca hatte er stets nur mit Schmuggelware, mit gefälschten Markenartikeln und ab und zu mit kleineren Mengen Drogen zu der Anlage geschickt. Sie hatten die Lieferungen stets in verschlossenen Holzkisten oder verplombten Plastikbehältern oder rundum mit Folie verschweißten Paketen übernommen. Zwar konnte er nicht ausschließen, dass die beiden neugierig genug gewesen waren, um eine ihrer Lieferungen genauer unter die Lupe zu nehmen – aber so, wie die Ferienanlage als Tarnung für die vorübergehende Einlagerung von Drogen und Schmuggelware gedient hatte, konnten auch diese kleineren Straftaten als Tarnung für das dienen, was dort draußen hinter den Kulissen geschah. Und er hatte sehr darauf geachtet, dass Enno und Luca von dem, womit ihm die Anlage die größten Gewinne in die Taschen gespült hatte, nichts mitbekamen. Also würden die beiden Pappnasen auch nichts darüber erzählen können.

Wussten sie, wie weit er schon gegangen war, um die Geheimnisse der Ferienanlage zu schützen? Als dieser albanische Schnüffler aus dem Verkehr gezogen wurde, hatte er Gucci und Collani eingeschärft, dass sie sich ihn erst schnappen sollten, wenn Enno und Luca mit ihrem Lastwagen über alle Berge waren. Auch von den Drohungen gegenüber der Bürgermeisterin und dem Umstand, dass Fabio Domar den Keller von Cambios Haus nicht lebend verlassen hatte, konnten Enno und Luca eigentlich nichts wissen, und er würde natürlich auch alles abstreiten, wenn die beiden von seinen Widersachern davon hörten und ihn später damit konfrontierten. Also stand in diesem Punkt Aussage gegen Aussage – und seine Handlanger waren sicher gut beraten, dem Mann zu glauben, der sie auch weiterhin mit lukrativen Aufträgen versorgen sollte.

Während seiner Überlegungen hatte sich Cambio zusehends beruhigt. Noch einmal ging er seine Argumente und Gedankengänge durch. Zum wiederholten Mal überlegte er, ob er in der Ferienanlage Spuren beseitigen sollte – und auch diesmal kam er zu dem Schluss, dass der Aufwand dafür in keinem vernünftigen Verhältnis stand zu dem geringen Risiko, dass diese Spuren überhaupt entdeckt werden würden.

Es war hell geworden in der Zwischenzeit. Die Sonne war aufgegangen, keine Wolke stand am Himmel, es schien ein schöner Junitag zu werden. Unten auf der Piazza irrten die ersten Touristen umher, noch müde von der Nacht und mit dem Handy im Anschlag, um im Abstand von einer Viertel- oder halben Stunde zu fotografieren, wie sich der Schatten des Torre del Mangia, des schlank aufragenden Rathausturms, im Lauf des Vormittags wie der Zeiger einer gigantischen Sonnenuhr über den Platz bewegt. Von der Bäckerei Nannini kehrten die ersten Kunden mit frischen Panini nach

Hause zurück, und zwei junge Frauen mit weißen Blusen zupften die Tischdecken der Caffé Bar an der Piazza zurecht.

Dottore Cambio hielt es für wahrscheinlich, dass es auch für ihn ein guter Junitag werden würde. Und um das noch ein bisschen wahrscheinlicher zu machen, rief er Gucci noch einmal an. Collani lenkte den Wagen ohnehin gerade wieder in Richtung Siena. Cambio befahl den beiden, sich etwas zu beeilen und dann gleich dafür zu sorgen, dass sich in den Kellerräumen in Cambios Haus nichts Verdächtiges finden ließe.

»Nur für alle Fälle«, schob er nach, um seine Mitarbeiter zu beruhigen. »Wirklich nur für alle Fälle – es wird natürlich am Ende niemand im Keller nachsehen.«

»Natürlich nicht«, echote Gucci und legte auf.

Cambio war optimistisch, aber in diesem Punkt war er sich weniger sicher, als er vorgab.

Enno entpuppte sich auch in dem einsam gelegenen Bauernhaus knapp zwei Kilometer nordöstlich von Casole d'Elsa als harter Brocken. Fred hatte ihn an einen massiven Holztisch fesseln lassen. Nun saß er vor ihm, funkelte ihn finster an und fragte: »Was habt ihr mit meiner Freundin Alice gemacht?«

»Du meinst die Furie, die einen meiner Männer blutig gebissen hat? Die habe ich nach Hause fahren lassen. Wir können sie hier nicht brauchen. Fragen haben wir nur an dich und deinen Kumpan.«

Doch Enno ließ alle Fragen nach seinen Auftraggebern unbeantwortet. Als Fred die wichtigste Frage nach dem Namen des Mannes, der hinter den Lastwagenfahrten zu den leer stehenden Ferienhäusern steckte, zum fünften oder sechsten Mal wiederholte, legte Enno eine herablassende Miene auf, räusperte sich und spuckte seinem Gegenüber mitten ins Gesicht. Fred verpasste ihm ansatzlos zwei schallende Ohrfeigen, die den Kopf des Ganoven erst nach links und dann nach rechts fliegen ließen. Enno schaute Fred ungerührt zu, wie der sich erhob und sich mit einem Taschentuch das Gesicht abwischte. Danach gab Fred seinen Männern ein Zeichen, und noch bevor er den Raum verlassen hatte, hörte er hinter sich die dumpfen Geräusche von Fäusten auf einem durchtrainierten Körper.

Luca dagegen war ein Weichei. Er wurde mit einem groben Strick an die Lehne eines Holzstuhls gebunden und sah aus, als würde ihn schon die etwas unbequeme Sitzposition an den Rand seiner Selbstbeherrschung bringen. Zwar zierte er sich anfangs ebenfalls, Freds Fragen zu beantworten, aber der musste nur seine Faust drohend erheben, als Luca auch schon unruhig wurde und zu schwitzen begann. Als Fred ihm das erste Mal die Faust mit halber Kraft gegen die Brust gestoßen hatte und zu einem etwas härteren Schlag ausholte, begann der schmächtige Mittdreißiger zu wimmern und zu heulen. Einer von Freds Männern wandte sich angewidert ab, und Matteo, der neben der Tür an der Wand lehnte und gerade eine neue Zigarette fertig gedreht hatte, seufzte und begann mit der Arbeit an der nächsten Selbstgedrehten.

»Mein Gott, bist du ein Waschlappen!«, sagte Fred.

Luca sah ihn mit feuchten Augen an, und wirklich kullerte jetzt die erste Träne über seine Wange und tropfte von seinem schmalen Kinn auf seine Hose. Fred schämte sich ein wenig. Einen solchen Hasenfuß zum Reden zu bringen war nichts, worauf er stolz war. Aber es half ja nichts …

229

»Letzte Warnung!«, knurrte Fred und baute sich etwas breitbeiniger vor dem Mann auf.

Nun endlich begann dieser zu erzählen. Er nannte seinen Namen, seine Adresse, woraufhin er sich unterbrach und stammelte, dass die ja bereits bekannt sei. Immer wieder verhedderte er sich in irgendwelchen Nebenthemen und musste mehrmals neu ansetzen, bis Fred ihn mit konkreten Fragen nach seinem Auftraggeber und dem, was sie nachts zu den Ferienhäusern gebracht und was sie dort abgeholt hatten, wieder in die richtige Spur brachte.

Es stellte sich heraus, dass der geheimnisvolle Auftraggeber Luca genau so viel anvertraut hatte, wie man es bei einem solchen Windei riskieren konnte: nämlich fast gar nichts. Nicht einmal den Namen des Mannes, der ihn zu den Fahrten losschickte, konnte er Fred verraten. Er hatte in seinem Handy dessen Handynummer gespeichert, hatte sie aber genau aus dem Grund, dass sie dort ja gespeichert war, niemals auswendig gelernt. Er nannte den Auftraggeber immer nur »Dottore«, hatte ihn aber auch nie anders angesprochen – und den vollständigen Namen des Mannes wohl auch wirklich nie erfahren.

Als sich Fred zwischendurch mit Matteo besprach, schlug der Expolizist zwar vor, Luca noch ein wenig stärker in die Mangel zu nehmen – aber Fred versprach sich davon nichts weiter und glaubte dem Hasenfuß, dass er so ahnungslos war, wie er vorgab. Wenig später stellten sie fest, dass die Nummer des Auftraggebers in Lucas Handy tatsächlich unter »Dottore« abgespeichert war.

Fred ging in das andere Zimmer und machte sich wieder daran, Enno zu befragen. Mit Gewalt würde er hier nicht weiterkommen, aber vielleicht konnte er den Mann ja hereinlegen. Er konnte kämpfen, er konnte schweigen – aber vielleicht war er nicht der Klügste. Leider war er nicht ganz so dumm, wie Fred angenommen hatte.

»Du siehst, was ich hier habe?«, fragte Fred, als er sich gegenüber von Enno hingesetzt hatte.

»Pfff«, machte der andere und behielt ihn misstrauisch im Blick.

»Das ist das Handy deines Kumpans Luca. Übrigens ein ziemlich empfindlicher Kerl, und nach etwas … nun ja … gutem Zureden hat er sich als wahre Plaudertasche entpuppt.«

»Gutes Zureden … jaja, ich versteh schon. Ist ja mächtig mutig von dir, einen schwachen Jungen wie Luca in die Mangel zu nehmen und ihm Angst zu machen, wenn er gefesselt vor dir sitzt.«

Enno machte Anstalten, wieder auszuspucken, doch da hatte Fred schon zugeschlagen.

»Du wirst mich nie wieder anspucken, verstanden?«

»Pfff.«

»Luca hat mir vom Dottore erzählt, der euch immer rausgeschickt hat zu den verlassenen Ferienhäusern. Und hier drin ist seine Nummer gespeichert.« Er hielt das Handy hoch. »Sollen wir ihn kurz anrufen?«

Enno erschrak, hatte sich aber schnell wieder im Griff.

»Du wirst gemerkt haben, dass Luca ihn tatsächlich nur Dottore nennt – weil er seinen richtigen Namen nämlich gar nicht kennt«, sagte Enno. »Und ich kenne ihn auch nicht. Außer dieser Handynummer haben wir keine weiteren Informationen über ihn.«

»Na, das scheint ja eine ganz besonders enge Geschäftsbeziehung zu sein«, höhnte Fred.

Enno zuckte mit den Schultern, hielt Freds Blick aber stand.

»Dort drüben liegt dein Handy, Enno – finde ich den Dottore dort vielleicht unter seinem richtigen Namen abgespeichert?«

»Natürlich nicht.«

»Nein, natürlich nicht. Und wie seid ihr beiden Clowns an eure Kohle gekommen?«

Ein kurzes Zögern, dann Ennos Antwort, wie auswendig gelernt: »Er weiß, wo wir wohnen. Mal lag das Geld in Lucas Wohnung, mal in meiner. Und die Aufträge haben wir über das Handy bekommen.«

»Und was waren das für Aufträge?«

»Wir sollten mit dem Lastwagen ein paar Kisten oder eine Gitterbox mit verschweißten Paketen oder etwas in der Art abholen und zu den Ferienhäusern südlich von Casole bringen. Und ein anderes Mal war es genau umgekehrt: In den Ferienhäusern war eine Ladung abzuholen, die irgendwo anders hinmusste.«

»Was für ein Lastwagen war das?«

»Der stand immer auf einem Parkplatz im Wald für uns bereit, mal hier, mal da, aber immer in der Umgebung von Casole oder Colle. Das hat uns der Dottore immer mit den anderen Infos zum jeweiligen Auftrag durchgegeben.«

»Wo habt ihr die einen Lieferungen abgeholt und wohin habt ihr die anderen gebracht?«

»Das war unterschiedlich.«

»Na, dann nenn mir mal ein Beispiel!«

»Ein abgelegener Parkplatz an der Landstraße zwischen Pievescola und Simignano.«

Fred war anzusehen, dass er mit den Ortsnamen nicht

viel anfangen konnte. Sofort legte sich ein verächtliches Grinsen auf Ennos Gesicht.

»Bist nicht von hier, was? Mit deinem Akzent könntest du ein Deutscher sein. Einer wie diese Journalistentussi, die gegenüber von den Ferienhäusern wohnt und nicht weiß, dass man nicht ungefragt seine Nase in fremde Angelegenheiten ...«

Eine schallende Ohrfeige unterbrach Enno, aber das Grinsen hatte Fred ihm damit nicht austreiben können.

»Ich find schon raus, wo sich dieser Parkplatz befindet. Mach dir da mal keine Sorgen, du Hilfsganove.«

Ennos Pupillen wurden etwas schmaler. Hatte Fred an das Ehrgefühl eines Mannes gerührt, der sich nicht ausreichend wertgeschätzt fühlte?

»Du musst ja ein ganz lausiger Handlanger für deinen Dottore sein, wenn er dir nicht mal seinen Namen anvertraut. Ich meine, in Lucas Fall würde ich das auch lieber bleiben lassen – der kann ja ohnehin nichts für sich behalten. Aber du scheinst mir doch ein anderes Kaliber zu sein ... Und siehe da: Auch dir hat der Dottore nicht vertraut. Er wird schon wissen, warum.«

Ennos Kiefern mahlten, und er sah aus, als würde er gleich platzen vor Wut, aber dann bekam er sich doch wieder in den Griff. Er grinste etwas aufgesetzt und nickte.

»So wird es sein, Tedesco, der Dottore wollte sich nicht auf mich verlassen, und deshalb hat er mir seinen Namen nicht verraten. Das Dumme ist nur: Du wirst von mir nichts von dem erfahren, was du wissen willst – weil ich als kleines Licht unter den Helfern des Dottore selbst nichts weiß.«

Er lehnte sich zurück und grinste breiter.

»Tja, Tedesco, dumm gelaufen, würde ich sagen.«

Fred war für einen Moment aus dem Konzept gebracht. Dann fiel ihm noch etwas ein.

»Dann schlage ich vor, wir rufen deinen Dottore jetzt mal schnell an und sagen ihm, dass wir dich und Luca bei uns zu Besuch haben. Wir können ihm erzählen, dass ihr uns nach einigen Anlaufschwierigkeiten alles verraten habt, was wir wissen wollten. Dann werden wir ja sehen, ob du nicht vielleicht mehr über euren Auftraggeber weißt, als du zugeben willst. Wir lassen euch beide dann nämlich laufen und schauen seelenruhig zu, was der Dottore mit euch machen lässt, nachdem er glaubt, ihr habt ihn verpfiffen.«

Ennos Augen funkelten, und für einen Moment war Fred nicht sicher, ob nicht auch ein ganz kurzes Erschrecken im Blick des anderen zu sehen war. Aber er hätte es nicht beschwören können, also versuchte er es noch einmal auf andere Weise.

»Ihr seid für euren Dottore also mit dem Lastwagen durch die Nacht gefahren, habt ein- und ausgeladen und fertig. Ich vermute mal, dass ihr außerdem die deutsche Journalistin beobachtet habt und gestern in ihre Ferienwohnung eingebrochen seid.«

Enno hörte mit unbewegter Miene zu.

»Hast du eigentlich ihren BH geklaut, oder braucht das dein schmächtiger Kumpan, um sich auf Touren zu bringen?«

Jetzt entglitten Enno die Gesichtszüge, und er fluchte leise vor sich hin.

»Also war es Luca, und du wusstest nichts davon.«

»Ich weiß von keinem Einbruch«, behauptete Enno nach einer kurzen Pause.

»Schon klar. Der Dottore hat euch Pakete herumfahren

und eine junge Frau beobachten lassen, sehr schön. Mit den Morden, nehme ich an, habt ihr nichts zu schaffen?«

Enno horchte auf und sah Fred fragend an.

»Danke für die prompte Antwort«, versetzte der grinsend. »Es hat zwei Tote gegeben, und beide wurden heute Nacht in Casole d'Elsa in verschiedenen Häusern deponiert. Als Warnung, als falsche Spur – was weiß ich, was sich euer Dottore dabei gedacht hat.«

Fred steckte Lucas Handy weg und zog sein eigenes heraus. Er rief die Fotogalerie auf, holte das Bild seines toten Mitarbeiters aufs Display und hielt Enno das Handy hin. Keine Reaktion – er schien Florin nicht gekannt zu haben. Fred wischte über den Bildschirm, nun war das Bild des toten Fabio Domar zu sehen, wie er im Sessel des Avvocato lag. Wieder hielt er dem anderen das Handy hin – diesmal weiteten sich Ennos Augen.

»Du kennst den Kerl, aber du wusstest nicht, dass er tot ist, richtig?«, hakte Fred nach.

Ennos Gesicht versteinerte, und trotzig starrte er vor sich auf den Boden.

»Das musst du mir nicht extra bestätigen, ich kann mir das auch so zusammenreimen. Und ich habe das Gefühl, dass du erst jetzt allmählich begreifst, dass euer Dottore noch ganz andere Dinge laufen hat als die kleinen Schiebereien, für die ihr mit dem Lastwagen herumgefahren seid.«

Enno schwieg, aber es war ihm anzusehen, dass es hinter seiner Stirn hoch herging.

»Wann hast du Fabio Domar denn zum letzten Mal lebend gesehen?«

Keine Antwort.

»Okay, lange wird es nicht her sein, schätze ich mal. Und

wenn euer Dottore befürchten muss, dass ihr ihn verpfeifen könntet, dann ...«

Er ließ seinen Satz unvollendet und beschrieb mit der Hand eine Bewegung, als würde er sich die Kehle durchschneiden.

»Der gute Dottore wird euch im Zweifelsfall sofort opfern – das kannst du mir glauben. Ich kenne solche Leute, die im Hintergrund die Strippen ziehen und für die Drecksarbeit Leute wie Luca und dich vorschicken. Und die sie dann eiskalt abservieren, wenn sie ihnen nicht mehr nützlich sind.«

Enno hatte sich inzwischen wieder unter Kontrolle, aber dass er beunruhigt war, konnte er nicht ganz verbergen.

»Dumm an der Geschichte ist außerdem, dass der andere Mann schon eine Weile tot ist. Er kam in jener Nacht ums Leben, als er dich und Luca dabei beobachtet hat, wie ihr wieder mit dem Lastwagen zu den Ferienhäusern gefahren seid. Er hätte euch verfolgen sollen, aber stattdessen ist er spurlos verschwunden. Ich nehme an, eurem geschätzten Dottore wird es ein Leichtes sein, euch den Mord an diesem Mann anzuhängen.«

»Ich weiß von keinem Mord. Den Mann habe ich nie gesehen, und so wie der Tote aussieht, kann ich mir nicht recht vorstellen, dass man den Zeitpunkt seines Todes noch so wahnsinnig genau bestimmen kann.«

Fred nickte und lächelte anerkennend. Da hatte Enno genau ins Schwarze getroffen, denn eigentlich wusste niemand mehr, als dass Florin irgendwann zwischen seinem Verschwinden Mitte März und seinem Auftauchen in der Gefriertruhe des Palazzo Fanfarone ums Leben gekommen war.

»Ich sehe schon, du bist ein harter Brocken. Aus dir

bekomme ich nichts weiter heraus. Du weißt also nichts von irgendwelchen Morden, und du kennst nur den einen der beiden Toten?«

»Ich habe keinen der beiden je zuvor gesehen.«

Fred winkte ab. »Geschenkt, Enno. Ich lass euch beide jetzt laufen, aber ich rate dir: Pass gut auf dich und deinen Kumpel auf. Euren Dottore wirst du leider vorerst nicht anrufen können, außer du kennst seine Nummer auswendig – eure Handys behalte ich.«

Enno zuckte mit den Schultern.

»Dann mach's gut, Enno. Und wie gesagt: Pass auf dich auf.«

Fred wandte sich ab und sagte im Hinausgehen zu Matteo: »Bindet ihn los und den anderen auch. Sie können beide gehen, aber die Handys bleiben hier.«

– DIECI –

In der Questura von Siena lagen Hoffnung und Enttäuschung an diesem Morgen eng beieinander. Leonardo di Tabile hatte Lisa und Giulia seiner Sekretärin als Helferinnen in den beiden Mordfällen der vergangenen Nacht vorgestellt. Außerdem bat er sie augenzwinkernd, darüber selbst den Kollegen gegenüber Stillschweigen zu bewahren. Die Sekretärin zwinkerte zurück und wischte anschließend nicht nur die neugierigen Fragen derjenigen beiseite, die sich wunderten, wer da mit ihr im Zimmer saß und im Intranet der Polizei stöberte – sondern sie versorgte ihre inoffiziellen Kolleginnen auch großzügig mit Kaffee, Keksen und Wasser.

Obendrein hatte der Questore seine Sekretärin gebrieft, mit allem, was die beiden Toten in Casole betraf, sofort und direkt zu ihm zu kommen. Ihr entrüsteter Blick verriet, dass sie ohnehin nichts anderes vorgehabt hatte. Und er vertraute ihr auch an, dass ein gewisser Fred Hamann oder einer seiner Mitarbeiter anrufen könnte, um Informationen für ihn durchzugeben.

»Sollte ich in diesem Moment nicht im Raum sein, dann können all diese Informationen ebenso gut an Lisa Langer und Giulia Casolani gehen.«

»Geht klar, Chef!«

Als sich Fred wenig später tatsächlich meldete, rief er auf

Giulias Handy an. Er gab ihr alles durch, was die Befragung der beiden Handlanger des ominösen Dottore ergeben hatte – inklusive der Handynummer, die angeblich die einzige Kontaktinformation war, die Luca und Enno von ihrem Auftraggeber hatten. Giulia wandte sich mit der Nummer an die Sekretärin, weil sie nicht recht wusste, wie sie den Besitzer der Nummer ermitteln sollte. Bald darauf legte ihr die Sekretärin einen Zettel mit einem Namen auf den Tisch, der ihr nichts sagte.

»Auf diesen Herrn ist der Anschluss registriert«, erklärte die Sekretärin.

Tabile war mit Lisa zu Giulias Tisch gekommen. Er nahm den Zettel zur Hand, huschte kurz zurück an seinen Arbeitsplatz und kam mit einem Computerausdruck wieder.

»Das ist einer der Strohmänner, die im Vorstand der Sopra S.p.A. sitzen. Seine Adresse haben wir, und ich schicke gleich ein paar meiner Leute dorthin – aber ich glaube nicht, dass wir dort jemanden antreffen werden, und den Dottore, von dem Fred erzählt hat, schon gar nicht.«

Und wirklich stellte sich binnen einer halben Stunde heraus, dass unter der Anschrift des Mannes, auf den das Handy angemeldet war, niemand da war. Zur Sicherheit stellte Tabile die Wohnung unter Beobachtung, aber viel versprach er sich davon nicht. Hilfreich konnte eher die Überwachung des Handys sein, die Tabile sofort in die Wege leitete – denn auch wenn die Nummer nicht auf den Dottore angemeldet war, so konnte er über diesen Anschluss doch offenbar erreicht werden.

»Und jetzt?«, fragte Lisa.

»Jetzt müssen wir abwarten, ob der kleine Trick, den Ihr Fred im Sinn hat, etwas bringt.«

Freds Trick hatte darin bestanden, dass er Luca und Enno laufen ließ, ihnen aber seine Männer auf die Fersen setzte. Was das bringen würde, war abzuwarten – denn vermutlich würde zumindest Enno als der etwas Schlauere der beiden damit rechnen, dass sie beschattet wurden.

Bevor man die beiden Handlanger des Dottore auf die andere Seite von Casole d'Elsa gebracht hatte, waren ihnen die Augen verbunden worden, damit sie nicht wussten, in welchem abgelegenen Bauernhaus sie verhört worden waren. Matteo hatte die beiden auf einem kleinen Feldweg ausgesetzt, ihnen aber die Richtung gezeigt, in der sie mit einem halbstündigen Fußmarsch über Stock und Stein die Landstraße erreichen konnten. Außerdem hatte Matteo dafür gesorgt, dass im Fußraum unter der Rückbank, auf der die beiden Männer gefesselt und mit Augenbinde zu dem Feldweg gebracht wurden, ein Prepaidhandy lag. Das Gerät war etwas lädiert und lag so herum, dass es wie vergessen wirkte und in jeder Kurve, die Matteo recht sportlich nahm, auf der Fußmatte hin und her rutschte und dabei gelegentlich gegen die Schuhe der beiden Gefangenen stieß.

Als Enno und Luca die Augenbinden und die Fesseln abgenommen wurden und sie schimpfend in Richtung der Landstraße davongestapft waren, sah Matteo nach und registrierte mit einem zufriedenen Lächeln, dass das Handy verschwunden war. Noch bevor er weiterfuhr, gab er Fred Bescheid, und auch in der Questura war inzwischen alles vorbereitet, um einen Anruf von dem Prepaidhandy zu verfolgen – und auch die Fangschaltung für das mutmaßlich vom Dottore benutzte Telefon war eingerichtet.

Matteo wandte sich mit dem Wagen in Richtung Florenz, wo die Sopra S.p.A. gemeldet war und wo sich dann vielleicht auch der Mann befand, der im Hintergrund die Strippen zog. Fred hatte seine Männer auf mehrere Autos verteilt, die verschiedene Positionen zwischen Casole, Colle di Val d'Elsa, Florenz und Siena einnahmen, um möglichst schnell vor Ort sein zu können, wo auch immer das Handy des Dottore geortet wurde.

Doch am nächsten dran waren zu ihrer eigenen Überraschung Lisa, Giulia und der Questore.

»Haben Sie das Handy denn schon aufgetrieben?«, fragte Leonardo di Tabile, während die Ortung noch lief.

»Gleich, einen Moment noch«, entgegnete der Kriminaltechniker, der zu Tabile ins Büro gekommen war, noch bevor die beiden Handlanger des Dottore von Matteo ausgesetzt worden waren. Er richtete seine Geräte so ein, dass alle Anwesenden das Gespräch zwischen Enno und seinem Auftraggeber mithören konnten, während er versuchen würde, das angerufene Mobiltelefon zu lokalisieren. Und als der Ganove den Dottore wie erhofft von dem Prepaidhandy aus anrief, lauschte auch die Sekretärin gebannt und fand das Ganze offenbar äußerst spannend.

Enno nannte den Dottore wirklich nur bei seinem Titel, und auch am anderen Ende der Leitung fiel kein Name. Immerhin musste Enno häufig genug mit ihm telefoniert haben, um seine Nummer auswendig zu kennen. Der Dottore wirkte verärgert und fragte Enno gründlich über alles aus, was in der vergangenen Nacht geschehen war. Manchmal ließ er auch eine kleine Pause, bevor er die nächste Frage stellte. Insgesamt wirkte das Gespräch, als wolle der Dottore Zeit gewinnen – und ein oder zwei Mal glaubte Lisa ein leises Zischen zu hören, als habe er in diesem Moment die Hand vor das Mikrofon des Handys gehalten und jemandem neben sich eine knappe Anweisung erteilt.

Dem Kriminaltechniker war das natürlich nur recht, und schließlich konnte er die Funkzelle nennen, in der sich der Dottore im Moment gerade aufhielt. Leonardo di Tabile staunte nicht schlecht.

»Das ist keine hundert Meter Luftlinie von hier entfernt! Der befindet sich drüben an der Piazza del Campo, irgendwo zwischen dem Rathaus, der Via de Città und der Bäckerei Nannini.«

»Jetzt hat er aufgelegt«, meldete sich der Techniker zu Wort.

»Macht nichts. Ich lasse sofort überprüfen, wie viele Dottores dort ein Büro oder eine Wohnung haben – und wenn er sich keinen Fantasietitel zugelegt hat, schicken wir meine Leute zu allen, die infrage kommen. Ich gebe schon mal Bescheid, dass sich ausreichend Beamte bereithalten.«

Vice Questore Felipe Calzolaio hatte als Leiter der Kriminalpolizei natürlich mitbekommen, dass einer seiner Techniker ins Büro seines Vorgesetzten beordert worden war und wofür er benötigt wurde. Außerdem war ihm durch einen seiner Mitarbeiter zu Ohren gekommen, dass in Tabiles Vorzimmer heute früh nicht nur dessen Sekretärin saß, sondern auch noch zwei Frauen, die der Mitarbeiter nicht kannte, die aber offenbar so eng in die Ermittlungen zu den beiden Mordfällen eingebunden waren, dass sie im Intranet der Polizei recherchieren durften.

Damit spitzten sich zwei Entwicklungen gleichzeitig zu, die Calzolaio schon seit einiger Zeit genau im Blick hatte – und aus denen ihm im einen Fall die langersehnte Beförderung und im anderen ein Fall ins Bodenlose erwachsen konnte. Wenn er es geschickt anstellte, würde der heutige Tag derjenige werden, in dem er das eine erreichen und zugleich das andere abwenden konnte.

Aber dafür, dass die Zeit des Questore ablief und nicht seine eigene, musste er nun schnell und zielstrebig handeln. Bevor er damit begann, ging er noch einmal seine Optionen durch. Als Leiter der Kriminalpolizei konnte er nicht ohne Grund von den Ermittlungen in zwei Mordfällen ferngehalten werden, die zweifellos in seine Zuständigkeit fielen – also hatte sich der Questore, indem er die Ermittlungen an sich zog, über die Hierarchie hinweggesetzt, die er sonst so sehr beschwor. Eigenmächtig hatte Leonardo di Tabile außerdem zwei Frauen hinzugezogen, die offensichtlich nicht zur Questura gehörten – und waren es die beiden, von denen es Calzolaio vermutete, öffnete er unzulässigerweise interne Kenntnisse der Polizei für Zivilpersonen.

Aus beidem ließ sich ein Strick drehen, der dem Questore zum Verhängnis werden konnte. Außerdem musste er zügig die Questura verlassen können, ohne dass das verdächtig wirkte. Immerhin war er offiziell der Leiter von zwei Mordermittlungen, da konnte er nicht einfach mal so auf einen Espresso oder einige Dolcetti in eine Caffè Bar spazieren. Das wollte mit Bedacht eingefädelt werden – und mit einem breiten Grinsen dachte er an die Klappe, mit der er all diese Fliegen auf einmal fangen konnte.

»Questore!«

Die Sekretärin wirkte aufgebracht und auch ein wenig nervös, als sie zu Leonardo di Tabile ins Büro stürmte. Der Questore hob den Kopf und sah sie fragend an.

»Ihr Stellvertreter ist hier!«

Tabile sah ins Vorzimmer hinüber, konnte Calzolaio dort aber nicht entdecken. Lisa und Giulia standen miteinander neben einem Schrank, sodass man sie von der Tür aus nicht gleich sehen konnte. Außerdem war der Kriminaltechniker verschwunden, der gerade noch das Handy des Dottore geortet hatte.

»Er steht draußen vor der Tür und lässt sich im Flur vom Techniker erzählen, was wir bisher herausgefunden haben.«

Tabile nickte zu den beiden Frauen im Vorzimmer hinüber und lächelte seine Sekretärin an.

»Gut gemacht«, lobte er sie, denn natürlich wusste auch die Sekretärin, dass Calzolaio ihre inoffiziellen Helferinnen lieber nicht hier vorfinden sollte.

Tabile stand auf und eilte dann durch seine gepolsterte Bürotür auf den Flur hinaus. Vice Questore Calzolaio wandte sich sofort an seinen Vorgesetzten, als er ihn durch die Tür kommen sah, und ließ den Techniker ohne ein weiteres Wort stehen.

»Questore, so geht das nicht!«, schimpfte er los, noch bevor er Tabile erreicht hatte. »Ich leite die Kriminalpolizei, und dann muss ich von Dritten erfahren, dass Sie einen meiner Techniker zu sich ins Büro beordert haben! Ich verbitte mir solche Winkelzüge, die nur das Ziel haben, mich für diese Ermittlungen kaltzustellen.«

Calzolaio hatte die Stimme erhoben, und Tabile nahm das mit erhobenen Augenbrauen zur Kenntnis. Er kannte seinen Stellvertreter als aufbrausend, ehrgeizig und sehr darauf bedacht, dass seine Kompetenzen von niemandem beschnitten wurden – und schon gar nicht vom Questore, hinter dessen Job er schon lange her war. Aber so laut hätte der Vice Questore deshalb nicht werden müssen. Vor der Tür zu Tabiles Vorzimmer stand der Kriminaltechniker und sah bedröppelt zu Boden. Die Kabbeleien zwischen seinen beiden Vorgesetzten waren ihm sichtlich unangenehm. Etwas weiter hinten im Flur blieben die ersten Beamten stehen und lugten verstohlen zu ihren beiden Chefs herüber. Tabile warf ihnen über die Schulter seines Stellvertreters hinweg einen strengen Blick zu und gab ihnen mit einem knappen Kopfnicken zu verstehen, dass sie weiter ihrer Wege gehen sollten. Calzolaio drehte sich um und lachte bitter.

»Das können die Kollegen ruhig mitbekommen, Questore! Sie pfuschen mir ins Handwerk, Sie hintertreiben meine Arbeit, Sie beschneiden meine Kompetenzen, Sie ...« Er war durch seine Tirade etwas außer Atem geraten und musste kurz durchschnaufen, bevor er weiterschimpfen konnte. »Die Kolleginnen und Kollegen können gern erfahren, was hier vor sich geht, Questore! Wie Sie Ihre Grenzen überschreiten, wie Sie eigenmächtig sogar behördenfremde Personen in die Ermittlungen mit einbeziehen! Wer ist das überhaupt, da drin bei Ihnen? Zwei Frauen, habe ich gehört – sind es womöglich die beiden, von denen ich glaube, dass sie es sind? Zwei Zivilpersonen, die nun wirklich nichts im Intranet unserer Behörde zu suchen haben!«

Der Vice Questore war noch etwas lauter geworden, und bei den letzten Sätzen hatte er sich umgedreht, damit die in einiger Entfernung horchenden Beamten auch wirklich alles verstehen konnten. Das war zu viel für Tabiles Selbstbeherrschung.

»Mäßigen Sie sich!«, fuhr er Calzolaio an. »Dass Sie an meinem Stuhl sägen, wissen alle, und machen Sie das ruhig weiterhin, das kümmert mich wenig! Aber Sie werden hier vor meinem Büro nicht herumschreien, und Sie werden Ihre Position als mein Stellvertreter nicht dazu missbrauchen, Unfrieden in unsere Behörde zu bringen! Ist das klar?«

»Sie sorgen für Unfrieden, Questore! Sie und Ihre ... Ihre ... zivilen Helferinnen! Ich werde Beschwerde einlegen gegen Ihr Vorgehen, das wird höheren Orts mit Interesse zur Kenntnis genommen werden, darauf können Sie sich verlassen!«

»Das kann ich mir vorstellen, Calzolaio. Ich nehme an, Sie wenden sich wieder an Ihren Onkel zweiten Grades, der im Ministerium schon länger an meiner Ablösung arbeitet – richten Sie ihm meine Grüße aus, mit besten Empfehlungen an die Frau Gemahlin.«

Calzolaio blinzelte irritiert, und Tabile erklärte ihm herablassend, was er mit seiner Andeutung gemeint hatte: »Sie ist eine ehemalige Studienkollegin von mir und eine langjährige Freundin, sehr klug, sehr charmant – und mit sehr viel Einfluss auf ihren Mann. Also weiterhin viel Glück!«

Damit wandte sich Tabile abrupt ab, kehrte in sein Büro zurück und schlug die Tür hinter sich zu. Während der Questore schwer atmend mit den Schultern an seiner gepolsterten Bürotür lehnte, flitzte seine Sekretärin zur Kaffeemaschine, um ihrem Chef einen Espresso zu machen. Und draußen auf dem Flur straffte sich Vice Questore Calzolaio, als müsse er sich anstrengen, nach dem heftigen Rüffel durch seinen Vorgesetzten Haltung zu bewahren – doch im Weggehen, als niemand mehr sein Gesicht sehen konnte, breitete sich ein zufriedenes Lächeln auf seinem Gesicht aus.

»Was für eine Ratte!«, knurrte die Sekretärin und hielt dem Questore die dampfende Espressotasse hin.

»Danke«, antwortete der und schlürfte den Kaffee in einem Zug leer. »Er wird sich schon wieder beruhigen. Im Moment haben wir jedenfalls keine Zeit, uns um die Profilneurose dieses Intriganten zu kümmern.«

Er setzte sich an seinen Schreibtisch. Fast im selben Moment klingelte sein Telefon. Tabile hob ab, hörte kurz zu und sprang dann auf.

»Jetzt gilt's!«, rief er. »Es gibt drei Dottores, die in der fraglichen Funkzelle gemeldet sind – zu allen dreien sind unsere Beamten schon unterwegs.«

Tabile eilte den Flur entlang, mit Lisa und Giulia im Schlepptau. Unterwegs zitierte er einen Beamten herbei und wollte ihn zu Calzolaio schicken, damit der sich auch ja nicht beschweren konnte, weil er erst zu spät von der neuen Entwicklung erfahren habe.

»Tut mir leid, Questore«, antwortete der Polizist, »der Vice Questore hat soeben das Haus verlassen. Er wirkte ... nun ja, wütend oder beleidigt. Vielleicht wegen des Disputs, den er vorhin mit Ihnen hatte?«

»Was für ein Kindergarten!«, rief Tabile aus und lief weiter. Als sie die Via de Città erreicht hatten, kam ihnen ein uniformierter Polizist entgegen. Er war kurz irritiert, weil sein Vorgesetzter von zwei Frauen begleitet wurde, die er nicht kannte, aber Tabile ermunterte ihn mit einer Geste, ihn auf den aktuellen Stand zu bringen.

»Questore, am besten gehen Sie gleich zu dieser Adresse.«

Der Mann hielt seinem Chef einen Computerausdruck mit drei Namen und drei Adressen hin, von denen zwei ausgestrichen waren.

»Der eine Dottore ist auf Geschäftsreise in Mailand. Wir haben ihn gerade eben über sein Diensthandy erreicht. Und der andere ist ein fünfundachtzig Jahre alter pensionierter Mediziner, halb taub und einseitig gelähmt. Der Dritte hingegen dürfte es sein.«

»Wie kommen wir am schnellsten in sein Büro? Müssen wir über die Piazza, oder hat er einen Zugang über diese Straße?«

»Nach vorne raus gehen im Haus dieses Dottore nur die Türen der Ladengeschäfte. Der Zugang zum Büro ist gleich dort vorn.«

Der Polizist deutete auf ein Holztor, neben dem schon einige andere Beamte warteten, einige in Uniform, einige in Zivil. Tabile lief los. Sein Mitarbeiter war etwas schneller als sein Chef, überholte ihn nach wenigen Schritten, und als Tabile und die beiden Frauen an dem hölzernen Tor anlangten, stand der Polizist schon bereit, um zu klingeln.

Der Klingelknopf war in ein protzig wirkendes Messingschild eingelassen, in das der Name »Dottore Pasquale Cambio« graviert war. Relativ zügig nach dem Klingeln meldete sich eine Männerstimme, die Tabile an die Stimme erinnerte, die er aus dem abgehörten Telefonat kannte.

»Polizei, aufmachen!«, antwortete Tabile knapp und im Kommandoton, und wirklich summte schon kurz darauf der Türöffner. Der Uniformierte drückte das Tor nach innen auf, und seine Kollegen strömten in den Innenhof. Tabile war gemesseneren Schrittes unterwegs, Lisa und Giulia hielten sich direkt hinter ihm, und der uniformierte Kollege ging vorneweg, sah sich aber immer wieder um, ob ihm der Chef auch folgte.

Die Tür, auf die sie zusteuerten, wurde geöffnet, und vor

ihnen stand ein Typ in einem billigen grauen Anzug, der seine schwarzen Haare streng zurückgegelt hatte. Er hatte eine ausgesprochen fiese Visage, und unter seinem linken Auge war eine breite, alte Narbe zu sehen. Aus der Brusttasche seines Jacketts ragte kein Einstecktuch, sondern der Stiel eines Lollis, wie Tabile erkannte, als er näher kam.

»Der Dottore erwartet Sie«, schnarrte der Mann mit dem Lolli und deutete in das Treppenhaus hinter sich. Er drehte sich um und ging den Besuchern voraus zu einem Lift, drückte den Knopf für die zweite Etage, stieg aber selbst nicht mit in den Aufzug. Zwei der uniformierten Beamten, die mit ihnen ins Haus gekommen waren, blieben ebenfalls im Erdgeschoss und bauten sich zu beiden Seiten des Lollis auf. Der gab sich derweil viel Mühe mit seiner unbeteiligten Miene, aber seine Blicke huschten trotzdem immer wieder nervös zwischen den beiden Polizisten hin und her.

Oben wurden die vier von einem ähnlichen Galgenvogel erwartet wie im Erdgeschoss. Dieser hier wirkte etwas weniger trainiert als sein Kollege, aber dass er für den Dottore nicht die Ablage machte, war offensichtlich.

»Hier entlang«, sagte der Mann und ging den Besuchern voraus, bis er neben einer Tür stehen blieb und zweimal klopfte. Die Tür schwang nach innen auf, und der Galgenvogel entfernte sich. Lisa, die als Einzige das Büro vor ihnen noch nicht betreten hatte, sah ihm noch kurz nach: Zwei Türen weiter zückte er einen Schlüssel, drehte ihn im Schloss und schlüpfte eilig durch die Tür. Dann hörte man eine klagende Männerstimme, einen Schlag oder Stoß, dann wurde die Tür von innen abgeschlossen.

»Lisa, kommen Sie bitte?«

Giulias Stimme schreckte Lisa auf. Sie folgte den drei

anderen ins Büro und wurde von einem etwas öligen Herrn Mitte, Ende vierzig begrüßt. Seine Hand war warm, der Händedruck fest, aber die Haut kam ihr ein wenig feucht vor.

»Bitte, Signora, nehmen Sie doch Platz! Einen Espresso, einen Latte macchiato oder vielleicht lieber einen Martini oder Grappa?«

»Nein, danke«, lehnte Tabile für sie alle ab. »Wir haben nur ein paar Fragen an Sie. Schön, dass Sie so kurzfristig Zeit für uns haben.«

»Na ja«, versetzte Cambio und legte ein böses Grinsen auf, »es blieb mir ja wohl nichts anderes übrig, nicht wahr?«

»Wieso?«

»Nun, Questore, Sie marschieren mit Ihren Beamten auf der Straße hinter meinem Haus auf und stürmen mit ihnen gewissermaßen meinen Hof – da ist ein braver Bürger sicherlich gut beraten, der Polizei auch die Tür zu öffnen.«

Tabile nickte und lächelte.

»Da ist jeder brave Bürger gut beraten, Sie haben recht. Und nicht nur jeder brave Bürger ...«

Cambio hob eine Augenbraue, als sei er empört über die Unterstellung, die sich aus Tabiles Bemerkung durchaus heraushören ließ.

»Aber Sie gestatten, dass ich einen Kaffee trinke, während wir uns unterhalten?«

Er wartete keine Antwort ab, sondern machte sich an seiner Kaffeemaschine zu schaffen. Der Uniformierte behielt ihn aufmerksam im Auge, aber Cambio unternahm nichts Verdächtiges, sondern holte sich noch eine Metallbox aus der Hausbar und kehrte mit ihr und einem Espresso zurück zu seinen Gästen. Er klappte die Box auf, und darin lagen einige in Goldpapier eingeschlagene Kugeln. Cambio nahm eine heraus, nestelte das Papier weg und schob sich die runde Praline, die zum Vorschein kam, in den Mund.

»Bitte bedienen Sie sich«, sagte er dann zu seinen Besuchern. »Dunkle Schokolade und edler Pfeffer – eine Geschmackssensation, die Sie sich nicht entgehen lassen sollten.«

Der Uniformierte machte Anstalten, sich eine der Pralinen zu nehmen, aber Tabiles schneidendes »Nein, danke!« ließ ihn im letzten Moment verzichten.

»Was wollen Sie denn von mir wissen, Questore?«

»Zuerst einmal: Woher kennen Sie mich?«

»In meiner Branche ist es von Vorteil, wenn man die Führungskräfte von Polizei und Gerichtsbarkeit kennt.« Er ließ vor dem nächsten Satz eine kleine Pause, in der er süffisant lächelte. »Ich bin Anwalt und Geschäftsmann.«

Lisa musterte Cambio. Es war offensichtlich, dass er mit ihnen spielte, und er wusste zweifellos, warum Tabile ihn aufgesucht hatte. Das war auch Tabile klar, trotzdem spielte er einstweilen mit.

»Ich ermittle im Fall zweier toter Männer, die in der vergangenen Nacht in Casole d'Elsa aufgefunden wurden.«

»Wie schrecklich«, versetzte Cambio ohne erkennbare Gefühlsregung.

»Beide wurden ermordet, und es gibt den begründeten Verdacht, dass die Morde im Zusammenhang mit einer Firma stehen, die eine Ferienhausanlage in der Nähe von Casole besitzt. Diese Firma heißt Sopra S.p.A., und wir würden gern wissen, in welcher Beziehung Sie zu dieser Firma stehen, Dottore Cambio.«

»Sopra, sagten Sie?« Er machte ein nachdenkliches Gesicht, schüttelte dann aber den Kopf. »Tut mir leid, dazu fällt mir gar nichts ein. Wo hat diese Firma denn ihren Sitz?«

»In Florenz.«

»Aber sollten Sie dann nicht eher dort nach Leuten suchen, die mit der Firma zu tun haben?«

»In Florenz ist die Firma zwar gemeldet, aber viel mehr als einen Briefkasten und zwei Sekretärinnen, die Anrufe für die Sopra und viele andere Firmen entgegennehmen, gibt es dort nicht zu sehen.«

»Dann wird es das Beste sein, Sie halten sich an die Leute, die im Vorstand dieser S.p.A. sind oder andere Funktionen in der Firma bekleiden. Auf mich trifft jedenfalls nichts davon zu.«

»Da bin ich mir nicht ganz sicher.«

»Ach? Und warum nicht?«

Tabile berichtete ihm von ausgewählten Ereignissen der letzten Stunden und schloss mit der Information, dass Enno, kaum freigekommen, als Erstes bei Dottore Cambio angerufen habe.

»Na, der arme Teufel wird Angst gehabt haben – da wendet er sich natürlich zuerst an seinen Anwalt.«

»Ach, Sie sind sein Anwalt?«

»Ja, obwohl mir der arme Kerl natürlich nicht einen Bruchteil dessen bezahlen kann, was ich sonst als Stundensatz berechne. Aber er und sein Freund Luca tun mir leid. Wissen Sie, das mögen nicht die Ehrlichsten sein und – wenn ich Ihre vorherige Bemerkung aufgreifen darf – alles andere als brave Bürger. Aber auch ihnen steht doch das Recht zu, vor Gericht oder bei Schikanen durch die Polizei einen Juristen an ihrer Seite zu haben, der darauf achtet, dass ihnen gegenüber alles korrekt abläuft.«

Er grinste Tabile provozierend an.

»In der Befragung ist doch alles korrekt abgelaufen? Und die beiden sind durch Ihre Beamten befragt worden, Questore?«

Cambio war anzusehen, dass er die Antworten auf seine Fragen bereits kannte und notfalls von allen Informationen Gebrauch machen würde, die seine Widersacher in Erklärungsnöte bringen würden. Tabile presste seine Lippen zu einem schmalen Spalt zusammen, und Cambio legte nach.

»Übrigens haben Sie mir Ihre reizenden Begleiterinnen noch gar nicht vorgestellt, Questore.«

Er sah fragend zu Lisa und Giulia, als wäre ihm erst in diesem Augenblick wieder eingefallen, dass sie ebenfalls im Raum waren.

»Lassen Sie diese Spielchen, Dottore Cambio«, fuhr Tabile ihn an, aber der Hausherr zeigte sich unbeeindruckt.

Tabile überlegte fieberhaft. Cambio mochte der Drahtzieher hinter allem sein, was die Sopra trieb, und er mochte Enno und Luca für illegale Machenschaften eingespannt haben – aber seine Behauptung, die beiden lediglich als Anwalt zu vertreten, ließ sich einstweilen nicht widerlegen.

Cambio grinste ihn siegesgewiss an. Er nahm sich noch eine Praline und begann sie auszupacken. Doch dann mischten sich in das leise Knistern des Goldpapiers andere Geräusche. Irgendwo im Haus riefen Männer durcheinander, es schien ein Handgemenge zu geben, und dann flog die Tür zu Cambios Büro auf. Der Galgenvogel vom Erdgeschoss wurde in den Raum gestoßen, er stolperte und fiel der Länge nach hin. Aus seiner Brusttasche kullerte der Lolli, und aus einer der Seitentaschen seines Jacketts rutschte eine Pistole und schlitterte noch ein Stück über den Zimmerboden. Cambios rechte Hand war mitten in der Bewegung verharrt und schwebte mitsamt der ausgepackten Praline einige Zentimeter vor seinem Mund.

Ein vierschrötiger Typ um die vierzig betrat den Raum. Er hatte mehrere vernarbte Stellen auf der linken Gesichtshälfte. Tabile, Lisa und Giulia hatten ihn schon auf einem Foto gesehen, das ihnen Fred nach den Verhören in dem einsam gelegenen Bauernhaus aufs Handy geschickt hatte: Es war Enno, Cambios Helfer – oder sein Klient, wenn es nach den Worten des Dottore ging. Doch Enno führte sich nicht auf wie ein Klient, und der schmächtige Luca, der hinter ihm in den Raum schlenderte, sah auch nicht aus, als ginge es ihm um einen juristischen Rat.

»So, Dottore, das haben Sie sich ja schön ausgedacht!«, rief Enno.

Luca hatte erst in diesem Augenblick bemerkt, dass sich auch ein uniformierter Polizist im Raum befand. Nachdem er sich leise mit Enno ausgetauscht hatte, stellte sich Luca breitbeinig mit dem Rücken zur Tür und richtete seine Pistole auf den Uniformierten.

Erst jetzt musterte Enno die Anwesenden. Als er Lisa erkannt hatte, nickte er ihr zu. »Luca wird Ihnen morgen etwas in der Ferienwohnung vorbeibringen, das er ... versehentlich mitgenommen hat, als wir bei Ihnen herumgestöbert haben. Es tut ihm auch leid. Nicht wahr, Luca?«

Luca, der ganz auf den Polizisten konzentriert war und nur ganz kurz einen Seitenblick auf Lisa riskierte, die er bisher nicht erkannt hatte, wurde knallrot.

»Luca?«, wiederholte Enno, und jetzt nickte der Jüngere mit zusammengepressten Lippen.

Enno musterte die übrigen Anwesenden.

»Sie sind die Bürgermeisterin von Casole, stimmt's?«, sagte er nach einigem Nachdenken.

Giulia nickte.

»Und was sind Sie für einer?«, wandte er sich an Tabile. »So geschniegelt, wie Sie aussehen ... sind Sie womöglich ein Geschäftspartner vom Dottore?«

»Gott bewahre! Mein Name ist Leonardo di Tabile, ich bin der Questore der Provinz Siena.« Und für den Fall, dass Enno noch nicht begriffen hatte, wer da vor ihm stand, schob er nach: »Ich bin der Polizeichef.«

Enno pfiff leise durch die Zähne, dann grinste er.

»Na, prima, Dottore, dann kann der Polizeichef Sie ja gleich mitnehmen. Das ist noch besser als das, was ich vorhatte. Dann kommen Sie hinter Gitter, wo sie hingehören – und ich muss mir die Finger nicht schmutzig machen. Das gefällt mir.«

Er lachte, verstummte aber, als er hinter sich ein metallisches Klicken hörte. Ein weiterer Mann trat ein und hielt den Lauf einer Pistole genau auf Ennos Kopf gerichtet. Cambio grinste und schob sich die Praline endlich in den Mund.

»Alles klar, Dottore?«, fragte der Mann, der Enno bedrohte. Es war der Galgenvogel, der sie im zweiten Stock in Empfang genommen hatte und der dann im übernächsten Raum verschwunden war. Luca zielte mit seiner Waffe weiterhin auf den uniformierten Polizisten, hatte zwischendurch aber einen kurzen Blick auf den Neuankömmling riskiert. Nun konnte man dem Schmächtigen förmlich beim Denken zusehen.

Auch Tabile dachte über mögliche Auswege aus der momentanen Situation nach. Er schaute zu der Waffe, die dem Galgenvogel vom Erdgeschoss aus der Tasche gerutscht war: Sie lag etwa eineinhalb Meter neben Lisa, und niemand stand näher an der Pistole als sie. Der Polizeichef warf ihr einen beschwörenden Blick zu, aber Lisa reagierte nicht. Dottore Cambio wiederum hatte die Waffe sehr wohl im Blick, doch sobald er ein wenig auf seinem Sessel herumrutschte, vielleicht um mit einem schnellen Satz zu der Pistole zu gelangen, räusperte sich Tabile, warf ihm einen warnenden Blick zu und schüttelte den Kopf. Daraufhin ließ sich Cambio fürs Erste wieder etwas bequemer in seinen Sessel zurücksinken und kaute weiter auf seiner Praline herum.

»Und was machen wir jetzt?«, fragte Enno schließlich.

»Na, ich knall dich ab«, knurrte der Galgenvogel aus dem zweiten Stock. »Dann halte ich die anderen in Schach, und der Dottore kann abhauen.«

Sein Kumpan, der sich den Kopf im Sturz offenbar böse am Boden gestoßen hatte, rappelte sich auf und sah sich nach seiner Pistole um. Jetzt endlich löste sich Lisa aus ihrer Starre. Erstaunlich schnell trat sie zwei Schritte vor, bückte sich und hob die Pistole auf. Sie hielt sie in beiden Händen, ohne recht zu wissen, wohin sie damit zielen sollte – aber der Anblick der bewaffneten Frau reichte, dass sich der gestolperte Gauner beherrschte, erst einmal auf den Knien blieb und sich langsam rückwärts auf seinen Kollegen zuarbeitete.

»Warum sollte ich fliehen wollen?«, widersprach Cambio seinem Handlanger. »Ich habe nichts Verbotenes getan.«

Das bekam der Galgenvogel mit der Pistole in den falschen Hals. Er starrte seinen Auftraggeber an. Seine Gesichtsfarbe wechselte erst in ein fahles Grau und gleich darauf in ein kräftiges Rot.

»Ach, so haben Sie sich das gedacht, Dottore? Sie waschen Ihre Hände in Unschuld – und Gucci und ich dürfen für Sie bluten? Dabei haben Sie uns mit allem beauftragt, von der Hundepfote bis zu den beiden Toten, die wir heute Nacht für Sie in Casole deponiert haben! Das ist ja wohl ...«

»Halt die Klappe, Collani!«, fiel ihm Gucci nun ins Wort, aber der war nicht zu bremsen.

»Ist doch wahr, Gucci, wir bringen für ihn die Leute um oder lagern seine Leichen ein – und am Ende liefert er uns der Polizei aus. Dann treibt er seine sauberen Geschäfte weiter und holt sich die nächsten Helfer. Das geht doch nicht!«

Cambio schnaubte, und sein Kopf ruckte hin und her. Offenbar suchte nun auch er nach einem Ausweg. Doch das hatte sich im nächsten Moment erledigt. Fred trat hinter Collani ins Zimmer und hielt diesem den Lauf eines ziemlich klobig wirkenden Revolvers an den Hinterkopf. Matteo kam nach ihm herein, mit einem Mann im Schlepptau, dessen Gesicht etwas ramponiert wirkte – und den der Questore hier ganz sicher nicht erwartet hätte.

»Calzolaio!«, rief Tabile. »Was machen Sie denn hier?«

Matteo schob den Vice Questore weiter in den Raum hinein und drückte ihm dabei eine Pistole zwischen die Schulterblätter.

»Er hier«, erklärte Fred, »ist der Grund dafür, dass unser geschätzter Dottore Sie schon erwartet hat, Questore. Als er mitbekommen hat, dass Sie Cambio fast schon am Haken haben, ist er schnell zu seinem Herrn und Meister geflitzt, um ihn zu warnen.«

»Wie: zu seinem Herrn und Meister?«

Tabile hielt nicht viel von seinem Stellvertreter, aber als Komplizen eines Kriminellen konnte er ihn sich dennoch nicht vorstellen.

Fred griff mit der linken Hand in seine Hosentasche, ohne den Griff um den Revolver zu lockern. Das Handy, das er zutage förderte, warf er im hohen Bogen zum Questore hinüber, der es sicher auffing.

»In seinem Adressbuch werden Sie Cambios Festnetznummer unter dem Eintrag ›PC‹ finden, was für Pasquale Cambio stehen dürfte. Und von den letzten zwanzig Anrufen Ihres Stellvertreters gingen in den vergangenen Tagen gut und gerne ein Dutzend an diese Nummer. Nur vorhin konnte er seine Warnung nicht übers Telefon loswerden, weil er ja wusste, dass zumindest Cambios Prepaidhandy abgehört wurde. Und so konnte er letztlich nicht sicher sein, ob Sie vielleicht schon mehr wissen und womöglich auch den Festnetzanschluss überwachen lassen.«

»Und wo kommen Sie jetzt her, Calzolaio?«, fragte Tabile, der noch immer verblüfft war über diese unerwartete Wendung.

»Er war in einem Büro zwei Türen weiter eingesperrt«, antwortete Fred an seiner Stelle. »Dort hat ihn dieser Mann hier bewacht, der sich Collani nennt. Er ist raus, als er bemerkt hat, dass im Büro des Dottore etwas aus dem Ruder läuft. Damit hat er sich beeilt, und darüber hat er vergessen, das Büro hinter sich abzuschließen. Ihr Stellvertreter war übrigens gefesselt und geknebelt. Es wäre interessant zu erfahren, warum der Dottore den Mann, der ihm den Arsch retten wollte, gefangen nimmt.«

»Ich habe überhaupt niemanden gefangen genommen«, meldete sich Cambio zu Wort und erhob sich langsam aus seinem Sessel. »Ich weiß nicht, warum meine Klienten Enno und Luca behaupten, ich hätte sie zu kriminellen Machenschaften angestiftet. Und warum diese beiden Herren« – er deutete auf Collani und Gucci – »plötzlich bewaffnet sind, wo sie doch nur als Boten und Chauffeur für mich tätig sind, kann ich mir beim besten Willen nicht erklären.«

»Du mieses Schwein!«, zischte nun Collani und trat einen Schritt zur Seite. Er richtete seine Waffe für kurze Zeit auf Cambio, der sofort abwehrend beide Hände hob. Enno bemerkte, dass der Lauf der Pistole nicht mehr gegen seinen Schädel drückte, blieb aber vorsichtshalber stehen, wo er war. Und schon zielte Collani wieder auf ihn.

Cambio legte sich Lügen zurecht, mit denen er vielleicht noch den Hals aus der Schlinge ziehen konnte. Calzolaio trauerte seiner schönen Karriere nach, die er heute wohl krachend in den Sand gesetzt hatte. Und Tabile fragte sich, was aus all den uniformierten Beamten geworden war, die im Innenhof von Cambios Haus die strategisch wichtigen Positionen besetzen und, nebenbei bemerkt, eigentlich auch diesen Ganoven namens Gucci in Schach halten sollten.

Irgendwann hielt Luca die angespannte Stille als Erster nicht mehr aus: Er trat ein wenig zur Seite und bedrohte mit seiner Pistole nun abwechselnd den uniformierten Polizisten und Dottore Cambio. Als die Waffe wieder in Cambios Richtung schwenkte, löste der Uniformierte sich aus seiner Erstarrung und sprang auf Luca zu.

»Luca! Pass auf!«, rief Enno, der die Bewegung aus den Augenwinkeln bemerkt hatte.

Das wiederum ließ den Mann hinter ihm nervös werden. Luca brachte sich mit einem Satz zur Seite in Sicherheit

260

und richtete seine Pistole wieder auf den Polizisten. Es wurde wieder so still, dass man eine Stecknadel hätte fallen hören.

Dann versuchte Lisa, die Waffe in ihrer Rechten zu entsichern und einen Warnschuss zur Decke abzugeben. Doch der Schuss löste sich schon, als der Lauf noch auf den Boden gerichtet war. Krachend schlug die Kugel in den Holzboden ein, und durch den unvermittelten Knall schossen plötzlich alle wild durcheinander. Lisa ließ die Pistole vor Schreck fallen wie eine heiße Kartoffel und hielt sich mit beiden Händen die Ohren zu. Deshalb hörte sie das allgemeine Getöse nur gedämpft, konnte aber sehen, wie einige Anwesende zu Boden gingen. Einige uniformierte Polizisten stürmten den Raum und überwältigten die meisten bewaffneten Männer.

Als sich der Tumult wieder legte, schaute sich Lisa vorsichtig um. Nach all den Schüssen befürchtete sie mehrere Verletzte, womöglich sogar Tote – doch alle, die am Boden lagen, begannen sich zu rühren, als der Lärm verklang. Und am Ende stellte sich heraus, dass alle rechtzeitig in Deckung gegangen waren und die Bewaffneten überraschend lausig gezielt hatten. Nur Vice Questore Felipe Calzolaio rieb sich das Schienbein und stöhnte leise: Er hatte sich im Hinfallen wohl an der Ecke eines Büromöbels gestoßen.

Die uniformierten Polizisten führten die ersten Männer ab. Calzolaio riss sich von dem Beamten los, der ihn am Arm gepackt hatte. Tabile gab seinem Mitarbeiter zu verstehen, dass es reichte, wenn er den Vice Questore nach unten begleitete und ihn dabei nicht festhielt.

»Sie machen doch keinen Blödsinn, Calzolaio, oder?«, fragte er seinen Stellvertreter.

»Nein, jetzt nicht mehr«, versicherte dieser und humpelte so aufrecht wie möglich aus dem Raum.

Cambio wurde von zwei Beamten aus dem Raum geführt. Andere Uniformierte legten Gucci und Collani in Handschellen und brachten sie ebenfalls hinaus. Luca war die Waffe abgenommen worden, und nun stand er mit Enno neben Fred und Matteo in einer Ecke des Büros.

Tabile trat zu ihnen und wandte sich an Enno, den er für den Verständigeren hielt. »Dann wolltet ihr also Dottore Cambio überwältigen und ihn an die Polizei ausliefern?«

Luca riss erstaunt die Augen auf und sah verblüfft zwischen dem Polizeichef und seinem Kumpan hin und her. Enno dagegen erwiderte den Blick des Questore ganz ruhig und dachte nach. Dann sah er Fred an, der nur stumm nickte.

»Ja, genau so wollten wir das machen«, antwortete Enno schließlich.

»Und ihr habt für den Dottore zwar Fahrten mit dem Lastwagen gemacht, ihr habt dabei auch geahnt, dass eure Ladung nicht ganz hasenrein war, aber darüber hinaus habt ihr nichts von irgendwelchen Machenschaften des Dottore gewusst?«

»Stimmt.«

»Und dann habt ihr heute Nacht ganz zufällig Fred und seine Mitarbeiter getroffen, und als ihr dabei ebenso zufällig davon erfahren habt, dass Dottore Cambio viel Schlimmeres auf dem Kerbholz hat als nur ein bisschen Schmuggelei oder Hehlerei, wolltet ihr damit nichts zu tun haben und wolltet Cambio aus dem Verkehr ziehen?«

»Richtig, Questore. Genau so war es.«

Tabile nickte, als müsse er genau über das nachdenken,

was er gerade gehört hatte. Dann legte sich ein spitzbübisches Lächeln auf sein Gesicht und er streckte die rechte Hand aus.

»Tja, dann muss ich mich wohl bei Ihnen beiden bedanken. Signore Enno, Signore Luca«, sagte er und reichte auch dem Schmächtigen die Hand, der erst zögerte und sie dann ganz verdattert ebenfalls ergriff, »hiermit spreche ich Ihnen im Namen der Questura von Siena meinen herzlichen Dank für die Ergreifung von Dottore Pasquale Cambio aus. Wir müssen zwar noch herausfinden, welche Schweinereien Cambio mit den beiden Morden vertuschen wollte – aber das wird sich finden.«

»Äh ... und jetzt?«

»Na, jetzt gehen Sie mal schön nach Hause, oder Sie stoßen mit einem Gläschen Wein auf unseren gemeinsamen Erfolg an.«

»Super«, knurrte Enno. »Immerhin haben wir unseren Job verloren, der Luca und ich.«

»Wenn ihr wollt, könnt ihr bei mir anfangen«, schlug Fred vor. »Einen guten Anschleicher und einen kräftigen Typen kann ich immer brauchen.«

»Und was macht ihr so?«

»Security, Objektschutz, manchmal auch Recherchen wie die zu Cambios Aktivitäten.«

»Ihr arbeitet also den Bullen zu?« Enno verzog das Gesicht, aber mit Blick auf Tabile schob er schnell ein »Scusi« nach. Trotzdem winkte er ab. »Das wär nichts für uns, oder was meinst du, Luca?«

»Nee, auf gar keinen Fall. Wir arbeiten doch nicht mit der Polizei zusammen!«

Fred grinste. »Gerade habt ihr es doch getan.«

Enno lachte, dann klatschte er seine Pranke auf Freds Schulter. »Das muss aber unter uns bleiben.«

»Gut«, sagte Tabile und deutete auf die Tür. »Dann schaut ihr beiden mal, dass ihr fortkommt, sonst überlege ich mir das noch anders. Und falls wir noch Fragen haben sollten ...«

»... wissen wir ja, wo wir unsere beiden Freunde finden, nicht wahr?«, ergänzte Fred.

»Ja, leider«, erwiderte Enno. »Aber das nächste Mal wird bitte geklingelt.«

Die beiden Männer gingen hinaus. Ihre Schritte verklangen auf den Treppenstufen, bis unten die Haustür ins Schloss fiel. Fred sah sich um. Die Bürgermeisterin beugte sich über einen der Sessel in Cambios Besprechungsecke und redete leise auf jemanden ein. Fred ging um sie herum und sah jetzt Lisa, die mit leerem Blick auf der Kante des Sessels hockte und langsam vor und zurück wippte.

»Lisa?«, sagte er leise und ging in die Hocke. »Wo ist denn die Waffe geblieben?«

Sie wandte ihm ihr Gesicht zu und sah ihn verständnislos an.

»Die, mit der Sie vorhin geschossen haben«, schob Fred nach. Sie erschrak, sah sich um und deutete dann auf die Stelle, an der sie vorher gestanden hatte und wo die Pistole noch lag. Fred hob die Waffe auf, sicherte sie und steckte sie weg.

»Alles klar, Lisa?«

Sie schluckte und schüttelte langsam den Kopf.

»Mir ist schlecht.«

– COME SI DICE? –

Der Samstagabend hatte im Haus der Bürgermeisterin damit begonnen, dass sich alle mit einem trockenen Martini zugeprostet und damit auch darauf angestoßen hatten, dass die aufregende Szene in Dottore Cambios Büro vor zwei Tagen so glimpflich ausgegangen war. Giulia betrieb ein wenig Small Talk und fragte Lisa, ob sie denn noch Material für ihre Reisereportage brauche.

»Ja, aber darum kann ich mich in den nächsten Tagen kümmern. Schade ist es um ein Thema, das ich gern in meinem Artikel untergebracht hätte: ein Feriendorf bei San Gimignano, das erst im kommenden Jahr in die Kataloge aufgenommen wird und das ich am Donnerstag hätte besuchen können – aber da haben wir ja ausreichend anderes erlebt, und inzwischen kommt ein Besuch leider nicht mehr infrage.«

»Warum das denn?«

»Zu der Zeit, als Matteo und ich dort mit dem Projektleiter verabredet waren, kam es zu einem scheußlichen Unfall. Irgendetwas mit den Stromleitungen. Es gab Verletzte, und ein Teil der Elektrik ist wohl nicht mehr zu retten. Nun verschiebt sich möglicherweise die Eröffnung des Feriendorfs, und vor allem hat der Besitzer der Anlage, Umberto Buvon, alle Besuche von Reportern strikt untersagt. Tja, Pech gehabt.«

»Wer weiß, wozu es gut ist«, tröstete Giulia sie und bat sie und Fred, sich an den großen Esstisch zu setzen. Während Leonardo di Tabile ihnen Wein und Wasser einschenkte, holte Giulia eine dampfende Terrine und verteilte ordentliche Portionen einer dicklichen, wunderbar duftenden Suppe auf den Tellern. Brot wurde herumgereicht, und nach einem kurzen Gebet wünschte Giulia fröhlich einen guten Appetit.

»Liebe Lisa, als wir uns zum ersten Mal trafen, haben Sie mir erzählt, dass Sie gerade dabei waren, einen Bohneneintopf zu kochen. Dafür, dass Sie den erst einmal ungegessen stehen lassen mussten, soll Sie der erste Gang heute Abend entschädigen: eine Ribollita, ein Gemüseeintopf nach toskanischer Art, mit Bohnen wie der Eintopf, den Sie sich gekocht haben.«

Sie ließen sich das Gericht schmecken, und Lisa hätte gerne um Nachschub gebeten, wenn die Bürgermeisterin nicht angedeutet hätte, dass das heutige Menü noch weitere Gänge zu bieten hatte. Diesmal half ihr Tabile beim Abräumen und kam wenig später mit einer riesigen Salatschüssel zurück an den Tisch. Ab und zu lächelten sich die Bürgermeisterin und der Polizeichef zu, oder sie berührten sich für einen Moment mit den Fingerspitzen, wenn sie nah genug aneinander vorbeikamen. Lisa sah verstohlen zu Fred hinüber, ob er das auch bemerkt hatte, und er zwinkerte ihr als Antwort grinsend zu.

Nach dem Salat verschwanden Giulia und Tabile für einige Minuten in der Küche. Ein herzhafter Geruch breitete sich im Haus aus und ließ Lisa das Wasser im Mund zusammenlaufen, aber als Giulia und Tabile jeweils zwei Teller hereinbalancierten, auf denen stattliche T-Bone-Steaks mit Rosmarinkartoffeln angerichtet waren, hielt es Lisa nicht mehr länger aus.

»Das sieht wunderbar aus«, schwärmte sie, »aber Sie hatten mir versprochen, dass ich heute erfahre, wie der Fall Cambio ausgegangen ist.«

Fred grinste nun noch breiter, machte sich aber zunächst mit großem Appetit über sein Bistecca alla fiorentina her. Tabile dagegen legte sein Besteck noch einmal kurz weg und sah Lisa an.

»Na ja«, gab er zu, »abgeschlossen sind unsere Ermittlungen noch nicht, aber was wir bisher herausgefunden haben, reicht, um den guten Dottore eine Weile hinter Gittern zu behalten.«

Damit nahm er das Besteck wieder auf und begann ein ansehnliches Stück von seinem Steak zu säbeln. Er steckte es sich in den Mund, kaute mit verzücktem Blick und wollte gerade seinen Bericht fortsetzen, als ihm Giulia die Hand auf den Arm legte.

»Eine Bitte habe ich, Lisa. Bitte essen Sie weiter, während Leonardo Ihnen alles erzählt, ja? Das Fleisch stammt von einem Bauern in der Nähe, ist ausreichend lange abgehangen und von mir – wenn ich das selbst sagen darf – so gut zubereitet, wie ich es noch nicht besser hinbekommen habe. Nur kalt werden darf es auf keinen Fall, also essen Sie bitte und hören nebenbei zu.«

Diesen Gefallen tat Lisa ihr gern. Das Essen war in der Tat vorzüglich, das Fleisch zart und zugleich kräftig im Geschmack, die Kartoffeln auf den Punkt gegart – und Tabile fand zwischendurch immer wieder Zeit, Cambios Machenschaften zu beschreiben.

»Was er mit den Morden an Freds Mitarbeiter Florin und

am Spitzel Fabio Domar verbergen wollte, waren natürlich nicht die Lastwagentouren, mit denen Enno und Luca für ihn gefälschte Markenware und manchmal auch Drogen zu den Ferienhäusern und von dort wieder wegfuhren – diese kleineren krummen Dinger dienten eher zur Tarnung. Sein wichtigeres Geschäftsmodell war: Er bot Banden aus dem Bereich der organisierten Kriminalität Platz für deren Leichen.«

Lisa stutzte, und ihre Gabel mit dem nächsten Stück Fleisch verharrte über ihrem Teller.

»Keine Sorge, Lisa, ich werde nicht zu sehr ins Detail gehen, Sie können ruhig weiteressen. Die Sopra S.p.A. besaß mehrere unfertige Ferienanlagen, aber auch alte Bauernhäuser und ähnliche Anwesen, die natürlich immer möglichst weitab vom Schuss lagen. Überall dort wurden Mordopfer und manchmal auch Beweisstücke für andere Verbrechen verscharrt, einbetoniert, eingemauert. Das brachte Cambio über trickreiche Umwege ordentlich Geld, und er verfügte schließlich über ein sehr stattliches Netzwerk in der Unterwelt ganz Italiens. Seine Kunden hatten natürlich ein großes Interesse daran, dass er nicht ins Visier von Ermittlungen geriet, damit sie selbst nicht Gefahr liefen, für ihre Taten doch noch belangt zu werden.«

Tabile schnitt sich ein neues Stück Fleisch ab, schob es in den Mund und gabelte ein paar Kartoffeln auf. Eine kleine Pause entstand, aber inzwischen hatte Lisa schon genug gehört, um auch einmal ein paar Minuten ihren eigenen Gedanken nachhängen zu können.

»Jedenfalls sind meine Kriminaltechniker inzwischen an vier verschiedenen Orten zwischen Siena und Florenz zugange und haben schon Spuren von mindestens zwei Dutzend Mordopfern zutage gefördert, die Cambio und seine Handlanger haben verschwinden lassen. In der Ferienanlage, die gegenüber von Ihrer Unterkunft liegt, wurde in mindestens vier der Gebäude der ursprüngliche Betonboden entfernt und – nachdem dort mehrere Leichen verscharrt waren – neuer Beton gegossen. Das alles war so eingefädelt, dass unbedarftere Helfer wie Enno und Luca nichts von diesen Dingen mitbekamen. Sie luden ihre Lieferungen nur in zwei der Häuser ab und hatten zu den anderen keinen Zugang. Und natürlich standen immer dann keine Fahrten für die beiden an, wenn wieder einmal ein Mordopfer in der Anlage entsorgt wurde.«

Lisa aß, aber sie war nicht mehr ganz bei der Sache. Immer wieder liefen ihr kalte Schauer über den Rücken, und wenn sie sich vorstellte, dass jenseits des kleinen Tals, das so beschaulich zu Füßen ihrer schönen Unterkunft, mehrere Leichen verscharrt worden waren, schüttelte es sie.

»Die Ermittlungen zu den Morden selbst stehen natürlich erst am Anfang«, fuhr Tabile fort. »Aber im Moment gehen wir davon aus, dass weder Cambio selbst noch diese Pappnasen, die sich Gucci und Collani nennen, etwas mit den Morden zu tun haben. Ihnen legen wir die beiden Morde an Fabio Domar und Florin zur Last. Und Aldo Fanfarone, der im Juli vor zwei Jahren während des Palio in Casole ums Leben kam, haben sie ziemlich sicher auch auf dem Gewissen – aber ob wir ihnen das je werden nachweisen können?«

Tabile zuckte mit den Schultern, steckte den letzten Bissen Fleisch in den Mund und schob seinen leeren Teller mit einem zufriedenen Seufzen von sich. Als die anderen am Tisch mit ihrer Hauptspeise fertig waren, brachte Giulia die

Teller hinaus. Lisa half ihr dabei und bekam einen kleinen Schrecken, als sie feststellte, dass die Gastgeberin noch einen weiteren Gang vorbereitet hatte. Ein flacher Kuchen, großzügig mit Puderzucker bestreut, lag auf einem Holzbrett, und Giulia schnitt vier kleinere Stücke ab und verteilte sie auf Dessertteller.

»Ich kann nicht mehr«, stöhnte Lisa, als ihr die Bürgermeisterin zwei der Teller hinhielt.

»Das geht schon noch, Lisa.«

Giulia lachte, nahm sich die beiden übrigen Teller und scheuchte Lisa vor sich her zurück ins Wohnzimmer. Dort hatte Tabile bereits eine Flasche Vin Santo geöffnet und füllte vier Gläser mit dem hellbraun funkelnden Dessertwein.

»So, jetzt isst jeder noch ein Stück von meinem selbst gemachten Panforte. Den gibt's bei uns in der Provinz Siena zu Weihnachten, aber auch unterm Jahr schmeckt er prima, mit Vin Santo oder Espresso.«

Sie unterbrach sich, flitzte wieder in die Küche hinaus und kam kurz darauf mit einem Tablett zurück, auf dem vier gefüllte Tassen standen.

»Ich meine natürlich: mit Vin Santo und Espresso – bitte schön, lasst es euch schmecken!«

Während die Gäste Giulias Aufforderung Folge leisteten, hatte Lisa noch eine letzte Frage an Fred, was den Showdown in Cambios Haus betraf.

»Verraten Sie mir doch bitte, wie Enno und Luca ungestört in den zweiten Stock gelangen konnten, wo doch der Innenhof des Gebäudes voller Polizisten war?«

»Na ja, die meisten von ihnen hatten sich im Innenhof von Cambios Haus versteckt und warteten auf Anweisungen des Questore. Die beiden Beamten, die eigentlich Gucci bewachen sollten, wurden für einen Moment abgelenkt, als Enno und Luca ins Haus gestürmt sind. Dadurch konnte Gucci entwischen. Allerdings hefteten sich Enno und Luca gleich an Guccis Fersen, holten ihn ein, packten ihn sich und brachten ihn in Cambios Büro. Den Rest haben Sie ja miterlebt, Lisa«, schloss Fred. »Dumm war nur, dass die Polizisten im Innenhof zu lange auf Anweisungen des Questore gewartet haben. Sie waren noch immer in ihren Verstecken, als wir sie oben im Büro schon gut hätten brauchen können. Zum Glück haben sie dann doch irgendwann Verdacht geschöpft und sind uns zu Hilfe gekommen.«

Giulia pickte den letzten Krümel ihres Kuchenstücks auf die Gabel und betrachtete Lisa.

»Und was machen Sie nun zuerst, Lisa? Eine Reisereportage über die unbekannteren Seiten der Toskana – oder einen Krimi, der in der Nähe unseres schönen Casole d'Elsa spielt?«

Lisa stutzte, was Giulia mit einem perlenden Lachen quittierte.

»Fred hat mir natürlich erzählt, warum Sie so großes Interesse an Kriminalfällen haben, und wenn Sie mir irgendwann ein Exemplar Ihres Mallorca-Krimis schicken könnten, würde ich mich sehr freuen. Mein gesprochenes Deutsch ist nicht sonderlich gut, aber lesen müsste gehen.«

»Und falls Sie zur italienischen Polizei Informationen aus erster Hand brauchen«, meldete sich Leonardo die Tabile zu Wort, »dann dürfen Sie sich gern jederzeit an mich wenden.« Er legte seine Hand auf Giulias. »Sie werden mich nach Feierabend in nächster Zeit wohl am besten hier erreichen.«

Giulia hauchte ihm einen Kuss auf die Wange und wollte gerade mit dem Abtragen der Kuchenteller beginnen, da klingelte ihr Telefon. Sie eilte hinaus, meldete sich und hörte dann eine Weile zu. Schließlich verabschiedete sie sich, legte auf und kam lachend ins Wohnzimmer zurück. Die Gäste sahen sie erwartungsvoll an.

»Das war Assistente Comes. Er hat gerade mit dem Motorroller die Runde durch sein Revier gemacht und nach seiner Rückkehr einen Lastwagen vorgefunden, der auf dem Platz vor dem Rathaus abgestellt wurde. Der Schlüssel steckte, und hinter einem Scheibenwischer klemmte ein Zettel mit einer handschriftlichen Notiz: Ciao, E&L.«

»Da schau her«, sagte Questore Tabile und schmunzelte. »Enno und Luca liefern uns also auch noch den Lastwagen frei Haus, mit dem sie ihre Lieferungen transportieren. Sehr schön.«

»Wie man's nimmt«, bemerkte Giulia.

»Wieso, was ist noch?«

»Na ja ... der Lastwagen stand im Parkverbot. Und das lässt den guten Mario Comes nicht ruhen. Assistente Comes ist ... come si dice ... wie sagt man auf Deutsch ... sempre in servizio ...?«

»Immer im Dienst?«, schlug Lisa vor.

Sie lachte, und alle stimmten ein.

»Sì, Assistente Comes ist immer im Dienst.«

– DANKSAGUNG –

Ein sehr herzliches Dankeschön geht an alle, die mir meinen zweiten Urlaubskrimi ermöglicht haben: an meine Gesprächspartner und Informationsquellen, an die wichtigste Testleserin von allen – und natürlich an alle Mitarbeiter des Piper Verlags und der Agence Hoffman.

Im Anhang finden sich auch diesmal einige Rezepte, mit denen man sich kulinarisch auf meine Spuren und die der Romanfiguren begeben kann. Schade nur, dass die Bürgermeisterin von Casole d'Elsa, Dottoressa Giulia Casolani, frei erfunden ist – an ihrer üppig gedeckten Tafel hätte es uns allen sicher sehr gut geschmeckt. Um die nicht ganz hasenreinen Reisefirmen, die Ganoven und auch um den übereifrigen Assistente – alle natürlich ebenfalls fiktiv – ist es dagegen weniger schade. Dafür gibt es einige der im Krimi erwähnten Lokale tatsächlich, und ich wünsche schon jetzt viel Spaß und guten Appetit bei der Recherche, welche davon erfunden und welche real sind!

– Mediterranes Lebensgefühl auf dem Teller –

Die Küche der Toskana ist so vielseitig wie die Landschaft mit ihrer Pflanzen- und Tierwelt. In den Hafenstädten an der toskanischen Küste zwischen Massa im Norden und Orbetello im Süden werden frischer Fisch und Meeresfrüchte serviert. Im Landesinneren gibt es viel Wild in den Wäldern und Vieh auf den Weiden, Edelkastanien wachsen in großer Zahl, auch Bohnen sind als Nahrungsmittel sehr verbreitet – und das toskanische Olivenöl gilt als eines der besten in ganz Italien. Die Maremma ist Herkunftsort einer Rinderrasse, die äußerst schmackhaftes Fleisch liefert. Und die Hügellandschaft zwischen Florenz und Siena ist Heimat des Chianti Classico.

Wer die Toskana erleben will, ist vor dem Kochen immer gut beraten, sich auf einem der Wochenmärkte mit frischen Zutaten einzudecken – und sich im besten Fall, wie Lisa an ihrem ersten Tag in Casole d'Elsa, von einer Marktfrau gleich das Rezept für eine toskanische Spezialität geben zu lassen. Ohnehin ist es empfehlenswert, sich die Gewohnheiten der Einheimischen genau anzusehen. Wer zum Beispiel mit dem touristischen Vorwissen, dass man gefälligst ein ganzes Menü zu bestellen hat, in ein italienisches Ristorante, eine Osteria oder eine Pizzeria geht, der bereitet damit sicher dem Wirt eine Freude, der natürlich gern mehr Umsatz macht. Aber wer sich im Lokal einmal umschaut, wird feststellen: Nicht wenige Italiener – gerade in eher ländlichen Gegenden – lassen sich nur eine große Schüssel Salat und danach einen stattlichen Topf Pasta bringen, die sie sich zu Wein und Wasser teilen.

Cacciucco

Von der toskanischen Küste um Livorno stammt dieser Fischeintopf, der mit seinen kräftigen Aromen mediterranes Lebensgefühl auf den Teller zaubert – vor allem, wenn man dafür frischen Fisch und frische Meeresfrüchte verwendet. In Italien finden sich im Cacciucco Fischarten wie Drachenkopf, Glatthai und Knurrhahn – aber der Eintopf ist auch mit anderem Fisch sehr schmackhaft.

In Italien werden in der Regel ganze Fische verwendet, die man selbst filetiert – dadurch bleiben Köpfe, Flossen und Gräten übrig, die man anschließend in Wasser kocht und so die Fischbrühe herstellt. Wer keinen Fischhändler um die Ecke hat, darf es auch mit Filets aus der Tiefkühltheke versuchen – dann muss man einen fertigen Fischfond dazukaufen oder notfalls mit Gemüsebrühe arbeiten.

Zutaten (für eine selbst gemachte Fischbrühe, 4 Personen):
2 kg ganze Fische, 1/4 Knolle Fenchel, 1 Stange Lauch,
2 Lorbeerblätter, 600 ml Wasser, 100 ml Weißwein
Alternativ: 1,5 kg TK-Fischfilet plus 500 ml Fischfond
Weitere Zutaten: 800 – 1000 g Meeresfrüchte (z. B. Tinten-
fisch, Miesmuscheln/Venusmuscheln, Krabben), 1 Karotte,
1 bis 2 Stangen Staudensellerie, 1/4 Knolle Fenchel, 2 Zwie-

beln, 2 Knoblauchzehen (nach Geschmack gern auch mehr), 500 g Tomaten (frisch oder geschält aus der Dose), 1 Chilischote, 4 EL gehackte Petersilie, Olivenöl, 100 ml Weißwein, Salz, Cayennepfeffer

Zubereitung

Zur Verarbeitung der Fische sollte man sich vom Händler beraten lassen. Er weiß, welche Sorten filetiert und welche ausgenommen, geputzt und entschuppt werden müssen – und auf Wunsch macht er das sicher auch gleich. Falls nicht: Seezunge zum Beispiel muss filetiert werden, von anderen Fischen (Rotbarbe etc.) werden nur die Schuppen abgekratzt. Die Fische werden ausgenommen und ausgewaschen, dann werden Kopf, Kiemen und Flossen abgeschnitten. Köpfe, Gräten und Flossen kurz in kaltes Wasser legen und das Wasser abschütten. So oft wiederholen, bis das Wasser klar bleibt, dann ein letztes Mal abschütten.

Jetzt Lauch und Fenchel schneiden, dann alle Zutaten für die Fischbrühe inklusive der Fischabfälle in einem Topf zum Kochen bringen und 30 Minuten leicht köcheln lassen. Die Fischbrühe durch ein Sieb gießen und beiseitestellen.

Meeresfrüchte und Fisch in etwa fingerlange Stücke, Zwiebeln in schmale Streifen schneiden. Manche Meeresfrüchte müssen noch vorbereitet werden: Oktopus etwa wird vorab 45 Minuten lang in Salzwasser weich gekocht, Muscheln müssen geputzt werden.

Knoblauch schälen und pressen – oder sehr fein hacken. Frische Tomaten kreuzweise einritzen und mit heißem Wasser übergießen. Jetzt die Haut abziehen, die Tomaten vierteln, Kerne und grünen Stielansatz entfernen, Fruchtfleisch grob würfeln. Dosentomaten sind entsprechend vorbereitet und müssen nur noch gewürfelt werden. (Wer wenig Zeit hat, kauft gleich die gehackten Pizzatomaten.) Fenchel, Sellerie und Karotte in ein bis zwei Zentimeter große Würfel schneiden.

In einem Topf, der groß genug ist für alle Zutaten inklusive Fisch und Meeresfrüchte, reichlich Olivenöl erhitzen und darin zunächst Zwiebeln, Sellerie, Fenchel, Karotten und nach kurzer Zeit auch den Knoblauch anbraten. Mit dem Wein ablöschen, Tomaten dazugeben und etwa zwanzig Minuten köcheln lassen, bis die Masse etwas eindickt. Die Fischbrühe bzw. den Fischfond zugießen, einige Minuten lang einkochen lassen und mit Salz und Pfeffer abschmecken. Die Chilischote fein hacken und unterrühren.

Ab jetzt sollte die Flüssigkeit nur noch leicht köcheln. Zum Garen zunächst die größten Fischstücke zugeben, nach etwa zehn Minuten folgen Muscheln, nach weiteren fünf Minuten die Fischfilets und die Oktopusstücke. Falls die Masse während des Köchelns zu dickflüssig wird, etwas Wasser nachgießen. Petersilie unterrühren, zwei Minuten ziehen lassen und dann heiß servieren.

Dazu passt geröstetes Weißbrot, wie es Giulia zu ihrer Ribollita reicht.

Giulias Ribollita

Das Verwerten von Lebensmitteln, die nach dem Kochen übrig geblieben sind, war früher ganz selbstverständlich, weil man aus finanzieller Not nichts Essbares wegwerfen wollte. Viele wunderbare Spezialitäten haben ihren Ursprung genau diesem Umstand zu verdanken: die österreichische Frittatensuppe (aus zerschnittenen Pfannkuchen), das schwäbische Gericht Kartoffelschnitz und Spätzle (um Kartoffeln vom Vortag zu verbrauchen), der irische Shepherd's Pie (ein Auflauf aus Kartoffeln und Resten vom Lammbraten) oder auch chinesische Frühlingsrollen (für die sich Hühnchenfleisch vom Vortag nutzen lässt).

Auch die Ribollita, ein toskanischer Eintopf, soll so entstanden sein: Suppe vom Vortag wurde mit Brotstücken und Zwiebeln neu aufgekocht. Heute kochen wir den Eintopf natürlich aus frischen Zutaten, doch die Arbeit beginnt bereits am Vorabend. Jedenfalls, wenn man wie Giulia, die Bürgermeisterin von Casole d'Elsa, wegen des intensiveren Geschmacks keine Bohnen aus der Dose, sondern getrocknete verwendet.

Zutaten (Vorspeise für 4 Personen, Hauptspeise für 2):
250 g weiße Bohnen, getrocknet (möglichst Cannellini-Bohnen), 1 Zwiebel, 1 große Karotte, 1–2 Stängel Staudensellerie, 1–2 Knoblauchzehen, Olivenöl, ca. 150 g Bauchspeck am Stück (wer Fleischgeschmack will), 1 Dose passierte Tomaten, 750 ml Hühner- oder Gemüsebrühe, 1 große Kartoffel, 500 g Gemüse (z.B. Mangold, Grünkohl, Wirsing, Palmkohl, gern gemischt), nach Geschmack: Rosmarin, Thymian, Petersilie (frisch), 1 Lorbeerblatt, einige Scheiben Weißbrot, Salz, Pfeffer, nach Geschmack auch Chilischote oder -pulver, Parmesankäse

Zubereitung

Die Bohnen werden am Vorabend in Wasser eingeweicht und am nächsten Tag in (ungesalzenem) Wasser 1 bis 1,5 Stunden lang gekocht.

Zwiebel in kleine Würfel oder in schmale, halbierte Ringe schneiden. Karotten und Staudensellerie in kleine Stücke schneiden, Knoblauch fein hacken. Öl in einem Topf erhitzen, Zwiebeln, Karotten und Sellerie darin bei mittlerer Hitze anbraten. Wer den Knoblauch jetzt gleich mitbrät, erhält viel Knoblaucharoma – wer weniger will, gibt den Knoblauch erst nach kurzem Warten dazu. Falls Bauchspeck mit reinsoll, kommt er etwa gleichzeitig mit dem Knoblauch ins Öl. Dabei immer wieder umrühren, damit nichts anbrennt. Wenn die Zwiebeln etwas Farbe angenommen haben, mit passierten Tomaten ablöschen, gern schon jetzt ein bisschen von der Brühe mit reingießen.

Die Bohnen abgießen, das Kochwasser auffangen. Giulia lässt die Bohnen am liebsten ganz, weil sie die Optik toll findet – etwas sämiger wird das Gericht, wenn man die Bohnen mit ein wenig Kochwasser püriert und den Brei in den Topf schüttet. Mit der übrigen Brühe auffüllen.

Die Kartoffel würfeln, das Gemüse in mundgerechte Stücke schneiden. Alles in den Topf geben. Jetzt auch das Lorbeerblatt und die Kräuter hinzufügen. Die Petersilie wird klein gehackt, Thymian und Rosmarin werden in ganzen Zweigen hineingegeben. Wer will, bindet die Zweige mit etwas Küchengarn zusammen und entnimmt sie vor dem Servieren. Den Eintopf etwa 20 Minuten gar köcheln.

Währenddessen das Brot vorbereiten. Traditionell wird altbackenes Weißbrot verwendet, aber Giulia nimmt lieber frisches Brot. Olivenöl in einer Pfanne erhitzen, ordentlich

Salz ins Öl geben und die Brotscheiben auf einer Seite gold-braun anbraten. Wer mag, kann am Ende mit einer halbier-ten Knoblauchzehe über die angebratene Seite reiben.

Schließlich wird die Suppe mit Salz, Pfeffer und evtl. Chili abgeschmeckt und sehr heiß serviert. Auf die ange-richteten Teller noch ein, zwei Tropfen feines Olivenöl und gehobelten oder geraspelten Parmesankäse geben. Das angebratene Brot auf dem Tellerrand oder in einem kleinen Schälchen servieren.

Bistecca alla fiorentina

Man muss nicht jeden Tag Fleisch essen – aber wenn, dann sollte man sich für gute Qualität entscheiden. Das gilt ganz besonders für dieses traditionelle toskanische Essen, das sich mit exzellentem Steakfleisch fast von allein zubereitet. In Italien wird das Florentiner Steak gern mit Fleisch vom Jungbullen zubereitet, am liebsten von der Rinderrasse Chianina. Die ausgesprochen großen, weißen Tiere sind nach dem Chiana-Tal zwischen Arezzo und Siena benannt und auch heute noch in der Toskana heimisch. Wenn Sie das Gericht in Deutschland nachkochen, fragen Sie einfach den Metzger nach gut abgelagerten T-Bone-Steaks – und er-schrecken Sie nicht, weil die Stücke ziemlich mächtig sind. Wer weniger essen will, teilt sich ein großes Steak lieber mit mehreren – man sollte aber auf keinen Fall ein dünneres Stück verlangen oder auf den Knochen verzichten.

Zutaten (4 Personen): 2 T-Bone-Steaks (ca. 800 bis 1200 g), 2 Knoblauchzehen, Olivenöl (zum Braten evtl. auch Sonnenblumenöl), 2 Zweige Rosmarin, Salz, schwarzer Pfeffer

Zubereitung

Die Steaks waschen und trocken tupfen. Die Knoblauchzehen schälen und halbieren. Das Fleisch auf beiden Seiten mit Knoblauch, Salz und schließlich etwas Öl einreiben und bei Zimmertemperatur zwanzig Minuten ruhen lassen.

Den Backofen auf 120 Grad vorheizen. Eine Auflaufform, in der alle Steaks Platz finden, mit etwas Olivenöl ausstreichen und bereitstellen.

Öl in eine ausreichend große Pfanne geben, der Boden der Pfanne sollte gut bedeckt sein. Die Pfanne auf dem Herd auf großer Flamme ordentlich erhitzen – das Öl darf nicht rauchen, aber um einen Holzrührlöffel, den man ins Öl taucht, sollten sich kleine Bläschen bilden. Die große Hitze wäre übrigens auch der Grund, warum man statt des sehr leckeren Olivenöls auch ein neutrales Sonnenblumenöl verwenden kann: Olivenöl verträgt eigentlich keine allzu hohen Temperaturen.

Die Steaks in das heiße Öl geben und gleichmäßig scharf auf beiden Seiten anbraten – das ist in knapp fünf Minuten pro Seite erledigt. Danach die Steaks aus der Pfanne nehmen und in die Auflaufform legen. Rosmarin auf das Fleisch legen, eventuell noch etwas Öl aus der Pfanne über die Steaks löffeln, danach die Auflaufform in den Backofen geben. Nach etwa 15 Minuten sollten die Steaks knapp medium (also rot bis rosa), nach etwa 20 Minuten gut medium (rosa) sein – stärker durchgegart sollte das Fleisch nicht sein, weil es sonst zu fest wird.

Steaks aus dem Backofen nehmen, mit Salz und Pfeffer (möglichst frisch geschrotet aus der Mühle) würzen und danach quer zum Knochen schmale Scheiben vom Fleisch abschneiden und sofort servieren.

Dazu passen sowohl Gemüse als auch Salat, und als Beilage bieten sich Rosmarinkartoffeln an.

Rosmarinkartoffeln

Frischer Rosmarin sieht toll aus auf dem Teller und beschert Kartoffeln einen herrlichen Geschmack, aber nicht jeder mag hinterher auf den Nadeln herumkauen. Deshalb wendet Giulia einen kleinen Trick an, um nur das Aroma des Rosmarins an die Kartoffeln zu bringen.

Zutaten (als Beilage für 4 Personen): 800 g Kartoffeln, 2 bis 3 Zweige Rosmarin, Olivenöl, Salz, Pfeffer, Knoblauch, Zitronensaft, Honig nach Geschmack

Zubereitung
Die Kartoffeln werden in kaltem Wasser abgebürstet, dunkle Stellen oder etwaige Triebe werden ausgeschnitten, aber die Schale bleibt dran. Die Kartoffeln in Spalten schneiden. Idealerweise sind am Ende alle Spalten etwa gleich dick, damit sie alle dieselbe Garzeit haben.

Pfanne mit etwas Olivenöl erhitzen. Bei kleiner bis mittlerer Hitze darin die Rosmarinzweige ziehen lassen – wer Knoblauch verwendet, gibt jetzt auch die geschälten und in Scheiben geschnittenen Zehen zu. Ab und zu umrühren und darauf achten, dass der Rosmarin nicht zu viel Farbe annimmt. Nach etwa zehn bis fünfzehn Minuten das Öl durch ein Sieb in eine Schüssel gießen. Die Kartoffelspalten in das warme Öl geben, Salz und Pfeffer dazu, wenn gewünscht auch ein paar Spritzer Zitronensaft und einen Teelöffel Honig. Alles gut vermengen und ziehen lassen.

Den Backofen auf 180 Grad vorheizen (Umluft: 160 Grad). Ein Backblech mit Backpapier auslegen oder mit Olivenöl einstreichen. Hat der Backofen die gewünschte Temperatur erreicht, werden die Kartoffelspalten auf dem Blech ausgebreitet, und das Backblech kommt in den Ofen. Je nach Größe der Spalten sind die Kartoffeln nach zwanzig bis dreißig Minuten gar, wenn sie eine schöne goldbraune Farbe angenommen haben. Wer es etwas krosser mag, schaltet den Backofen gegen Ende für gut fünf Minuten auf Grill/ Oberhitze.

Das Ganze geht auch noch simpler und ganz ohne Rosmarin: Kartoffelspalten in Olivenöl und reichlich Salz wenden, danach backen wie oben beschrieben.

Cantuccini

Il cantuccio nennen Italiener einen Kanten, zum Beispiel den Rest eines Brotlaibs. Daher hat auch das Mandelgebäck Cantuccini seinen Namen, obwohl es alles andere ist als ein Rest, den keiner haben will.

Zutaten: 90 g Butter, 175 g Zucker, 1 Tütchen Vanillezucker, 2 Eier, 250 g Weizenmehl, 200 g ganze Mandeln

Zubereitung

Den Backofen auf 190 Grad vorheizen. In einer Schüssel Butter schaumig rühren – das geht besser, wenn man sie vorher eine Zeit lang bei Zimmertemperatur bereitlegt. Zucker und Vanillezucker zugeben, dabei weiterrühren. Die Eier aufschlagen und einzeln dazugeben, dabei weiterrühren. Das Mehl durch ein Sieb dazugeben, alles zu einem Teig verarbeiten. Schließlich die Mandeln unterheben.

Ein Blech mit Backpapier auslegen. Den Teig in vier Strängen auf dem Blech ausbreiten – sie sollten über die ganze Länge des Blechs reichen, etwa sechs bis sieben Zentimeter breit und zwei bis drei Zentimeter hoch sein. Achtung: Der Teig ist etwas klebrig, er lässt sich leichter mit einem Esslöffel platzieren als mit bloßen Händen.

Die Teigstränge nun etwa 20 bis 25 Minuten lang backen. Das Blech herausnehmen, den Ofen auf 150 Grad zurückschalten.

Drei Minuten warten, dann die Teigstränge in zwei Zentimeter dicke Streifen schneiden. Die Streifen auf dem Backblech verteilen und noch einmal 20 Minuten backen. Den Ofen ausschalten und die Cantuccini noch 15 Minuten im Ofen ruhen lassen.

Natürlich werden für die »echten« Cantuccini nur ganze Mandeln verwendet – was schön aussieht, aber einen Nachteil hat: Beim Schneiden der Streifen gelingt es nicht immer, die Mandeln sauber zu zerteilen. Stattdessen bröckeln einige Cantuccini, oder die Mandeln stehen allzu sehr hervor. Das kann man umgehen, indem man die Mandeln vor dem Unterrühren halbiert.

Panforte

Der Panforte stammt aus Siena und der näheren Umgebung und war ursprünglich ein Weihnachtsgebäck, wird aber heute nicht nur in der Toskana das ganze Jahr hindurch genossen. Er hat Ähnlichkeit mit den bei uns bekannten Lebkuchen – allerdings werden die Zutaten in der italienischen Version nur ganz grob zerkleinert. Längst ist es nicht mehr zwingend, dass man 17 Zutaten verwendet – angeblich ein Symbol für die 17 Contraden (Stadtteile), die das Pferderennen Palio di Siena untereinander austragen. Auch eine andere Tradition kann man sich heute schenken: Früher wurde Panforte immer auf einem Boden aus Oblaten gebacken – Backpapier erfüllt denselben Zweck und ist leichter zu handhaben.

Zutaten: 150 g Haselnusskerne (ganz), 100 g getrocknete Feigen, 200 g kandierte Früchte (gemischt) oder Orangeat/ Zitronat, 100 g Mandelkerne (ganz), 50 g Pinienkerne (ganz), 100 g Mehl, jeweils 1 Prise Ingwer, Koriander, Muskatnuss, Zimt, Gewürznelke (gemahlen), 100 g Zucker, 100 g Honig, 1 EL Puderzucker

Zubereitung
Den Backofen auf 200 Grad vorheizen (Umluft: 180 Grad). Boden und Rand einer Springform (26 cm Durchmesser) mit Backpapier auslegen. Die Haselnüsse auf einem Blech verteilen und acht bis zehn Minuten im Ofen rösten, danach zwischen Küchenpapier so reiben, dass die Häutchen sich von den Kernen lösen. Wer sich diesen Schritt sparen will, kann auch geröstete und ungesalzene Haselnüsse kaufen.

Den Backofen auf 150 Grad zurückschalten. Feigen und andere Früchte in Würfel hacken, Haselnüsse und Mandeln ganz lassen oder höchstens halbieren, alles in eine große Schüssel geben. Mehl und gemahlene Gewürze dazugeben, dabei durch ein Sieb streichen.

Zucker und Honig unter ständigem Rühren in einem Topf vorsichtig erhitzen, bis sich der Zucker vollständig aufgelöst hat. Die Flüssigkeit zu den anderen Zutaten in die Schüssel geben und alles gut verrühren.

Die fertige Masse in die Springform geben, glatt streichen und überall etwas andrücken. Weil der Teig ziemlich klebrig ist, geht das am besten mit einem Löffel. Außerdem wird die Masse schnell fest, deshalb sollte der Teig sehr schnell in der Form platziert und verteilt werden.

Danach den Panforte auf mittlerer Schiene 35 bis 40 Minuten lang backen. Falls der Teig oben zu viel Farbe annimmt, kann man ihn gegen Ende mit etwas Backpapier abdecken. Den Panforte nach dem Herausnehmen in der Form auskühlen lassen, erst dann vorsichtig stürzen, die Springform öffnen und das Backpapier abziehen. Direkt vor dem Servieren den Panforte mit Puderzucker (nach Geschmack auch mit etwas Zimt) bestreuen.

Dazu schmeckt Espresso ebenso gut wie ein Likörwein, am besten aber natürlich toskanischer Vin Santo.